Instare
3

Naoise Dolan
Tempos interessantes

Tradução de Bruna Beber
Editora Âyiné

Naoise Dolan
Tempos interessantes
Título original
Exciting Times
Tradução
Bruna Beber
Preparação
Tamara Sender
Revisão
Andrea Stahel
Projeto gráfico
CCRZ
Imagem da capa
Agnes Thor, Broken promises, 2008

Direção editorial
Pedro Fonseca
Coordenação editorial
Sofia Mariutti
Coordenação de comunicação
Amabile Barel
Direção de arte
Daniella Domingues
Designer assistente
Gabriela Forjaz
Conselho editorial
Simone Cristoforetti
Zuane Fabbris
Lucas Mendes

© Naoise Dolan, 2020

Primeira edição, 2024
© Editora Âyiné
Praça Carlos Chagas
Belo Horizonte
30170-140
ayine.com.br
info@ayine.com.br

Isbn 978-65-5998110-6

Sumário

7   Parte I
     Julian
117 Parte II
     Edith
249 Parte III
     Edith e Julian

333 Agradecimentos

Para minha avó

Parte I
Julian

1
Julho de 2016

Julian, meu amigo banqueiro, me levou para almoçar pela primeira vez em julho, mês em que cheguei a Hong Kong. Acabei esquecendo em qual saída da estação havíamos combinado de nos encontrar, mas ele ligou dizendo que tinha me visto na frente da Kee Wah Bakery e que eu podia esperá-lo ali. Tempo úmido. Pessoas com maletas galopavam as catracas feito burrinhos de carga. Os alto-falantes anunciavam primeiro em cantonês, depois em mandarim, e por fim uma voz feminina com sotaque britânico dizia: *please mind the gap*.

Atravessando o saguão e subindo a escada rolante, conversamos sobre a superlotação de Hong Kong. Julian disse que Londres era mais tranquila, e eu disse que Dublin também era. No restaurante, ele pôs o telefone em cima da mesa com a tela para baixo, e eu imitei seu gesto, como se aquilo para mim também representasse um sacrifício profissional. Ciente de que ele pagaria a conta, perguntei se queria água — mas, enquanto perguntava, ele pegou a jarra e se serviu.

— Ando muito ocupado — disse ele. — Nem sei mais o que estou fazendo.

Típico comentário de banqueiros. Quanto menos conhecimento exibiam, mais sabiam e mais altos eram seus salários.

Perguntei onde morava antes de Hong Kong, e ele disse que tinha estudado História em Oxford. As pessoas que haviam estudado em Oxford davam essa informação mesmo que essa não fosse a pergunta. Aí, como «todo mundo», ele tinha ido trabalhar na Cidade. «Que cidade?», perguntei. Julian ponderou se as mulheres sabiam fazer piadas, concluiu que sim e riu. Eu disse que não sabia o que ia ser de mim. Perguntou minha idade, respondi que tinha acabado de fazer 22, ele disse que eu era um bebê e que eu logo descobriria.

Comemos nossas saladas e ele perguntou se eu já tinha começado a sair com alguém em Hong Kong. Respondi digamos que não, com a sensação de que o advérbio «já» tinha soado contraditório e que ele poderia ter feito uma escolha mais sensata. Na Irlanda, comentei, ninguém «fica». As pessoas transam primeiro, e depois de um tempo se entendem.

Julian disse: — Então é como em Londres.

— Não sei — respondi. — Nunca passei por isso.

— Você «nunca passou» por Londres.

— Não.

— Nunca?

— Nunca — afirmei, e fiz uma pausa longa o suficiente para convencê-lo, graças à repetição de sua pergunta, de que eu havia tentado mudar esse detalhe de minha história, mas lamentava muito ter fracassado.

— Mas Ava — disse ele —, isso é inacreditável.

— Por quê?

— De Dublin é um voo curtíssimo.

Eu também fiquei decepcionada. Ele nunca tinha estado na Irlanda, mas seria redundante dizer a ele que também era um voo curtíssimo de Londres.

Discutimos as manchetes do dia. Ele tinha lido no *Financial Times* que o *renminbi offshore* estava em baixa em relação ao dólar. A única notícia que eu tinha para dar era sobre a chegada de uma tempestade tropical. «Eu sei», disse ele. «A Mirinae. E um tufão na semana que vem.» Chegamos à conclusão de que eram tempos interessantes para se estar vivo.

Vieram as tempestades. Indiferentes a elas, continuamos a sair para almoçar. «Que bom que somos amigos», dizia ele, e quem era eu para corrigir um homem do Balliol College. Eu achava que passar um tempo com ele faria de mim uma pessoa mais inteligente, ou que no mínimo me prepararia para ter conversas sobre as moedas e os índices econômicos com as pessoas sérias que eu encontraria no decorrer da vida adulta. Nos demos bem. Eu adorava que ele tinha dinheiro e ele adorava a desenvoltura da minha adoração.

2

Eu andava tristonha em Dublin, concluí que a culpa era de Dublin, e achei que Hong Kong seria a solução.

O cursinho de inglês onde eu dava aulas, o TEFL, ficava numa zona comercial de prédios em tons pastéis. Só contratavam gente branca, mas tomavam cuidado para não dizer isso por escrito. Como dentes de tubarão, os professores davam as costas e logo eram substituídos. A maioria era de mochileiros que partiam assim que conseguiam economizar o suficiente para uma viagem de autoconhecimento na Tailândia. Eu não fazia ideia de quem eu era, mas duvidava que os tailandeses soubessem. Por ser uma pessoa pouco calorosa, basicamente me mandavam dar as aulas de gramática, nas quais o desafeto das crianças era um indicativo de bom desempenho. Achei que era uma trégua da avaliação que em geral se faz das mulheres.

Os estudantes assistiam a aulas semanais. Dávamos aulas consecutivas, salvo na hora do almoço. Fiquei conhecida como Lady Lama, a residente que fugia entre as aulas para fazer xixi.

— Ava, onde você estava? — disse Joan, minha coordenadora — a una, santa e apostólica, porque dava dinheiro, católica jamais, catolicismo não dá dinheiro —, quando voltei de um intervalo para ir ao banheiro. Ela foi uma das primeiras honconguesas que conheci.

— Mas foram cinco minutinhos — respondi.

— E onde nascem esses minutinhos? — perguntou Joan. — Os pais pagam sessenta minutos por semana.

— E se eu terminar a aula um pouco mais cedo? — perguntei. — Posso começar a seguinte um pouco mais tarde. Dois minutinhos de uma, dois minutinhos da outra.

— Mas aí você come dois minutos do começo e dois do final da turma do meio — disse Joan, tentando gesticular, mas, sendo uma pessoa com duas mãos, achou difícil encenar um sanduíche de três aulas. Desistiu do esforço com um suspiro mordaz, como se a culpa fosse minha.

Eu precisava conversar com uma pessoa acima dela.

Nosso diretor, Benny, tinha quarenta anos e usava um boné virado para trás, tanto para dizer que adorava trabalhar com crianças quanto para deixar claro que ele era seu próprio chefe, então se vestia para ninguém, nem para si mesmo. Nascido em Hong Kong, educado no Canadá, repatriado e bem-sucedido, também era dono de uma dúzia de outras filiais do TEFL e — dava a entender, creio eu — de uma empresa irlandesa de algas marinhas. Mencionara que essa empresa estava localizada na «antiga» Connemara, um lugar onde ninguém havia estado, mas supus que isso colaborava para a poesia. Ele cuidava da grana, um reflexo de seu desgosto geral pela divisão do dinheiro.

No final de julho, quando Benny pagou meu salário, eu disse que estava pensando em pedir as contas.

— Por quê? — perguntou. — Faz um mês que você chegou.

— Eu preciso usar o banheiro nos intervalos das aulas. Vou acabar tendo uma infecção urinária.

— Você não pode pedir as contas por isso.

Ele tinha razão. Até porque, se eu não tinha pedido as contas por causa de sua política racista de recrutamento, teria sido muito esquisito dar o fora porque não podia mijar sempre que tinha vontade.

Eu tinha noção de que toparia qualquer coisa por dinheiro. Na época da faculdade na Irlanda, fiz uma poupança e lhe dei o charmoso nome de «poupancinha do aborto». No final, tinha 1.500 euros. Conheci algumas mulheres que faziam poupança juntas, e se ajudavam quando alguém dava azar. Mas eu não confiava em ninguém. Juntei esse dinheiro trabalhando como garçonete, e continuei juntando até ter o suficiente para fazer um aborto na Inglaterra. Eu gostava de ver o saldo aumentando. Quanto mais rica eu ficava, mais difícil seria para alguém conseguir me obrigar a fazer qualquer coisa.

Logo antes de partir para Hong Kong, fiz as provas finais. Em meio à distribuição das provas, contabilizei a totalidade de meu tempo gasto servindo mesas. Semanas da minha vida estavam depositadas naquela poupança. Enquanto ainda morasse na Irlanda, e enquanto o aborto ainda fosse ilegal por lá, eu manteria todo meu tempo ocioso guardado a sete chaves.

Naquele mesmo dia, usei a maior parte do dinheiro para reservar um voo para Hong Kong e um quarto para passar o primeiro mês, e comecei a me candidatar a vagas de professora. Fui embora de Dublin três semanas depois.

Na primeira semana de trabalho, me deixaram a par dos erros mais comuns no inglês de Hong Kong e disseram para eu corrigir as crianças quando cometessem esses erros. «I go already», para dizer «Fui», era errado, embora depois dos primeiros eu tivesse quase me acostumado. O uso do «ué» para ênfases — não, ué!, ué, desculpa! — não era inglês. Eu não via diferença do vício dos irlandeses em inserir «certeza» em lugares aleatórios, certeza que servia como função semelhante, mas tampouco era inglês. Inglês era o britânico.

3
Agosto

Julian não se oferecia para me buscar no trabalho, então comecei a ir direto para o apartamento dele em Mid-Levels, por volta das nove da noite. Eu disse a ele que achava isso esquisito e degradante. Mas a bem da verdade gostei de andar de escada rolante ao ar livre. Peguei a passarela coberta na Queen's Road e subi a ladeira por entre as barracas de ambulantes da Stanley Street, então avistei os letreiros — Game & Fun, Happy Massage, King Taylor — e os arranha-céus e janelas gigantes da Wellington Street. Em seguida senti o cheiro de peixe que emanava do Central Street Market e avistei a velha delegacia de polícia construída com tijolos brancos grossos que pareciam borrachas de lápis. Quando cheguei ao prédio de Julian, peguei um crachá de visitante no saguão e subi para o quinquagésimo andar.

Por dentro, o apartamento dele parecia um showroom, e havia coisas que qualquer outra pessoa poderia ter, espalhadas de maneira aleatória. O item mais obviamente pessoal era um MacBook Pro cinza e grande.

Pedimos comida. Eu lavei a louça e ele nos serviu de vinho, depois fomos conversar na sala. A lareira estava abandonada, exceto por um porta-retratos prateado e velas cor de creme que nunca tinham sido acesas. Próximo à janela, um longo sofá de canto marrom. Tirei os sapatos e pus os pés no braço do sofá, cruzando as pernas e alternando de posição nos intervalos da conversa.

Ele fumava cigarros baratos — para parar de fumar, segundo ele.

Nosso primeiro encontro tinha sido na área de fumantes de um bar em Lan Kwai Fong, quando ele sacou que eu estava olhando para ele, ou quando começou a olhar para mim até eu olhar para trás. Ele era bom com as artimanhas da ambiguidade. Eu não conseguia escapar delas. Naquela noite, ele falava muito devagar, então imaginei que estava bêbado — mas ele também agia assim quando estava sóbrio, então concluí que ele era rico.

Um mês depois de nos conhecermos, ele perguntou:

— Você só faz amigos no bar?

— Não tenho amigos — respondi, e ele riu.

Quando estava disposto, ele me falava sobre mercados financeiros. Noutras ocasiões, me fazia perguntas, e só comentava minhas repostas se isso lhe ajudasse a pensar nas perguntas seguintes. Eu já tinha contado a história, mas ele queria ouvir tudo de novo — dois irmãos, o sobrado de um dos subúrbios mais ermos de Dublin, e que eu ainda tinha trabalhado um ano inteiro depois da escola a fim de economizar para a faculdade. Que depois de 2008 passei a dividir o quarto com meu irmão, Tom, para que pudéssemos alugar o outro cômodo para um estudante. Que nada disso acabou com a nossa vida e que este havia sido o contexto de quase toda a população da Irlanda, graças às ações de bancos como aquele em que ele trabalhava.

Julian tinha feito ensino médio na Eton e era filho único. Eram os dois fatos menos surpreendentes que uma pessoa já tinha me contado sobre sua vida.

Ele queria saber de onde eu vinha para descobrir se meu sotaque era chique. Nunca conheci um inglês que não tenha feito essa pergunta. Claro que a maioria não perguntava abertamente — tampouco ele, que só perguntou que «tipo» de sotaque dublinense eu tinha —, mas eles sempre encontravam um jeito de expressar sua curiosidade. Eu disse que tinha um sotaque comum de Dublin. Ele perguntou o que isso significava. Eu não sacava muito o sotaque britânico para fazer comparações.

— Então me diz — perguntou ele —, como é o sotaque chique de Dublin?

Tentei imitar e ele disse que parecia o sotaque americano.

Ele perguntou o que eu pretendia fazer quando chegasse a hora de arranjar um emprego de verdade. Tinha um tom paternal e inflexível quando disse que eu não deveria desperdiçar meu diploma com empregadores modestos, e até adotou um discurso magnânimo quando disse que eu não deveria me sentir diminuída por não ter estudado em Oxford. Mas, na hora de mencionar os trabalhos que ele achava estarem à minha altura, as respostas foram vagas. Advocacia era uma escrituração glorificada. Administração perambulava em terra de ninguém para acabar chovendo no molhado de um PowerPoint. Contabilidade era chato e pagava mal. E o sistema bancário, de forma nebulosa, não servia para mim.

Eu gostava quando ele arregaçava as mangas da camisa. Tinha punhos grandes e meio quadrados e cotovelos protuberantes. Às vezes eu temia que ele percebesse a quantidade de vezes que eu me pegava pensando nos braços dele. Ele sempre me chamava de esquisita por outros motivos, muito menos bizarros, então isso eu não podia admitir.

A primeira vez que dormi no quarto de hóspedes foi em meados de agosto, quando passou o ciclone tropical Dianmu. Depois disso, Julian sempre me oferecia abrigo quando a meia-noite se aproximava. Dependendo do meu ânimo, eu aceitava, ou pegava o micro-ônibus verde para voltar para casa — a escada rolante coberta ou subia ou descia: descia na hora do rush matinal ou subia no resto do dia.

A coisa rolava nesses termos, mas não tinha um nome, a não ser sair, trocar ideia, aparecer na casa dele para botar o papo em dia, e, na verdade, era basicamente disso que se tratava. Ele andava tão sem tempo que achei quase plausível que preferisse me encontrar em seu apartamento por conveniência.

Perguntei se os banqueiros tinham tempo para relacionamentos.

— Nos níveis juniores, não — disse ele. — A maioria paga pra isso.

O modo como ele disse «isso» me deixou desconfortável, mas não fazia sentido discutir com o Banqueiro Julian. Ele era muito seguro de si para perceber minhas críticas. Sacava que eu tinha dito alguma coisa, mas prosseguia numa conversa paralela.

Quando ele pagava as comidas que eu pedia, ou me levava a um restaurante, e eu em troca disso passava um tempo com ele, eu me perguntava se ele achava que estava pagando por um singelo «isso». Gostei da ideia — minha companhia vale dinheiro. Ninguém nunca lhe tinha atribuído valor. Frequentávamos ambientes com pé-direito alto, e ele me dizia que o índice Hang Seng estava em baixa, que o índice de componentes Shenzhen estava em alta e que o Shangai estava estável. Não era como nas amizades normais, nas quais eu só queria saber se a outra pessoa ainda gostava de mim. Ele gostava de se ouvir pensando em voz alta e concluí que eu estava lucrando com isso, porque nunca se sabe quando as informações podem ser úteis, então o melhor a fazer era colecioná-las em larga escala.

Uma noite, na sala de estar do apartamento, a garrafa de vinho já quase vazia, eu disse a ele que o achava atraente. Eu disse exatamente esta frase — Acho você atraente — para não parecer que eu estava falando sério.

— Você também é muito atraente — disse ele.
— É por isso que nos damos bem.
— Pode ser.

Nos conhecíamos havia quase dois meses, e eu tinha passado umas trinta horas com ele — pouco mais que um dia. Mas estava habituada a pensar nele como um hábito.

«Obrigada pelo seu tempo», ele dizia quando eu ia embora. Eu não sabia se ele colocava as coisas nesses termos formais para dar a si mesmo uma cláusula de rescisão, como era o meu caso, ou se nem percebia a severidade que expressava. E completava: «te escrevo». Parecia achar que só um homem poderia começar uma conversa. Ou pior, que eu não poderia puxar assunto com ele. Parecia que eu estava desesperada para receber uma mensagem dele e que eu só tomaria a iniciativa de escrever em último caso.

***

Expliquei para meus alunos de nove anos que havia duas maneiras de pronunciar o som do «th». A do começo de «*think*» e a do final de «*tooth*» era a fricativa dental surda, e a do começo de «*that*», «*these*» e «*those*» era a fricativa dental sonora. Sendo dublinense, eu havia passado 22 anos sem saber pronunciar nenhum fonema. Se alguém já tinha sacado que havia algo de errado no meu inglês, guardou para si. Agora eu tinha que praticar fricativas, sonoras e mudas, para que as crianças conseguissem me imitar.

Calvin Jong — um exibido, mas bonzinho — se voluntariou para tentar, mas não conseguiu.

— Segura a língua e respira — encorajei-os. Eu tinha aprendido essa instrução no Guia do Professor, mas, quando fui tentar fazer, o som que saiu foi diferente de tudo que eu já tinha ouvido de um falante nativo de inglês, ou de qualquer outro vertebrado do reino animal. Resolvi que depois ia pedir a Julian para me mostrar como fazer.

***

Mesmo antes de conhecer Julian, eu não costumava ver meus companheiros de casa. Não trocávamos nada além de *oi* e *boa-noite*.

Éramos três. Eu tinha reservado esse quarto no Airbnb, e planejava ficar até conseguir juntar dinheiro para me mudar para um apartamento que não fosse temporário, mas essas pessoas moravam lá havia um tempo. Emily era a mais velha e a mais proativa. Aos 29 anos, ela já estava em Hong Kong havia alguns anos. Freya tinha quase minha idade, e seu passatempo preferido era reclamar do trabalho. Ela vestia o pijama no instante em que pisava em casa e tinha quatro pares de chinelo: um para o quarto, outro para o banheiro, um para a cozinha, e mais um.

Emily sempre fazia comentariozinhos quando me via:

— Será que dá pra fechar a geladeira com menos força? — foi a crítica da noite.

— Desculpa — respondi. Eu não sabia que era possível fazer barulho ao fechar a geladeira, mas Emily tinha sensibilidade estética.

Os rituais matinais delas me acordavam — colheres ressoando em tigelas, torneiras protestando pelo dever de produzir água —, e eu só conseguia escovar os dentes depois que se aprontavam. Me fechava lá dentro e passava a língua na placa de comida acumulada da noite. De vez em quando apareciam umas baratas. Eu jurava ouvi-las roendo no escuro, embora soubesse que cientificamente isso não era possível. Preferia ficar sem comer a ter que conversar com elas na cozinha. Não eram más pessoas. Eu só nunca soube o que dizer a elas.

Portanto, passar a noite no apartamento de Julian era cada vez mais atraente.

4
Setembro

Cerca de dois meses depois, comecei a passar algumas noites por semana no apartamento dele. O quarto de hóspedes — agora meu, supus — era decorado com uma manta de sarja xadrez e tinha fotos de Londres na parede. Um dia imprimi uma imagem de Dublin no trabalho e perguntei se poderia colocar na moldura vazia da sala de estar. «Você que sabe», respondeu ele. E disse que eu poderia pernoitar sempre que ele estivesse viajando a trabalho, mas achei melhor não. A tentação de fuxicar o quarto dele teria sido irresistível. O interior do quarto ainda era um mistério para mim, mas imaginei que todas as roupas estavam dobradas e guardadas em lugares otimizados para fácil acesso.

Uma dessas noites em que ele estava no exterior, voltei para o Airbnb e Emily me encurralou antes mesmo que eu chegasse ao meu quarto.

— Tá tão sumida... — disse ela.

— Não dá pra gente dividir a casa o tempo todo — respondi. — É claustrofóbico.

— Vamos sair pra tomar uns drinques, então.

— Claro — respondi. — Quando?

— Amanhã?

Mas Julian ia chegar de Singapura, então respondi:

— Ah, que pena. Vou jantar com um amigo.

— É na casa desse amigo que você dorme?

— Não tenho tantos amigos.

Emily começou a ajeitar as almofadas feias do sofá, na esperança de que eu notasse o quão bacana ela era, nem precisava pedir a minha ajuda. O tecido era especialista em juntar cabelo: o dela e o de Freya, claro, porque eu nunca estava em casa, mas elas sempre colocavam a culpa em mim.

— Você não pode abrir mão de tudo por causa de um cara — disse ela.

— Eu não tenho nada com ele.

— Então por que vive na casa dele?

Ignorei. Uma coisa era reclamar que eu nunca estava presente, outra era me passar sermão toda vez que eu aparecia, não à toa eu preferia estar com Julian.

***

No dia seguinte, contei a discussão para Julian. Entre tragadas, ele assentia, e é claro que assentia nos momentos certos.

— Você já dividiu casa com alguém? — perguntei.

— Já, claro, em Oxford, e logo que mudei pra Londres. A maioria era gente boa. Tinha só um cara que era pirado. Mas isso foi no meu último ano de facul. Ele estava escrevendo a dissertação dele sobre algum dilema existencial. Dava pra ouvir ele andando de um lado pro outro, a noite inteira, resmungando elucubrações. Ele não comia nenhum tipo de comida sólida; batia tudo naquele maldito liquidificador. Vivia à base de vitamina. Acho que era o melhor aluno da sala.

— Então é melhor morar sozinho?

— Nem se compara.

Preferimos ignorar o fato de que ele já não morava sozinho. Matamos o vinho e ele foi buscar outra garrafa. Minha calça jeans tinha um buraco na altura da costura interna da coxa. Enfiei o dedo, fiquei puxando até ouvi-lo retornar e disse:

— Me conta da sua ex-namorada?

Ele girou a taça.

— Ela era legal. Foi transferida para Londres.

— Quanto tempo faz?

— Meses.

— Você se arrepende de alguma coisa?

— Não, de nada. Não costumo olhar pra trás.

Bebemos o vinho e apreciamos o silêncio. Notei que as almofadas da casa dele eram lindas: veludo cotelê, cetim dourado e marfim. Peguei uma e abracei.

— Aquilo que você disse sobre querer ser professor de história — comentei — era só conversa fiada?

— Claro. Fico feliz que outras pessoas desempenhem essa função, mas prefiro me agarrar à perspectiva sombria de ter minha própria casa.

Ele fez esse comentário sobre ser professor de história no nosso primeiro encontro, e eu não consegui saber se ele estava brincando. Ainda não sabia. Então disse:

— Mas e se você já tivesse uma casa?

— Nunca pensei nisso porque não é o que acontece hoje em dia. O mais provável era que tivesse ficado em Oxford e insistido no curso de História. Também não adianta ficar pensando nisso agora. Respeito muito quem se deixa guiar pelas paixões, mas prefiro a estabilidade.

Me perguntei se ele queria insinuar algo com esse comentário.

— Podia ser pior — disse eu. — Não ter paixões nem estabilidade.

— Sinceramente, Ava: eu e você somos dois mortos-vivos, mas eu ainda consigo pagar o aluguel, né?

— Com certeza.
— Somos a nova *belle époque*.
— Banqueiros cuzões e caloteiros.
— Nem todos os banqueiros são cuzões.
— É, só você.
— Só eu.
— Eu gosto de conversar com você — disse, e percebi a estupidez. — Faz com que eu me sinta de carne e osso, como se fosse possível confirmar que sou real.
— Legal.
— Você gosta quando venho aqui?
— Gosto — respondeu. — Você é uma boa companhia. E, se tenho esse espaço pra mim e gosto de dividi-lo com você, não tem por que fazer diferente.
— Então é conveniente pra você.
— Conveniente, não. Assim parece que sou calculista. Tô dizendo que faz sentido.

Agora parecia que ele tinha chegado mais perto de mim no sofá, embora não tivesse se mexido.

— Se não fizesse mais sentido, você pararia de me convidar? — perguntei.
— Acha que eu faria algo que não fizesse mais sentido pra mim?

Eu me abaixei para encher a taça. Nossas pernas se tocaram.

— Deixa que eu sirvo — disse ele, e se aproximou ainda mais ao encher a taça.

Fiquei esperando.

Já em seu quarto, ele fez as honras — fechou as cortinas, baixou as luzes, tirou as coisas de cima da cama — enquanto eu tirava meu colar e o deixava levemente sobre a mesinha de cabeceira para que o aço não retinisse na madeira. Ciente de que ele me observava, tentei não demonstrar curiosidade sobre seus pertences.

Meu cabelo atrapalhou tudo. Ele tirou alguns fios de dentro da boca, e depois outros fios agarraram no fecho das costas, e disse:

— Espero que a gente não acabe no pronto-socorro.

— Realmente — respondi —, é tudo que eu mais quero.

— Você diz umas coisas estranhas pra caralho — disse ele.

5
Outubro

Eu não suportaria viver num Airbnb para sempre, mas ainda não tinha juntado o equivalente a dois aluguéis para alugar um apartamento. No começo de outubro, levei minhas coisas para a casa de Julian. Disse a ele que não tinha tempo para achar um apartamento. Ele disse que eu podia ficar até encontrar um.

— Fica no quarto de hóspedes — disse ele. — Eu recebo ligações a noite inteira.

Continuamos transando.

Em meados de outubro chegou o tufão Haima, o último da temporada. Ficamos presos em casa até a liberação dada pelo observatório de Hong Kong. Julian só usava o mesmo — aspas — «moletom casual». Ele nomeava muitas coisas como casuais e se referia a elas fazendo sinal de aspas.

Perguntei por que tínhamos demorado tanto para transar.

— Eu não queria impor nada — respondeu.

A resposta que eu esperava era que ele ficava nervoso perto de mim. Nem cheguei a pensar que ele tinha esse poder de «impor» alguma coisa, e fiquei chocada por ele achar que tinha.

Os lençóis de sua cama eram branquíssimos. Uma vez manchei a cama sem querer, e ele chamou de mancha de vinho, acho que por eufemismo ou porque era mais fácil me imaginar bebendo uma taça de Merlot do que menstruando. Seu empenho para me fazer gozar me pareceu sinistro num primeiro momento, e me levou à suposição de que, caso ele quisesse alguma coisa, seria capaz de me ferir. Ele gostava quando eu mordia, mas eu tinha que saber o momento certo, então às vezes eu pensava: são tantas coisas nas quais nunca serei uma especialista e fui escolher justo essa — e não me pareceu que se tratava de um monólogo interior que alguém escolheria ter, se pudesse.

Fui pesquisar a ciência da mordida, descobri que futuramente ele ainda sentiria dor, e logo soube como proceder diante dessa informação.

Ele gostava quando eu ridicularizava os homens que buscavam a bajulação sexual. Isso confirmou sua ideia de que ele não era um deles, ao passo que garantia que os clichês desses homens ainda saíssem da minha boca. Eu era enjoada com cardápios e ele dizia que era porque eu não tinha apetite. «Nada disso», respondia eu, e fazia um gesto brincalhão. Achei que enfim tinha encontrado um homem aristocrático demais para mandar o papinho do «você é muito boa de cama», ele sacou o desprezo que eu sentia por homens partidários do papinho «você é muito boa de cama», mas, empiricamente, eu me sentava do outro lado da mesa, deslizava o pé na perna dele e dizia que ele era bom de cama. Depois pedia água e observava suas mãos enquanto ele me servia.

Eu não era boa em quase nada, mas de homem eu entendia, e Julian foi o homem mais rico com o qual eu já fui boa.

***

Às vezes Joan me pedia para ficar depois da hora para «ajudá-la» a escrever as listas de vocabulário. No inglês de Hong

Kong, «ajudar alguém a fazer alguma coisa» pode significar que você ajudou, mas a pessoa não cooperou. Joan gostava dessa acepção.

Naquela semana, a lista da turma de doze anos incluía o termo «mind». O dicionário apresentava quatro significados: ser responsável por ou lidar com; ser ofendido ou incomodado por; o lugar onde se assenta a faculdade intelectiva (Iris Huang olhou para as cadeiras); intelectual de relevo (Iris Huang fixou o olhar em uma cadeira).

O dicionário não preparava essas crianças para Dublin. O «*mind yourself*» para «cuide-se quando sair de casa» era diferente do «*mind yourself*» de «cuidado» ao usar uma faca de serra. O «*don't mind him*» era para «ignore essa pessoa que está te incomodando», e o «*mind him*» significava «preste atenção, fique de olho na pessoa e se cuide quando estiver perto dela». E toda essa «mentalidade» ocorria numa só «*mind*», com sorte na sua própria mente.

Eu ficava o tempo inteiro mentalizando as coisas em Hong Kong, mas nem sempre conseguia interpretar em que sentido o fazia.

***

Julian gostava de ser uma pessoa ocupada. Ele era muito ocupado, juro. Eu queria ser uma pessoa mais ocupada do que ele só por um dia. Eu queria que ele me sugerisse um plano e que eu não tivesse tempo para pôr o plano em prática.

— Não sou tão ocupado assim — disse ele. — Por que você quer ser ocupada?

— É um símbolo de status. Tipo «Sou muito importante na economia especializada».

— Mas os ricos não são ocupados. Pessoas como eu são.

— Mas você é rico.

— Sou nada.

— Você tem que parar de fingir que não sabe que é rico — disse eu. — É indecoroso.

Nossa disparidade de patrimônio era gritante demais para me deixar incomodada. Era uma diferença tão absurda que eu só conseguia achar graça. Também me sentia absolvida de qualquer necessidade de contestar as implicações de gênero porque o deixava pagar tudo para mim, e isso era tão bom que eu também não podia reivindicar que fosse de outro jeito. Se uma coisa custava 1% da renda dele ou 10% da minha, por que eu deveria me preocupar com isso?

Dei um google na faixa salarial de vice-presidentes júniores do banco em que ele trabalhava: de 137 mil a 217 mil euros por ano, mais bônus e auxílio-moradia. Tentei me animar com isso. O fato de que ele pudesse ganhar tantos zeros e ainda não se considerar rico comprovava que o lucro material não me faria feliz, logo eu não precisava ter um emprego de verdade. Mas, se nem dinheiro poderia me fazer mudar de vida de vida, eu não conseguia pensar em mais nada que pudesse fazê-lo.

Morar no apartamento dele pressupunha romper com a noção capitalista de que eu só merecia alguma coisa se pudesse pagar com meu próprio dinheiro. Ou talvez eu tenha virado uma feminista de araque. Eu conseguiria matar essa charada depois que tivesse vivido a experiência. Até lá, não fazia muito sentido ficar pensando nisso. E se eu concluísse que não gostava de morar com ele? Eu teria que dar outro jeito, e o mais provável era que não encontrasse uma alternativa melhor.

***

Mamãe sempre dizia: «Chega». Se eu deixasse a calefação acima dos 17 graus — chega, Ava. Compras no supermercado, se eu quisesse pegar mais um saquinho de cerejas — chega, Ava. Não tinha contado à mamãe que eu estava morando com Julian. Ela o teria considerado mais que suficiente, o que já era muito.

Liguei para ela num fim de semana em que Julian estava no exterior.

— Novidades? — perguntou, enfatizando o tom de acusação de que eu só ligava quando tinha uma revelação a fazer. O talento de mamãe repousava no fato de que, quando ela tentava fazer uma insinuação, dava para ouvir esse movimento.

— Nada de mais — respondi.
— E aquela uma?

Aquela uma, salvo se especificado de outro modo, significava Joan.

— Está ótima — respondi.
— E aquele?
— Ótimo.

Benny. A primeira vez que contei para mamãe sobre meus chefes, ela disse: «Eles vão acabar com a tua vida». Nas ligações seguintes, tentou avaliar o comportamento deles e saber se precisavam de ajuda.

— Algum broto? — perguntou mamãe.
— Infelizmente não.

Tentei dar a impressão de que estava procurando um. Mamãe achava que as garotas que estavam em busca de namorado viviam em boates, coisa que ela gostava de me imaginar, como toda moça, fazendo. Eu poderia ter dito a ela que não frequentava boates porque meu namorado tinha 28 anos, mas ele não era meu namorado e eu sempre detestei boates.

— É muito difícil conseguir falar com você — disse mamãe. E esse comentário nunca tinha uma relação específica com algo que eu tinha acabado de dizer, mas ela achava instrutivo inseri-lo numa conversa.

— E o Tom, tá bem? — perguntei.
— Tá ótimo. Contei que ele vai se mudar?
— Contou.
— Bom rapaz. Trabalhador. A maioria dos meninos da idade dele, a mãe tem que botar pra fora de casa.

Ela não queria que eu concordasse que era ótimo que seu filho mais novo não precisasse mais dela. Do mesmo modo, ela não gostaria que eu reiterasse que ela deveria se sentir uma defunta porque ele estava saindo de casa antes de terminar a faculdade. Mamãe conversava por areias movediças, a cada movimento você afundava mais.

(Contei tudo isso a Julian e ele disse que nunca poderia imaginar que eu vinha de uma linhagem de mulheres enigmáticas. Eu disse: «Por que mulheres enigmáticas? Por que você acha que sou enigma do modelo feminino? Talvez os homens da minha família também sejam enigmáticos». Ele respondeu: «Então você reconhece que é enigmática». Eu disse: «Talvez, ou quem sabe eu só estivesse sendo enigmática».)

— O George está bem — acrescentou ela. Sua compreensão auditiva remetia ao otimismo materno: ela pressupôs que, se eu tinha perguntado de Tom, eu queria saber como estava o outro irmão. — Tá feliz da vida que ganhou uma bonificação, ele te contou?

— Contou não — respondi.

Tinha contado, sim. George prestava consultoria em reestruturação corporativa. Seu trabalho consistia predominantemente em ajudar as empresas a demitirem pessoas sem pagar uma indenização pela demissão. Ele foi indispensável ao movimento de suspensão da licença-maternidade para funcionárias mulheres.

— Acham que alguém da equipe dele será o próximo consultor sênior — prosseguiu mamãe. — Ele é muito trabalhador, Tom também é. Trazem o pão e levam o trigo.

A palavra «trigo» me fez pensar em «abrigo», e em quão bem situado George estaria como personagem de um romance vitoriano. Com o pensamento de uma universitária, eu sabia que muito mais pessoas perdiam o emprego quando banqueiros como Julian estavam apostando alto na roleta — mas a cabeça de universitária tinha um botão acoplado. Eu girei esse botão para cima — pessoas que eu odiava —, e para baixo — pessoas que eu adorava.

— E eu? — perguntei. — Por acaso sou diferente?

Eu estava tentando fazer graça, mas não deu certo. Não dava para fazer piada com a mamãe numa ligação intercontinental.

— Você está dormindo muito mal — disse ela.

***

Eu gostava de imaginar que Julian tinha uma esposa na Inglaterra. Sou uma Jezebel, pensava. Esse garrafeiro de vinho foi um presente de casamento que eu uso para guardar os Jack Daniels porque tenho mau gosto para tudo. Ela é católica — do tipo aristocrata inglesa, não do tipo irlandesa pobre — e nunca vai dar o divórcio, e eu não posso, de forma alguma, usurpar os direitos dela, tendo sido ela a mulher que o amou antes que a vida e os bancos de investimentos o reprimissem criativamente.

Perguntei de onde tinha saído o garrafeiro e ele disse que já fazia parte da decoração do apartamento.

Eu queria que Julian fosse casado. Isso faria de mim uma pessoa poderosa que poderia acabar com sua vida. Também seria um motivo tolerável para a recusa dele a uma proximidade maior entre nós. A única leitura plausível era que Julian era solteiro e, embora vez ou outra eu conseguisse aplicar a técnica do fogo no rabo para convencê-lo a trepar comigo, ele não queria ser meu namorado. Isso feria meu ego. Eu queria que as pessoas se importassem mais comigo do que eu me importava com elas.

Do jeito como as coisas andavam, tive que executar tarefas insignificantes para conseguir me aproximar dele. Brincando, me pediu para organizar sua estante de livros, e, quando eu fui lá e organizei, ele disse que eu era demais. Pelas condições das lombadas, presumi que ele gostava de Tennyson, também de Nabokov, embora talvez fossem exemplares de segunda mão ou que ele tinha pegado emprestados com alguém. Houve um fim de semana em que cometi o grande erro de aconselhá-lo a fazer logo as malas para Seul, e desde então ele passou a esperar que o lembrasse disso toda vez que tivesse uma viagem de negócios.

— Você é muito preguiçoso — eu disse. — Seria tão mais fácil eu arrumar de uma vez do que convencer você a arrumar sozinho.

— Divirta-se — disse Julian. Essa não era a resposta que eu esperava, mas achei que poderia ser divertido, como fazer uma roupinha para uma Barbie com uma profissão improvável. Todas as roupas dele pareciam iguais, e ele já tinha uma escova de dente e um barbeador numa mala de mão. Não coloquei camisinhas, não que eu me importasse que ele saísse com outras pessoas, mas porque temia que parecesse um ato passivo-agressivo.

Eu queria saber se ele tinha falado com os pais. Ele mencionava umas conversas com a mãe, mas eu nunca os tinha ouvido ao telefone. Então resolvei perguntar.

— Temos uma rotina — respondeu ele. — Dia sim, dia não ela me liga na hora do almoço.

— E que horas é isso na Inglaterra?

— Seis da manhã, mas ela já tá acordada. Faz jardinagem.

— E seu pai?

— Não te contei? Ele mora aqui.

— Em Hong Kong?

— Ele é professor de História na Universidade de Hong Kong. Eles se separaram quando eu tinha dez anos.

Essa informação só veio à tona quatro meses depois que nos conhecemos. E fiquei pensando que outras informações ele escondia, e — Deus não dá asa à cobra — se entre elas havia uma esposa.

— E você encontra sempre com ele? — perguntei.

— Só algumas vezes por ano. Quando dá.

— Onde ele mora?

— A três estações de metrô daqui.

— E vocês só se encontram três vezes por ano.

— É, e quando dá.

Os ingleses são esquisitos.

Talvez para zombar de mim de um jeito obscuro, Julian se lembrava dos nomes dos meus pais e os usava sempre que podia. «Tem falado com a Peggy?», dizia, ou: «Joe vai bem?». Os pais dele se chamavam Miles e Florence. Achei a comparação dos nomes esclarecedora, mas ele discordou.

Para os britânicos, classe é igual a humildade: só tem quem nega ter.

Na manhã seguinte, descendo a escada rolante, imaginei a casa de sua infância em Cambridgeshire. Uma casa alta, pensei, e vazia: as casas são iguais aos donos. (Me senti cruel, então presumi que Julian ia achar engraçado. E isso me lembrou que nada que eu dissesse poderia magoá-lo.) Embora eu não fosse o tipo de pessoa que Julian levaria para conhecer Florence, imaginei que ela me receberia para o jantar, só nós duas. Eu pronunciaria «*gnocchi*» errado e ela passaria a noite inteira ignorando o fato para não me constranger. Eu olharia nos olhos dela e pensaria: assim eu vou arrancar de você cada palavra que você conhece. Eu catava as palavras como trufas e ela dizia «Sirva-se à vontade», então eu pegava também essas palavras e a deixava sem nenhuma.

À noite, no caminho de volta para Mid-Levels, concluí que, se fosse casado, era de muito bom-tom que Julian não usasse sua aliança. Se chegasse a usar, é quase certo que eu teria concluído que ele me achava uma ambiciosa.

***

Sempre que Julian estava no exterior, eu saía para beber com os outros professores. Da primeira vez que fui convidada, Ollie de Melbourne perguntou: «TST ou LKF?», em seguida explicou — Tsim Sha Tsui, Lan Kwai Fong, os bairros badalados à noite — como se fosse, incluindo o currículo da pré-escola, a explicação mais óbvia que tinha dado ao longo de um dia inteiro. Os bares eram clandestinos, escuros e amplos de um jeito troncho, ou então uns puxadinhos com luzes penduradas. Nessas saídas, percebi que, até então, por infelicidade e má orientação, havia concentrado minhas energias na tentativa de cultivar uma personalidade. Caso não tivesse uma bem construída, abriria mais espaço para as personalidades alheias.

— E aí, tá saindo com alguém? — perguntou Briony de Leeds.

— Quem sabe — respondi, depois de quatro drinques.

— Mudando um pouco minha pergunta, você tá procurando?

— Quem sabe.

Nessa hora, Madison do Texas me puxou para uma conversa com dois homens. Seu pretendente favorito disse que se ela tivesse tetas boas ele ia cheirar pó em cima delas. Por regra, só havia três tipos de homem no TST e no LKF: os da tecnologia, os empresários, e a turma do rúgbi. Os caras da Madison estavam sentados estrategicamente na ala da tecnologia para dar a entender que eram superiores aos homens que usavam terno. Eu achava que qualquer um podia alcançar essa distinção com mais facilidade sem ter um emprego. O zé-ruela da Madison encostou no meu braço. Eu recuei e ele perguntou se eu gostava de mulher. Deu vontade de responder: minha preferência sexual é não me atrair pelo seu tipinho. Fui ao banheiro e liguei para Julian.

— Você cheira?
— Quê?
— Ouvi dizer que todos os banqueiros cheiram.

***

Eu tinha lido que o crítico de arte John Ruskin sentiu nojo de um aspecto indefinido do corpo de sua esposa na noite de núpcias, e com isso me dei conta de que sempre temi esse tipo de situação caso alguém me visse nua. Julian era gentil nos comentários que fazia sobre minha aparência e eu só conseguia dizer «obrigada», tentando ser cordial, mas sem insinuar concordância. Eu tocava os braços dele e me perguntava a) por que eu era uma pessoa tão fria e mal-agradecida e b) se um dia alguém ia se apaixonar por mim; sabia que as respostas eram respectivamente a) decidi ser assim e b) não; e por fim dizia a ele: «adoro seus braços».

Era possível viver sem homens, e eu considerava essa postura elegantíssima, mas tanta gente pensava o contrário que achei que era melhor arranjar um. Tinha-se que fingir tristeza depois de um longo tempo solteira. Eu odiava ter que fazer isso porque havia outras coisas que me entristeciam de verdade.

No caso de não ter um homem, eu achava que ficar sem sexo era a opção mais decorosa — mas, caso fosse fazer sexo, era melhor escolher alguém que guardasse certo grau de objetividade. E eu precisava conseguir isso. Ou então nunca pararia de pensar. Nós dois preferíamos que eu ficasse por cima e eu me perguntava se isso dizia algo sobre nossa dinâmica. Tinha para mim que todos os pendores copulativos revelavam o *eu* mais profundo, e se não revelavam era porque a pessoa tinha uma mente pouco cativante.

Ele não era carinhoso na cama, mas deixava que eu me empoleirasse em seu peito.

— E se eu tivesse sua idade? — perguntei.

Ele perguntou o que eu queria dizer com isso.

— Ainda se interessaria por mim se eu fosse a mesma pessoa mas tivesse sua idade?

— Quantos anos você acha que eu tenho?

— Não sei — respondi, mais alheia às estatísticas da idade média para casar pela primeira vez do que qualquer outra pessoa. — Trinta?

— Vinte e oito — respondeu. — Acho que estaria com você se tivesse 28 também.

Fiquei decepcionada, e percebi que meu desejo era que Julian se sentisse com 22 anos. Era a única coisa que eu possuía e ele não.

Depois dei um google naquilo em que normalmente se dá um google nesses casos. Vi que a idade média era 29 anos no Reino Unido, mas 31 em Hong Kong, e que nenhuma estatística esclarecia quando — ou se — os homens que eram de sua faixa socioeconômica e estavam no mesmo nível de inteligência emocional se casavam, e, em relação ao *se*, supus que ele era solteiro e não queria que eu fosse sua namorada. E por isso não chorei mais do que qualquer outra pessoa choraria nessa situação.

6
Novembro

Em novembro fomos tomar um brunch na Aberdeen Street com o Ralph, pronuncia-se «Rafe», que tinha feito Balliol College com Julian, trabalhava com ele no banco, e tinha uma suposta flotilha de bisavós hibérnicos. (Duas, detalhou Ralph. Um bisavô de cada lado da família, isto é, Eire lhe devia, em termos morais, a totalidade de um avô.) Tinha votado a favor do Brexit, pelo fechamento de fronteiras, e havia solicitado um passaporte irlandês para evitar ser parado nessas mesmas fronteiras. A conversa andou e ele se autodenominou «um raça pura de Oxford», da escola de Filosofia, Política e Economia de Oxford, que tinha se envolvido «na politicagem da eleição da nova reitoria». Julian disse: «Mas, Ralph, você tem só trinta anos».

A namorada de Ralph, Victoria, sabia se vestir. Ela era tão bonita que eu não conseguia entender por que conversava comigo. Vez ou outra, seus olhos diziam: também não sei. Conversamos sem parar, e ficamos ambas perplexas com esse acontecimento, que nenhuma das duas teria imaginado plausível. Ralph nos observava e parecia pensar: as mulheres sabem conversar.

— Então você é da Irlanda — disse Victoria, admirada com a informação. — Já estive em Dublin.

— Chegou a ver o Livro de Kells? — perguntei, esperando a negativa, porque eu nunca tinha visto. É claro que não só ela tinha visto, mas também escrito uma longa dissertação sobre ele para o curso que fazia na Universidade de St. Andrews. Julian questionou a historiografia de Victoria, ao que ela assentiu num gesto de colaboração, como se estivessem carregando uma peça troncha de mobília, um de cada lado. De vez em quando ela conferia sua bolsa trapézio Celine. Eu pensava: fica tranquila, Victoria. A bolsa não vai andar sozinha. A vaca já está morta.

Na semana seguinte, nós quatro tomamos seis garrafas de vinho rosé num bar clandestino dos anos 1920. Victoria me contou no banheiro que estava traindo Ralph com um cara casado que investia em fundos de *hedge*. Ela disse que ninguém costumava tocar nesse assunto, mas ter um amante acarreta desafios administrativos pouco negligenciáveis. Depois perguntou se eu não achava esquisito que Julian alegasse que nós dois não estávamos saindo porque era óbvio que estávamos. Respondi que não. «É esquisito, sim», disse ela, autoritária. E prosseguiu: «Vocês trepam?», e achei uma combinação notável de palavras, para o feitio dela. Ela usou o mesmo tom que normalmente se utiliza quando se pergunta «Curte um vape?», outra expressão que jamais usei. Respondi que fazia muitas coisas. «Ah, com certeza», disse ela. E por fim: «Esses cílios são naturais?».

***

O inverno de Hong Kong tinha chegado para ficar. Eu o chamava assim, inverno de Hong Kong, porque teria que abrir mão do meu passaporte irlandês se tivesse que considerar 20 graus Celsius como inverno-inverno. A bem da verdade, eu já estava fora havia cinco meses e achei que estava frio mesmo.

A essa altura meu saldo bancário só crescia, afinal eu não pagava aluguel. Raramente gastava dinheiro. Preferia imaginá-lo como um tempo de que disporia no futuro.

Na rua onde eu trabalhava, sempre cruzava com turistas atracados com comidas de rua, que se arrastavam por entre edifícios cheios de andaime para pechinchar em lojinhas vagabundas de celular. Os britânicos usavam short, e as lojas que vendiam casacos de lã fingiam ignorá-los. Havia esse intervalinho sazonal em que era possível usar roupas de inverno. Ninguém podia estragar esse prazer.

Julian disse que em dezembro estaria em Tóquio. Me perguntei o porquê dessa informação. Depois esclareceu que já não seria uma viagem de trabalho num fim de semana, ia passar três semanas por lá. Assenti e fiz perguntas perspicazes enquanto separava o lixo. Tínhamos comido *dim sum*. Eu me preocupei em tirar o óleo das embalagens.

— O que você vai fazer lá? — perguntei.

— Assuntos bancários. Grana.

— Toda vez que digo que você mexe com dinheiro, você diz: mas, Ava, não sou banqueiro varejista, sou banqueiro de investimentos.

— No fundo é tudo dinheiro — disse Julian. — O grau de abstração é o que me separa daquele cara atencioso com quem você negocia um cartão de crédito. E os níveis de risco.

— Então me conta por que você adora os picos azuis e odeia os picos vermelhos.

— Olha, se eu pudesse resumir meu trabalho em uma frase, não seria tão bem pago.

— Neurocirurgiões.

— Quê?

— Os neurocirurgiões sabem explicar o ofício deles em uma frase — disse eu. — Eles consertam cérebros.

— Não sei como vou me virar sem os seus comentários em Tóquio — disse ele. — Escreve um diário.

Essa conversa havia catequizado Julian em muitos aspectos. Eu disse a ele que a) ele tinha um trabalho importante e bem remunerado, b) eu não, e, c) para quebrar a monotonia de seu status social, ele gostava de mulheres bocudas; mulheres que outros homens consideravam atrevidas e que os consideravam fracotes, mas que se sentiam muito à vontade em suas salas de estar — ou pelo menos uma delas se sentia assim, mas como um arquétipo, não como alguém que no fundo ele valorizava, porque a arrogância dela era algo que eles tinham em comum.

O boquete também se mostrou edificante.

Homens, fácil administração.

Como sempre, arrumei sua mala e joguei umas camisetas para o caso de ele precisar exibir seu estilo casual fora do trabalho. Mostrei a ele as roupas que eu tinha enrolado como sushis e disse que merecia no mínimo um iPhone novo. «Com certeza», respondeu. «E vou trazer uma maleta de bens de Veblen.» Perguntei o que isso significava em inglês e ele disse: artigos de luxo. Eram diferentes dos produtos normais porque a demanda aumentava o preço.

Enquanto ele falava, em parte eu prestava atenção no que ele dizia e em parte fazia várias perguntas a mim mesma, por exemplo, se eu tinha feito um boquete nele enquanto ele fazia coisas como dizer que ficaria três semanas fora e isso deixava claro que não precisava de mim; se eu tinha arrumado sua mala entre o boquete e a informação de que ganharia presentes para não achar que ele compraria coisas para mim só porque eu tinha feito um boquete nele; por outro lado, se eu tinha feito coisas como arrumar sua mala porque achava que ele não compraria presentes para mim só por causa de um boquete e teria que confrontar o fato de que o boquete significava muito pouco para ele na escala de valores que utilizava para demonstrar seu afeto; se este último caso parecia especialmente desolador porque significava que arrumar sua mala era mais importante para ele do que um boquete e, sendo bem sincera, eu não era tão boa em arrumação de mala; e, depois de tudo isso, por que cargas d'água eu me convencia de que o poder estava nas minhas mãos.

— Então quer dizer que iPhones são bens de Veblen e um pedaço de pão não é — disse eu.

— Exato. Quer dizer, o pão é um bem de Giffen. O que vai fazer enquanto eu estiver fora? Posso sugerir alguns museus.

— Não sou criança. Eu sei me virar.

— Só queria ajudar.

— Posso ir com você? — perguntei, com ironia.

— Vou trabalhar muito — disse ele, com ironia. — Não é justo.

Nunca é justo, pensei — com sinceridade. Se fosse justo, você não gastaria tanto dinheiro comigo. A ideia me veio pronta, já com todas as palavras, antes de eu me dar conta de que deveria estar surpresa com isso.

— Eu sei que você não quer que eu vá.

Quando ele disse essa frase, minha vontade era caminhar até o garrafeiro de vinho com cara de presente de casamento, escolher o Cabernet Sauvignon mais raro, abrir a garrafa com toda a gentileza e despejá-la em cima de seu MacBook. Não fiz isso. No dia seguinte ele compraria um laptop novo, encantado com o primor da nova *touch bar*, e fingiria que o episódio do vinho não tinha acontecido até que, numa discussão futura, do nada ele precisasse de provas de que eu era louca. Nada disso aplacaria o aborrecimento que o comentário dele tinha me causado.

— Ava, tudo bem com você? — perguntou.
— Sim, tudo.

Desprezei Julian. Não querer que ele viajasse era um sentimento meu, não dele. Julian tinha testemunhado a manifestação e a asfixia que esse sentimento me causou, e deixou claro que tinha percebido — era vantagem para ele, não para mim. Era uma demonstração de como os garotos de universidade particular se aproveitavam dos trabalhos roubados de coleguinhas. Julian sabia pronunciar corretamente as fricativas desfalcantes e tinha demorado muito tempo para aprender, porque podia, porque ele e toda sua classe vampiresca viveriam para sempre sugando a vida de outras pessoas em suas fábricas e, no fim das contas, em qualquer lugar que — em uma frase? — requisitasse certo grau de abstração. Minha vontade de chorar era um reflexo direto da minha consciência social.

Ele abriu a janela e acendeu um cigarro.

— Vamos mudar de assunto — disse eu.

Julian concordou:

— Tóquio?
— Boa. Sabe japonês?
— Nem uma palavra.
— *Konnichiwa* — propus.
— Ótimo, agora já sei uma.
— Duas, na verdade. Em japonês. *Konnichi* e *wa*.
— Ava, tá tudo bem?
— Claro que sim.
— Ó, sério, eu gosto muito de você.
— De você também — respondi, e não fez sentido, afinal «de você também» queria dizer que eu achava que ele

também gostava muito de si mesmo, mas ele nem se ligou nisso.

Naquela noite passei mais tempo que o comum fingindo que não queria estar com ele de um modo que deixava evidente que eu queria. Não foi tão divertido como costumava ser, nem tão bom quanto singrar uma machete numa pilha de camisetas dele, mas apreciei a clareza do exercício. Havia algo shakespeariano quando um homem imperioso fazia sexo oral em você: significava a queda dos poderosos.

Quando acabou, peguei emprestado um de seus famosos moletons casuais e ele me disse que gostava de ver minhas orelhas de fora. Disse que eu parecia atenciosa. Perguntei se ele queria dizer que eu parecia ter uma boa audição e ele respondeu que não, não exatamente, que me fazia parecer alerta.

— Na era vitoriana — disse eu —, as mulheres cortavam um chumaço do cabelo e davam de recordação aos homens.

— Eu não quero seu cabelo.

— Só estou descrevendo a prática.

— Certo. Boa descrição. Mas não quero seu cabelo.

— Quer alguma coisa de mim?

— Suas mensagens me bastam — disse ele. — Provavelmente dizem mais sobre você que seu cabelo. E quero o moletom de volta.

— Prefiro você de terno — disse eu.

Ele não simpatizava muito com minhas convicções políticas para entender o quanto essa confissão era vergonhosa ou pessoal.

7
Dezembro

Quando Julian e eu nos despedimos no aeroporto, eu me afastei primeiro. Fiquei olhando para as vigas de aço logo acima, procurei minha mala, então me dei conta de que não tinha uma porque não era eu quem ia viajar.

Nos dois meses que passei no apartamento, tive a impressão de conviver com a ausência dele. Afinal, ele sempre estava em casa e vez ou outra a gente transava, e não gostei nem um pouco da supressão repentina dessas condições. Eu não tinha vontade de comer. Parecia desnecessário comer sozinha. Sozinha no apartamento, eu mandava mensagens para ele, mas ou ele respondia horas depois ou nem respondia. Eu preferia ligar. Achei que, se ele ouvisse minha voz, notaria que eu estava deitada em sua cama, vestida com sua camiseta.

No fim da primeira semana em que ele estava fora, liguei e perguntei sobre o Japão. Ele disse que era mais limpo que Hong Kong, e que achava que eu lia bem mais quando ele estava viajando.

— Em outras palavras — respondi —, você acha que eu não tenho outros amigos.

— Não precisa de mais ninguém.

— Parece coisa que um namorado escroto e possessivo diria...

— Ainda bem que não sou nada disso, né?

Queria ter guardado o comentário que fiz para uma conversa cara a cara. No telefone, Julian soava covarde e previsivelmente imparcial, feito médico que dá um prognóstico negativo já no fim do expediente, depois de ter dado muitas notícias ruins.

— Você sempre fala isso — disse eu. — «Aliás, lembre-se que não sou seu namorado», como se eu precisasse ser lembrada. Não sou burra.

A informação de que eu não era burra, que deveria exprimir neutralidade, soou mais rude do que o esperado.

— Eu sei que você não é burra.

— Então por que insiste em repetir isso? Parece que você tem algo a esconder.

Não era bem assim. Ele tinha deixado claro que gostava da minha companhia, mas não queria nada sério. A honestidade dele feria meu orgulho, então eu preferia acreditar que era um mentiroso. E nem sequer conseguia sentir uma pena real e grandiosa de mim mesma, pois não era a reciprocidade que eu buscava. Eu queria que os sentimentos de Julian fossem mais fortes que os meus. Ninguém se compadecia disso. Eu desejava um desequilíbrio de poder, e queria ser beneficiada.

— Não sei por que você acha que eu minto o tempo todo — disse ele.

— Tá, você não é mentiroso — respondi. — Melhor assim?

— Perfeito. Pode escrever isso no meu LinkedIn?

— Vou criar um perfil só pra isso.

— Sei que o fato de morar no meu apartamento pode soar ilícito até que a gente dê esse passo.

Me levantei da cama e fiquei em pé na porta da sacada.

— Por que você compra presentes pra mim? — perguntei.

— Você não gosta?

— Gosto, mas tenho essa curiosidade.

— É que, sei lá — disse ele —, nem são coisas caras.

Concluí que ele tinha dito isso de propósito. Era menos ofensivo que pensar que tinha sido sem querer.

— Se eu sou uma parasita, você sabe que pode se livrar de mim.

— Poderia voltar ao momento em que te chamei de parasita? Acho que perdi essa parte.

— É a impressão que eu tenho.

— Não pode atribuir a mim a autoria das suas ideias paranoicas.

— Então agora eu sou uma louca.

— Ava, se você prestar mais atenção, vai perceber que te acho supersensata. Imagino que haja alguma razão por trás do que você diz. Só estou tentando descobrir qual seria.

— Ninguém pode ser «super» sensato. Ou é sensato ou não é. Assim como você não pode ser «super» autorizado a trabalhar em Hong Kong.

— Como um banqueiro branco e britânico, me parece justo dizer que sou superautorizado a trabalhar em Hong Kong.

Tive que rir. Sempre ficava aliviada quando ele dizia coisas assim sobre si: ótimo, então não deve ficar incomodado quando sou eu a fazê-lo. As pessoas costumam dizer coisas sobre si mesmas que não gostariam de ouvir da boca de outras, mas nem sempre eu estava disposta a ser boazinha com os homens.

— Então, como ficamos? — perguntei.

— Não estou acostumado a lidar com pessoas como você — disse ele.

Às vezes eu era boa com ele, às vezes ele era bom comigo, às vezes éramos bons um com o outro, e às vezes nenhum de nós era bom em nada. A coisa toda era tão confusa que às vezes eu queria que um de nós tivesse todo o controle da situação e não me importava que fosse ele, mas era uma mentira deslavada, porque senão eu lhe daria o controle da situação — e aí ele perderia o interesse e me trocaria por uma modelo, porque elas são mais magras, ou por um bassê, porque eles soltam menos pelo.

— Você gosta de cachorro? — perguntei.

— Quê? Não.

— Eu também não. Prefiro ter desafios maiores.

Nós rimos dos homens que ficam satisfeitos com esse tipo de declaração.

— Olha só — disse ele —, preciso ir. Tenho muitas reuniões amanhã. Mas foi bom conversar com você. Até já, pequena.

Gostei disso — pequena. Senti consideração.

***

Fui a um bar no TST com os outros professores. Pedimos drinques e começamos a avisar as pessoas, de jeitos variados, que estávamos saindo com alguém ou a anunciar que não estávamos. Scott do Arkansas fez as duas coisas. Perguntei por que ele estava afirmando que era solteiro três segundos depois de ter falado sobre a namorada, e ele disse que estava inventando porque eu o deixava intimidado. Fiquei pensando se ele era uma pessoa melhor ou pior sob efeito de narcóticos.

Já na boate que havia nessa rua, Madison do Texas

começou a dançar comigo. Mal nos movíamos, mas ela pôs a mão no meu quadril. Me lembrei da época da faculdade quando uma garota perdeu a linha no Workmans e a gente começou a se beijar loucamente e aí um cara de camisa polo perguntou se podia assistir. Mas já está assistindo, pensei. Os homens não são bons *voyeurs*. Eles querem que a presença deles seja notada.

Madison disse que me invejava porque eu era misteriosa sem fazer esforço. Os homens gostam disso, afirmou ela. Madison tinha mania de achar que eu ficava empolgada ao saber do que os homens gostavam.

Ela acariciava meu braço quando Scott do Arkansas se aproximou. Scott disse que seu companheiro de casa não estava em casa. Madison disse: «Que interessante, hein, Ava». Madison não tinha limites quando o assunto eram as coisas de meu interesse. Perguntei a Scott se ele quis dizer que sua namorada não estava em casa e se tinham uma relação monogâmica, e Madison olhou para mim como se eu fosse uma criança que faz perguntas à tia sobre seu divórcio. Os narcóticos faziam de Scott uma pessoa melhor, concluí, preservavam sua honestidade, ao passo que atrapalhavam consideravelmente sua habilidade de mentir.

Pensei no que Julian diria sobre mim às outras mulheres.

Madison tentou me beijar. Sua língua tinha um gosto vagabundo, feito comida enlatada.

— Você ainda não me disse se gosta de mulher — disse ela.

Respondi:

— Sou extremamente reservada.

8

— Mamãe acha que você tá saindo com um cara — disse Tom no telefone.
— Como assim? — perguntei.
— Disse que as mães sempre sabem, logo ela sabe. Que não miram, mas acertam.

Ele me contou da faculdade. Estava estudando filosofia mas sem muito ânimo, porém entregava os trabalhos e fazia os seminários e tudo o mais. Um professor havia lhe dito que ele estava propenso a ser um sujeito mediano, e ele não ficou ofendido do modo como eu teria ficado. Mamãe seguia perguntando o que ele ia fazer depois de formado.

— Olha só, eu ia mesmo te contar — quando vi, já estava contando. — Não conta pra mamãe, mas de fato estou saindo com um cara.
— Tranquilo.
— Não é nada sério. Mas tem sido legal. E, na real, ele é um cara chique. Não como um chique de Dublin, um chique britânico. Ele usa «*shall*» nas frases.
— Mas você gosta dessas coisas — disse Tom.
— E isso significa o quê?
— Ah, não começa, Ava.

Era verdade que Julian fazia bem o meu tipo. Meus dois ex-namorados da Irlanda tinham estudado em escolas particulares do sul de Dublin e sabiam tudo de rúgbi. (O fato de não darem tanta atenção a isso demarcava ainda mais o status.) O tipo de teoria que eu poderia formular sem muito esforço sobre qualquer outra pessoa: Ava se sente atraída por parceiros ricos para aplacar suas angústias de classe. Na prática, fazer sexo com pessoas ricas só reitera a consciência que tem de si como uma pessoa que não é rica, e no entanto ela continua a fazer isso.

Mas chegar a essa conclusão sobre mim mesma parecia automático. Achava que deveria haver um pouco mais de complexidade.

— E você? — perguntei.

— Não tô saindo com ninguém — respondeu. — Se rolar eu te conto.

— Você sempre diz isso. Mas aí três meses depois você vira do nada e diz que tinha alguém, mas que já terminou.

— É que eu não falo nada até vingar. Aí, quando eu acho que vingou, o lance acaba.

— E como você explica isso em uma palavra?

— Às vezes sou eu que termino. Mas nunca é premeditado. Você chamaria de «autoconhecimento».

— Você é muito mais autoconsciente que eu — respondi.

— Não, você se conhece como ninguém. Consegue se convencer de qualquer coisa. E ninguém te convence do contrário.

— Foi por isso que não falou do Julian?

— Julianzinho Inglesinho?

— Inglesinho é sacanagem.

— Inglesinho!

Concordei que era um fato.

— Olha só — disse Tom. — Eu não posso te dizer o que fazer.

Eu queria que ele pudesse. De acordo com o meu ponto de vista: acho legal que Julian não queira um lance tão íntimo, e fico irritada com ele por me privar disso. Moro no apartamento dele de graça e reclamo que isso gera ruídos na nossa dinâmica. Odeio precisar dele e resolvo essa situação evitando me responsabilizar por minha própria felicidade, mas fazendo os joguinhos dele, que por igualdade também podem ser os meus, porque não tenho certeza sobre quem começou tudo isso.

Eu queria contar isso a alguém e receber a seguinte resposta: Ava, você está sendo insensata, ou: Ava, cada um carrega sua cruz, mas a sua é a mais espinhosa. Qualquer coisa, menos: parece uma situação complicada.

— Bem, tenho que ir agora — disse a ele.

Tom estava saindo com mais de uma pessoa ao mesmo tempo.

***

No trabalho fiquei imaginando as coisas boas que poderiam acontecer comigo se eu fosse uma pessoa diferente. Quando percebi que estava sonhando acordada, comecei a fazer uma lista honesta das coisas que não gostava em mim. As crianças rascunhavam seus trabalhos, e eu pensava: pés chatos, mãos gordas, falta de jeito, covardia moral. Quando Matthew Yim fez uma pergunta, me senti severamente interrompida. No cartaz à minha frente, lia-se PREPOSIÇÕES DE MOVIMENTO. Havia sapos espalhados por toda a sala: em cima da mesa, embaixo da mesa. Pensei: pálida, hostil com as pessoas que só me querem bem, provavelmente ruim de cama.

Na sala dos professores, as pessoas estavam conversando sobre filhos adotivos *versus* filhos biológicos. Eu disse assim:

— Eu adotaria. Não infligiria minha genética a ninguém.
— Ah, não diga isso! — disse Madison do Texas.
Acrescentei à lista: senso de humor peculiar.

***

Na terceira semana de dezembro, um dia antes da volta de Julian, mandei uma mensagem para ele.

> oiê queria pedir desculpas, te tratei meio mal e tal. eu sei que peso a mão com você e justifico isso com uma práxis socialista, quando não tem nada a ver. não quero achar que sou uma pessoa horrível porque faço esse tipo de coisa. mas eu gosto de ter você na minha vida.

Mandei a mensagem da varanda. Se eu tivesse arremessado meu celular, nunca teria visto a resposta. O pátio em frente ao saguão de entrada, observado de cima, parecia um mosaico pequeno. Na Antiguidade as pessoas encenavam suas histórias pessoais com o mesmo grau de imersão com que eu estava vivenciando a minha.
Julian respondeu poucas horas depois.

> Obrigado pela mensagem. Sei que não deve ter sido fácil escrever isso. Até já.

Poderia significar qualquer coisa, inclusive o que pretendia significar.
Fiz uma surpresa para ele no aeroporto. A área do desembarque era imensa, mas ele era tão alto que foi fácil localizá-lo. Ele já estava com o passaporte na mão quando

passou no guichê da Polícia Federal. De longe flagrou meu olhar. Corri ao encontro dele.

9

O sistema financeiro desacelerava perto do Natal. Julian parecia um pouco contrariado ao me dar essa informação. O diretor-geral já tinha insinuado que ele ficaria feliz com o bônus que ia ganhar, então ou era subir de cargo ou nada.

— O Hengeveld é um americano sádico e filho da puta — disse Julian —, então é mais provável que seja a última opção.

Ele não tinha feito planos financeiros que dependessem daquele dinheiro, então se viu confuso sobre o que fazer. Eu disse que essa situação devia ser difícil para ele.

— Mas o que esse «americano» significa nessa frase? — perguntei.

Julian tirou o paletó, jogou no sofá e, em seguida, se jogou no sofá, como se dissesse: reflita, elabore.

Eu disse:

— Parece que você fica ressentido quando seus superiores são americanos.

Julian disse que havia uma diferença gritante. Quando um chefe americano dizia que queria tal coisa em sua mesa na manhã seguinte, significava que queria tal coisa na mesa dele na manhã seguinte. Quando um chefe britânico o fazia, dizia que não era urgente; bastava que entregasse na manhã seguinte.

Naquela noite eu sugeri que brincássemos de cozinhar, e disse exatamente assim — vamos brincar de cozinhar — para que Julian encarasse como uma atividade cultural, tipo aula de cerâmica. Ele picou as verduras e comentou que poderia ter essa profissão caso pagasse melhor que o banco. Perguntei se havia alguma outra coisa que ele não faria para ganhar mais dinheiro, ele disse não, provavelmente não.

— Esqueci de falar — disse ele —, vou ter que encontrar meu pai.

— Não me surpreende — respondi. — É Natal.

— É só que, se eu tiver que passar o Natal com Miles e você quiser passar o Natal comigo, teremos que ir juntos.

— Ah, tudo bem — respondi. — Eu adoraria conhecer seu pai.

— Ele vai gostar de você. Ele odeia o «neoliberalismo», embora nunca tenha explicado por quê.

Pus a mesa. Depois do jantar, Julian leu um de seus calhamaços vitorianos e tomou coragem para parar de fumar após matar um maço de cigarros chineses que classificou como «grande vilão». Fui mexer no celular para equilibrar minha energia mental entre a) especular se as ideias políticas de seu pai insinuavam a existência de algum trauma paternal relacionado à atração que Julian sentia por mim, e b) esconder esse processo mental normal e saudável de Julian. Sempre fazíamos isso. Éramos a soma das rotinas que construíamos um em torno do outro.

***

Joan me pediu para ensinar as crianças sobre o Natal na Irlanda. Ao ouvir minha descrição, comecei a duvidar se era o que de fato acontecia na minha família. Eu disse que as pessoas iam à floricultura e compravam uma árvore, mas tudo me parecia mentiroso.

As crianças não ficaram interessadas. Joan sempre dizia para eu me valorizar, dar a elas informações que professores locais não dariam. Mas nada disso fazia diferença. Às vezes neva no Natal, disse eu, mas Natais sem neve são mais comuns. As pessoas tomam banho de mar. A água é fria. Mas fica cada dia mais quente, como em todos os lugares, e é provável que ainda vejamos o mar se elevar e nos afogar.

Em todas as aulas que dei naquela semana, o assunto da vez era quem ia viajar para mais longe no recesso — Mary Yeung para Bangkok, Hsu Chung Sun para Sydney, Emmeline Fan para Nova York. Alguns iam visitar a família. Outros coadunavam com o princípio elementar de que não é esperado que os ricos permaneçam num mesmo lugar por muito tempo.

Quando fechamos as portas do curso naquela noite, Joan comentou sobre uma mãe de Pequim que tinha requerido que os folhetos com as lições também estivessem disponíveis em chinês simplificado, assim como no chinês tradicional. Ela arrancava bolotas de peixe de um espeto de bambu enquanto contava essa história. Vendo como uma oportunidade de estreitar os laços, eu disse a Joan que havia debates similares sobre a ortografia do irlandês. Ela largou a tigela e perguntou qual era o acordo ortográfico atual. Eu disse que tínhamos simplificado, e Joan voltou a mastigar. Ela guardava muitas mágoas da República Popular da China. As que diziam respeito à autonomia política de Hong Kong eram convincentes, as que se referiam aos turistas nem tanto.

No último dia antes das férias, ela me disse para ligar para minha mãe no Natal.

— Vou ligar sim.

— É importante.
— Você tá certa, Joan.
— As mães são importantes.
— São sim.

10

Miles e o garçom conversavam em cantonês. De vez em quando Miles apontava para um de nós, e Julian ficava atualizando a caixa de entrada do e-mail no celular.

Era véspera de Natal. Nos encontramos no saguão dos elevadores da Percival Street. O edifício tinha trinta andares e havia no mínimo a mesma quantidade de restaurantes na torre. O lugar escolhido para nós tinha painéis de madeira escura, biombos de papel e mesas redondas de mogno. A conversa de Miles com o garçom tinha começado por meio da tentativa de encontrar opções vegetarianas para mim, mas eu desconfiava que a essa altura já tivessem mudado de assunto.

— Nem com os locais ele passa tanto tempo conversando — disse Julian depois que o garçom saiu. — Fez isso só para demonstrar que sabe lidar conosco, os *gweilos*.

— Ou talvez só estivesse tentando ser simpático — disse Miles.

Julian havia me contado que Miles tinha 63 anos. E, como o filho, adorava camisa social. Mas, diferentemente de Julian, as dele eram listradas e estavam amarrotadas.

No trem, Julian tinha me pedido para não mencionar nosso relacionamento.

— Não precisar falar nada — disse ele. — Não vai ser o único proboscídeo no recinto.

— Por que você não conta pra ele? — retruquei. — Aí já seria menos um elefante no recinto, se é que «proboscídeo» é alguma piada arrogante em latim.

— Não quero que ele saiba. E, a propósito, «proboscídeo» é uma piada arrogante em taxonomia.

— Mas você disse que ele já sabe.

— É. Tudo bem ele saber. Só não quero que ele demonstre que sabe — respondeu Julian.

Bom em latim, bom em taxonomia, intelectualmente capaz de suportar ser chamado de arrogante, contanto que se encaixasse na sua predileção por ser contundente com as mulheres. Eu não estava de férias. Também achei a expressão «sua predileção por ser contundente com as mulheres» gramaticalmente interessante. Às vezes também me chocava que fosse possível em igual medida afirmar que Julian tinha, por exemplo, mancomunado tudo para que eu enfim conhecesse seu pai e ainda assim pagar de desapegado, sendo que ele sabia que o desapego era o modo como ao mesmo tempo eu queria e não queria que ele lidasse comigo, algo que ele conduzia de acordo com esses dois níveis opostos do desejo, a cenoura e o graveto, respectivamente — mas historiadores poderiam ter esse debate quando estivéssemos mortos e passássemos a ser interessantes.

O garçom voltou com três copos de água quente.

— Mas então, Ava — disse Miles —, qual é sua opinião sobre as eleições?

— De Hong Kong? — perguntei.

— Sim, de Hong Kong, as de chefe do Executivo agora em março.

— Chega de interrogatório — disse Julian. — Não passam de fantoches continentais.

Eu deveria ter me sentido agradecida, mas foi o

contrário. Ele achava que eu não poderia lidar com Miles? É claro que eu não conhecia um só candidato pelo nome, mas Julian não tinha essa informação a meu respeito.

— Tá certo, mas e você, Julian? — disse Miles. — Lam ou Tsang? Porque até Deus sabe que você nunca escolheria o azarão.

— Que nada. Apoiei Blair até o fim.

— E foi contra Corbyn desde o começo.

— Preciso admitir que tenho preconceito contra esses insanos à frente dos partidos.

— Tenha pena de mim, Ava — disse Miles. — Pior que um pai centrista é um filho centrista.

— Quanto sua universidade paga à equipe da limpeza, Miles? — perguntou Julian.

— Uma quantia irrisória e constrangedora — disse Miles. — Até se poderia considerar um indicador de que o capitalismo não é justo na remuneração dos trabalhos que têm toda a relevância social.

— Queria saber o que gera mais empregos: se sou eu direcionando o capital para gerar o maior crescimento possível, ou se é você escrevendo livros que dizem que isso faz de mim um burguês parasita.

— Os livros, certamente. Muitos articulistas do *Guardian* ganham a vida fingindo que leram todos os livros.

— E eu aqui fazendo isso de graça — disse Julian. — Talvez então o comunista seja eu.

Miles se dirigiu a mim:

— O que te trouxe a Hong Kong, Ava?

— Sou professora.

Tentei equilibrar meus *hashis* em cima da tigela, e logo depois percebi que havia um descanso de madeira para eles. Eu nunca sabia como agir quando alguém me fazia uma pergunta com a intenção de me incluir na conversa. O quanto eu poderia responder sem abusar da generosidade dessas pessoas?

— Dá aula de quê? — perguntou Miles.

— De inglês.

— Fala pra ela o que você acha da Irlanda — disse Julian. — Ela vai gostar.

— Primeiro eu gostaria de saber o que você acha que eu acho da Irlanda — disse Miles.

Julian disse:

— Que a independência foi uma perda de tempo porque o Estado livre ainda não tinha feito a transição completa ao comunismo?

— Agradeço esse «ainda». Mas não tenho certeza se essa seria minha opinião concreta. Eu ainda acho que a república traiu a contingência socialista que tanto lutou por ela.

— E quando deveríamos ter saído? — disse Julian. — Sempre que os britânicos saem depois dos irlandeses, você acha que foi tarde demais, embora a Irlanda tenha saído antes.

— Quando eu disse que a Irlanda saiu antes?

— Você não gostou do que aconteceu depois que saímos. O único contrafactual é ficar mais tempo.

Miles soprou o chá.

— Se você considera este o único contrafactual — disse ele —, já me diz tudo que preciso saber sobre a faculdade de História em Oxford.

— Acho que minha teimosia ideológica tem origem anterior — disse Julian.

Logo depois eles pararam de falar de política.

***

O apartamento estava frio quando chegamos. Liguei a calefação e me enrolei numa das mantas. Julian perguntou o que eu tinha achado de Miles. Eu disse que tinha gostado dele.

— Não quero causar intriga — disse Julian —, mas é melhor você saber que meus pais se separaram porque ele teve um caso.

Julian não queria que eu me compadecesse, e assim fiz. Os sapatos dele estavam riscados. Pedi que os deixasse do lado do sofá para que eu os engraxasse no dia seguinte.

— Por que te mandaram para Eton? — perguntei.

Eu achava que mandar o filho para o internato era uma atitude anormal para qualquer pai, sobretudo os marxistas.

— Coisa da Florence — disse Julian. — Uma luta cabal. Florence achava que Miles queria, aspas, sacrificar a educação do filho no altar do socialismo. Miles achava que Florence queria, aspas, me fechar numa bolha burguesa. A situação ficou ainda mais tensa porque tínhamos direito a uma bolsa de estudos, e Miles achava intolerável que aceitássemos o dinheiro que poderia servir a alguém que precisasse de fato.

E agora eu já sabia tudo sobre sua família, disse ele. Isto é, tudo que ele sabia, mas suspeitava que ainda fosse relativamente pouco.

Percebi que era o tipo de declaração da qual Julian logo se arrependeria, então não insisti no assunto.

11

No dia de Natal, Julian foi à igreja com Miles. Eu não saí da cama e liguei para minha família. Quando ele voltou, trocamos presentes: um colar para mim, uma carteira para ele — coisas que se dão nos amigos-ocultos do trabalho quando se deseja deixar claro que o limite de preço foi ultrapassado. Foi a primeira vez que comprei um presente para ele. É claro que pensei se deveria ter pedido permissão para isso.

Ralph e Victoria ofereceram um jantar de Natal. O apartamento deles tinha cômodos grandes e brancos, uma mesa comprida de vidro e, surpresa, poucos amigos à mesa.

Victoria serviu canapés de pato e disse que era uma pena Seb — das multinacionais de advocacia Slaughter and May ou da Linklaters — e Jane — das financeiras JP Morgan ou da Morgan Stanley — não poderem ter comparecido, mas que tinham sorte de poder voltar a tempo para casa. Com essa informação ficou subentendido que Ralph e Victoria ocupavam uma posição mais importante do que a deles, e que nós também, ou então estaríamos com nossas famílias e não em Hong Kong, e que se Seb e Jane estivessem ficado na cidade com certeza teriam vindo para o jantar. Era possível afirmar que o espírito festivo havia afastado Victoria daquele convescote no qual nos havia metido, convidados dela, por meio de suas reivindicações de quem estava mais ocupado.

De outro modo, poderia ser um caso semelhante ao meu e não ter dinheiro para voltar para casa.

Não aceitei o canapé.

— Está se sentindo bem, Ava? — disse Victoria. A temporalidade implícita falava por si só.

— Sou vegetariana — respondi.

Victoria tinha dentes grandes. Era difícil para ela sorrir sem assustar as pessoas, por isso Victoria sorria tanto.

Depois do jantar, os convidados fingiram que aquele era o tipo de festinha de Natal que ocorre uma semana antes. Era mais fácil do que fingir que éramos uma família. Ralph escolheu uma playlist de jazz, e a cada nova faixa dizia a qualquer um que demonstrasse curiosidade que era uma pena que tal artista tivesse morrido tão jovem.

Victoria me apresentou a seu «outro» amigo irlandês, como se tivesse nos importado para cá à custa de uma solicitação mútua. «Tua conterrânea, Oisín», disse ela, e o cara olhou para Victoria como se ela tivesse lhe entregado papéis de adoção escritos com giz de cera. Oisín logo mencionou que tinha estudado na Gonzaga University. Era um irlandês rico, preferia ter a riqueza em comum com Victoria a ter a Irlanda em comum comigo, e ficou irritado conosco por termos lhe causado desilusão ao dizer que era assim que Victoria via as coisas. Sua boca disse que ele estava feliz por encontrar outra conterrânea no exterior, mas os olhos disseram: não vá estragar tudo pra mim.

Para me proteger, abri espaço para dois ingleses que eu conhecia de eventos anteriores. Quem sabe então Oisín iria com a minha cara. Os três foram com a minha cara, e eu já tinha tomado vinho suficiente para fingir que também tinha gostado deles. Um deles comentou que Julian havia dito que eu era «muito inteligente». Tive vontade de partir para cima de Julian, olhar para ele e dizer — muito inteligente, hein — no tom de voz de quem está saboreando o vinho de Victoria: contentíssima por não ter pagado por ele. Aí ele me teria na palma da mão para sempre. Eu podia completar a frase sozinha «tendo em vista que», mas achei melhor permanecer embriagada dessas duas primeiras palavras.

Victoria se afastou e foi conversar com Julian na janela. Ela não parava de soltar risadinhas e dominava a conversa, então deduzi que estava rindo de suas próprias piadas.

Eu não podia me aproximar. Ele acharia que eu estava com saudade do meu dono.

Em grupo, Julian conversava tranquila e lentamente. No fundo, sua indiferença calma revelava tanto privilégio quanto os zurros de Ralph — mais até, porque demandava mais atenção — mas era reconfortante. Eu também costumava falar baixo, e às vezes pensava: mais baixo e ninguém vai conseguir ouvir.

— Ela tava chapada — gritou Victoria.

Me perguntei se Victoria era uma pessoa real ou três irmãs Mitford dentro de um casacão.

— Tava? — disse Julian.

Os três homens à minha volta falavam das universidades onde tinham estudado. Sendo uma adulta empregada, não achei o assunto de todo atraente — mas os homens britânicos eram talentosos, e tinham não só achado a escola interessante, mas a coisa mais interessante que já tinham feito na vida. Andrew tinha estudado na Radley College, e Giles na Manchester Grammar. Giles brincou que eram escolas parecidas, e com isso entendi que a de Andrew era melhor. Contaram histórias do rúgbi. Oisín fez questão de informar que na Gonzaga também se jogava rúgbi. Max se juntou ao grupo, esperou sua vez e soltou: Westminster.

Eu fiz só figuração. Ninguém perguntou onde eu tinha estudado.

— Bora espichar uma branquinha? — disse Oisín.

Um inglês teria sido menos vulgar, mas ele foi compreendido.

Eu não quis. Julian não ia gostar. Às vezes ele cheirava, mas dizia que eu tinha tendência ao vício. Eu estava satisfeita demais com o «muito inteligente» para contrariá-lo durante a festa, então guardei mentalmente o trunfo para usar contra ele num momento de ódio sem motivo. Controlar o que nós mulheres fazemos com nosso próprio corpo, pensei, já ensaiando. Os homens começaram a esticar as carreiras e eu fui ao banheiro. Na volta, esbarrei com outro cara, que olhou para mim e murmurou «a do Julian» — como quem diz «cadeira» ou «vaso de flores» — e seguiu cambaleando.

No táxi vermelho de volta para casa, fiz a descrição desse cara. O motorista tinha sete telefones de modelos antigos conectados no painel. Julian viu que eu observava e explicou que serviam para enfileirar corridas. Percebi que ele estava bêbado porque pronunciou meu nome lentamente e quando segurei sua mão ele apertou meus dedos com força. Então perguntou: «Era o Chris Marshall?». Respondi que não sabia. Julian disse que só podia ser o Chris Marshall, que todas as mulheres tinham uma história para contar sobre ele, e que ao menos a minha não envolvia mãos. Perguntei por que Chris era convidado para as festas se era, na melhor das hipóteses, um cretino lunático, e Julian respondeu que ele tinha estudado na Haberdashers com Will e na Bristol com Ellie, então não podiam excluí-lo do grupo.

A maioria desses nomes não me dizia nada, mas esses convites não eram feitos diretamente a mim.

***

Transamos na manhã seguinte e durante um tempo me senti segura, querida e compreendida. Arranhei o corpo dele inteiro, ele me chamou de filhote de tigre e eu fingi que me senti infantilizada porque fiquei muito feliz. Excepcionalmente, ele fez carinho no meu cabelo. Disse que todo mundo tinha gostado de mim na festa da Victoria. Eu não sabia se ele queria me agradar porque (como sempre) seus amigos queriam me comer, (exceção pelas festas) porque eu já estava sozinha demais para aceitar passar o Natal com pessoas escrotas mas feliz porque tinham me engolido, ou (garota esperta) porque eu tinha gozado mais rápido que o normal e Julian acreditava em reforço positivo. Pensei em dizer a ele que, numa dinâmica em que o afeto era circunspecto, as demonstrações públicas aconteciam de modo hostil. Olha só, eu diria a ele, é como a gramática inglesa: não faz sentido, mas é tarde demais para fazer mudanças. Quando compra roupas para mim, isso significa que você quer acariciar meu cabelo, então quando você acaricia meu cabelo de verdade isso significa que você quer que eu me mude para a Sibéria e morra por lá.

Nessa hora, ele disse que tinha que ir para o aeroporto. Tinha reuniões em Bangkok. Perguntei se as pessoas esperavam que ele realmente aparecesse, e ele disse que, se um restaurante funcionava na véspera de Natal, então ele poderia trabalhar no dia seguinte ao Natal. «Dia de Santo Estêvão, 26», comentei, e ele disse que não, dia seguinte ao Natal. Eu disse que ele estava enganado. Ele disse que eu estava enganada. Quase pedi para ele ficar, podia sentir crescer dentro de mim a vontade de que ele nunca mais saísse daquela cama, nem eu, um projeto que Julian não parecia apto a endossar, então me contive.

12
Janeiro de 2017

Na semana seguinte, Julian pegou um táxi do aeroporto para me encontrar na Admiralty Station. Ele estava de terno. Eu estava de vestido preto e assim parecíamos gêmeos notadamente anódinos. Fomos andando até a loja de chá LockCha, e passamos pelas fontes e sebes tão bem cuidadas do Hong Kong Park. Perguntei como estavam as coisas na Tailândia. Minha voz soou semelhante à das pessoas que estão sempre curiosas.

— De mal a pior — respondeu. — Muitas pessoas ainda estão de luto pelo rei.

Ficamos do lado de fora da loja enquanto ele terminava o cigarro. Eu disse que queria largar o emprego.

— Boa — disse ele. — Eles pagam muito mal.

— Não é pelo dinheiro — disse eu, e comecei a estalar os dedos, mas lembrei que fazia mal à saúde. — Vou começar a pagar o aluguel.

— Não se preocupe com isso agora, mas você precisa fazer um plano.

Ele apagou o cigarro, como quem diz: este, por exemplo, é o meu plano.

Ao entrar, recebemos uma cartela para fazer o pedido. Julian deixou o lápis sob minha custódia. Achei que o gesto significava, via de regra, que o lápis era dele. Escolhemos a sopa de *huai shan* com *goji berry*, salada de pepino amarelo, bolinhos de tofu e arroz grudento envolto em folhas de lótus. Primeiro veio o chá verde, em seguida o *dim sum*.

— Ainda não sei o que fazer — comentei. — Digo, a longo prazo.

— Dar aula? Quem sabe depois de formada uma escola de verdade pode ser legal.

— É que é muito cansativo — respondi.

Supunha-se que as pessoas em geral achassem encantador que as crianças só pensassem em si mesmas. Sobretudo quando se é uma mulher, significava a vontade de ter um filho. Faria uma diferença enorme para os pais se eu lhes contasse que seus filhos na verdade sofriam de uma espécie de egocentrismo que alguns adultos conseguem superar e outros não. Assim poderiam observar os fatores de risco: filho único, filho único do sexo masculino, filho único do sexo masculino educado em instituição privada cujos pais, com visões políticas opostas, deram tudo que esse filho queria até que tivesse idade para poder comprar suas coisas, incluindo boquetes, a depender de como eu estivesse me sentindo no momento. Mas nada disso parecia ser um problema nas avaliações bimestrais.

— Meu sonho é trabalhar com revisão — disse eu a Julian. — Os bancos precisam de revisores?

— Os analistas fazem esse trabalho.

— Quem sabe posso virar analista.

— Eles não fazem só isso. São lacaios. Parte do trabalho deles é executar tarefas que eu mesmo faria sozinho e mais rápido, mas, conforme se avança na carreira, não dá pra ficar perdendo tempo com tarefas monótonas. Não faz sentido.

— A famosa eficiência do capitalismo.

— Esse comentário foi totalmente milesiano. Come sua sopa.

Julian sempre lembrava que eu tinha que comer. Assim sentia-se melhor pelo fato de gostar que eu fosse magra.

Começamos pelo *dim sum*. Sempre deveria ser comido partido ao meio, mas Julian não gostava de comer assim, então separamos em dois pratos visando o consumo individual. Ele disse que não se importava que não tivesse carne, mas que deveria haver outra proteína em substituição. Mostrei o tofu e ele disse que se referia a algo que não fosse feito de soja.

Quando terminamos de comer, Julian disse:

— Lembro da primeira vez que vi você. Você toda cuidadosa de salto alto. Fiquei me perguntando como uma pessoa tão tímida segurava a onda de ser tão cabeluda.

— Que frase ótima. Você tinha ensaiado?

— Fiz vários rascunhos. Risquei algumas vírgulas no voo de volta.

— Eu não sou cabeluda — respondi. — Em comparação à Victoria, tô longe disso. E as pessoas não acham mais que sou tímida.

— É verdade. Seb acha que você é, aspas, exuberante.

— Eu acho que «exuberante» é o tipo de palavra que as pessoas usam para não dizer que alguém é sexy, mas todo mundo sabe que é justamente isso. Quem é Seb mesmo?

— Cabelo desgrenhado. Litígios.

— Seb, o homem dos sonhos. Fiquei surpresa com aquela solicitação de amizade.

Estávamos felizes. Julian tinha elogiado meu brilho exterior e reverenciado meu âmago, coisa que só seres inteligentes captam. Sabíamos que eu era complexa e as outras pessoas não. Isso nos tornava melhores, ou ao menos diferentes, e por isso o desprezo que tínhamos por elas nos tornava ainda melhores. A cereja do bolo: éramos atraentes

— eu porque Seb, o homem dos sonhos, tinha gostado de mim, e Julian afinal porque alguém tão gracioso quanto Seb, o homem dos sonhos, poderia estar com alguém menos extraordinário que Seb, o homem dos sonhos — também porque o encorajamento de Julian era a garantia de que estávamos efetivando uma transição emocional rasa da qual o «sonho» fazia parte. Nesse tempo todo Julian se dirigia a mim como uma pessoa fria gostaria de ser tratada, e isso era a prova de que eu o havia convencido, embora não a mim mesma, de que eu era uma pessoa fria. Respondi à altura.

Nem sempre conseguíamos volear, mas, quando acontecia, era mágico.

— Aliás — disse eu —, a Victoria é a fim de você.
— Muito cabeluda.

E, como em todo jogo de voleio, quando dois profissionais estavam em quadra, tudo parecia fácil.

Eu sabia exatamente qual era nossa posição. Supunha-se que pessoas boas acabariam ganhando dinheiro, e eu queria ser boa, então os zeros de Julian pareciam somar. Bem diferente de pensar que a soma era ele ou nós dois. Comi a sopa.

Na volta para casa, ele me ofereceu um cigarro. Eu disse que já tinha problemas demais sem adotar os dele só para fazer companhia. «Companhia aos seus outros problemas ou companhia a mim na minha dependência por nicotina?», disse ele, então respondi: «Vai se foder», sorrindo para lembrá-lo de que isso em irlandês significava afeto. Quando ele fumava, eu me sentia sua protetora. Não fazia sentido, afinal ele estava pondo minha vida em risco, mas acho que arriscava ainda mais a vida dele.

Às vezes eu pensava que viveria décadas a mais que ele. Então seria a testemunha. Meu depoimento: naquela época os homens usavam terno. Eles ganhavam mais que as mulheres. Na Irlanda, um estupro dava cinco anos de cadeia, quatorze por abortar o feto de seu estuprador, e uma vida inteira trancada num convento pelo fato de ter sido estuprada, sendo que ainda havia um convento em funcionamento na época de nascimento da vítima em questão. Nada disso era culpa dos homens com quem as mulheres trepavam, mas influenciava a maneira como trepavam, sobretudo em Dublin, onde talvez precisassem pedir dinheiro para eles. Nenhuma relação sexual poderia ser iniciada tendo isso em conta, e não ter isso as afetava aonde quer que fossem, embora nem todas as mulheres reagissem com tanta sutileza ao treparem com malditos banqueiros.

Você gostava dele por outros motivos, alguns bastante puros, p. ex., a ironia e a avaliação mútua de que eram muitos mais espertos do que todas as pessoas que conheciam. Todos os casais pensavam assim, mas você esperava, pelo bem deles, que sua relação como um todo não se constituísse apenas do que viam em si mesmos, porque hesitava em se identificar com esse todo e constituía metade desse casal. Matematicamente, caso não quisesse ser «maioria» em um casal, o equivalente a 50% de dois, não era recomendável que praticasse o amor-próprio. Afinal eram indivíduos distorcidos, mas unidos com êxito, uma arca de Noé de sociopatas. Ou, no máximo, seres humanos bem-intencionados mas imperfeitos, com recursos emocionais incomumente escassos à disposição. Gastar dinheiro e saber lidar com os homens era mais fácil que a generosidade real.

Esse seu desapego exibido tinha relação com outras coisas, não só com a emenda constitucional que ilegalizava o aborto, mas que ainda perseguia você quando deixou a Irlanda. Sentia medo quando os homens gozavam dentro de você, embora não tivesse certeza se isso acontecia com todas as irlandesas ou só com você, e às vezes perguntava *quer gozar na minha boca* porque no fundo sentia que ainda lhes devia alguma coisa. Quando você gozava, temia que houvesse alguma norma biológica capaz de agravar a sentença. Você sabia que, se contasse todas essas coisas, ele entenderia só o suficiente para ter o coração partido, mas perceber que ele compreenderia tão pouco antes de sentir que estava de coração partido também partiria seu coração. Você era irônica com ele, também consigo mesma. Era uma loucura.

13

Voltei a trabalhar no começo de janeiro. A Madison do Texas me recebeu contando que um regime de exercícios físicos era a sua resolução de ano novo, vida nova.

— Já eu não vou mudar, só piorar — comentei.

— Acho que estou sacando qual é a sua — disse ela, e soltou uma gargalhada dramática. Mas eu não estava brincando.

Eu estava mais quieta e abertamente mais ressentida, e estava mais claro do que nunca que os outros professores me achavam esquisita. Já tinha recebido essa apreciação tantas vezes, em tantos lugares, que acabei achando reconfortante. É indiferente se um fato é bom ou ruim, pensei. Deixa-se de dar importância ao consenso. Porque o consenso assevera o fato, e as asseverações trazem segurança.

Para eles, a coisa mais esquisita era o modo como eu passava meu intervalo de almoço. Eu saía, tomando o cuidado de não me atrasar, e voltava na hora certa. A parede da sala dos professores era fina. Ouvi Scott do Arkansas dizer «aonde ela vai?». Eu variava entre o Starbucks e o Pacific Coffee na esperança de que os atendentes nunca me reconhecessem. Nada disso me parecia esquisito. Mas os cochichos de meus colegas de trabalho me levavam a crer que tinham razão e de modo geral comprovavam que eu tinha uma espécie de defeito.

Victoria também me achava esquisita. Passávamos os finais de semana procurando assuntos de interesse comum enquanto os homens ficavam discutindo temas como: a Inglaterra espinafrando o País de Gales. (Julian descrevera o resultado como «crucial; essencial, eu diria» para um círculo de cabeças anuentes, e mais tarde me disse que achava, mas não tinha certeza, que o assunto era o rúgbi.) Quando Victoria ficava bêbada, íamos ao banheiro. Ela gostava de se olhar no espelho. Era muito cabeluda. As garotas chiques sempre tinham mais cabelo do que eu, mas em geral provinham da cabeça de outra pessoa.

— Eu treparia com o Julian — disse ela num sábado à noite.

Respondi:

— Tranquilo.

Fiquei me perguntando se aqueles cabelos alheios colados nos dela davam coceira.

— Você acha que ele treparia comigo? — perguntou.

— Não sei. Talvez.

— Mas você tem que ter uma opinião.

Abri a palma das mãos como quem embala uma opinião que não conseguia ver, mas cujo peso eu sentia.

— Já disse — respondi —, eu não sei.

— Ele nunca tentou — disse Victoria. — Nem sei se tem vontade.

— Não sou a pessoa indicada para responder.

— Mas você trepa com ele. Deve ter alguma pista de com quem mais ele gostaria de trepar.

— Não tenho — respondi —, nem faço questão.

Ela disse que era uma pena que Julian e eu não fôssemos um casal. Achava que ele não tinha superado o término com Kat. Quando estivesse pronto, encontraria uma pessoa legal. Eu só estava tapando um buraco.

Pensei em puxar o cabelo dela, imaginando se os fios que lhe pertenciam ficariam imóveis e só os apliques das outras cabeças se descolariam, ou se viria tudo abaixo se eu puxasse com bastante força.

***

O céu estava denso e brônquico. Joan havia me aconselhado a cobrir a cabeça quando chovesse ou cairia ácido no meu couro cabeludo. Argumentou que as substâncias químicas prejudiciais emanavam da China, embora desse para sentir o cheiro da fumaça dos caminhões e dos ônibus inoperantes nas ruas. Baixei um aplicativo para verificar a qualidade do ar todo dia de manhã. Uma carinha feliz indicava segurança, uma carinha confusa alertava dos riscos moderados à saúde, e uma carinha brava recomendava que não se saísse de casa. Depois de sete carinhas bravas consecutivas, deletei o aplicativo. Não precisava lidar com essa negatividade na minha vida cotidiana.

Julian perguntou se eu sentia falta de casa. Eu disse que nem todos os irlandeses eram provincianos.

— Mas é normal sentir falta da família — disse ele.

Eu disse que justamente por isso eu não sentia falta de casa.

O problema do meu corpo era ter que carregá-lo por toda parte. Nas estações de trem, eu tentava agarrar os pés dos outros como se fossem amoras. Também os ratos passavam miséria. Julian dizia que era bom morar num andar alto porque as baratas não conseguiam chegar. Mas todos os dias tínhamos que descer para participar do mundo.

De seu apartamento na subida da montanha, eu avistava arranha-céus que pareciam peças de computador serrilhadas, árvores nocivas — esverdeadas, não verdes — e os quadrados nivelados das quadras de tênis. Olhava pela janela e pensava com meus botões: é justíssimo achar estressante que minha vida inteira gire em torno de uma pessoa que não liga muito para mim. É uma experiência admissível.

***

Apesar de odiar meu trabalho e sempre reclamar dele, eu ainda não tinha pedido as contas. Julian me disse para ficar tranquila. Eu disse que pagaria todos os aluguéis que lhe devia e ele disse para eu não me incomodar. Era mais inteligente economizar para fazer uma hipoteca. Ele mesmo queria fazer isso.

— Essa é só a minha opinião — disse eu —, mas seria mais fácil se você aceitasse dinheiro quando as pessoas oferecem.

— Se você quer pagar o aluguel pra mim, manda ver.

Entre essas frases, ele não parava de digitar em seu laptop. Falar comigo exigia tão pouco dele que ficaria entediado se tivesse que me dar toda sua atenção. Eu abominava Julian e sabia disso — pois tinha plena consciência de que, se ele me pedisse para pular de uma ponte, eu diria: Golden Gate ou Sydney Harbour? — e chegou a me passar pela cabeça se meu ódio não era um tanto exacerbado.

— Aconteceu alguma coisa, Ava?

— Você quer que eu seja dependente de você? — eu disse. — Pra você ter mais poder na relação?

— Não sei se alguém tem poder nessa relação. A qualquer hora cada um pode ir pro seu lado sem transtornos, por isso que não pode ser uma relação tão colada, entende?

— Pra mim não é tão simples. Antes tenho que achar um lugar pra morar.

— Ah, sim — respondeu.

Eu não sabia se ele estava blefando sobre não se importar com minha saída do apartamento. O fato de que poderia blefar de maneira plausível já me parecia terrível. Quem acreditaria em mim se eu dissesse que não havia diferença entre morar no apartamento dele ou em um Airbnb imundo? Pois então, me sinto impassível quando penso que poderia desperdiçar a maior parte do meu salário alugando um quartinho numa casa de pessoas que me odeiam. Essas coisas são muito subjetivas. Uma coisa é ter toalhas macias e jantares cinco estrelas, outra é acordar todo dia de manhã para ver quantas baratas morreram no parapeito durante a noite. Veja que é uma coisa ou outra e tudo é questão de gosto.

Eu disse a ele que às vezes ele não era legal comigo. Ele pediu um exemplo. Eu respondi que estava falando justamente desse tipo de reação.

— Você não é São Francisco de Assis — disse ele.

— Você não olha pra mim quando diz coisas desse tipo.

— Eu não quero brigar.

— Não seria uma briga se estivesse olhando pra mim.

— Ai, Ava, deixa pra lá.

— Você não pode dizer essas coisas e achar que não vou retrucar.

— Eu disse que você não é São Francisco de Assis. Mas, não sei como, você acha que é uma declaração polêmica.

— Por que você é tão indulgente?

— Algumas pessoas são assim.

Caminhei até sua estante de livros e passei a mão nas quebraduras das lombadas. Elas evidenciavam em qual parte do livro ele tinha se demorado mais tempo, fato sem dúvida corroborado pelas impressões digitais. Pensei em qual canto do apartamento poderia haver marcas do meu DNA. Não no laptop, porque era um objeto importante, mas por toda parte na cozinha, sim, nas roupas dele que eu passava e no carpete do quarto, onde tantas vezes me ajoelhei. Homens. Minhas células também estavam nos livros, mas só por arrumá-los. Eu nunca tinha lido os autores de que ele gostava. Ele riria de mim se eu tentasse. Era provável que risse por dentro toda vez que eu dizia alguma coisa.

— Se importa de resmungar em outro lugar? — perguntou Julian. — Vou fazer uma apresentação amanhã.

— Esse apartamento também é meu.

— Acho que meus cartões de crédito também são seus. Afinal, sua definição de «posse» é usar e não me pagar.

— Eu vou pagar o aluguel. Eu quero pagar.

— Eu nunca sei o que você quer — disse ele.

Ficamos seis dias sem nos falar. Não saí do quarto porque queria evitá-lo, ou seja, não tinha o que comer e bebia água da pia do banheiro. Meu pagamento estava atrasado. Tinha juntado dinheiro porque não pagava o aluguel, e pensava nele para emergências, então usá-lo me parecia assustador. Ainda assim, gastava dinheiro com um rigor mecânico, comprando café adoidado e contando os centavos que sobravam. Parecia que vinha poupando dinheiro só por esse motivo.

Também vivia em shoppings, só por afirmação: ele se acha muito espertinho só porque compra um monte de coisas para mim, mas eis-me aqui comprando coisas para mim. Experimentei uns tecidos sintéticos deprimentes na Topshop e pensei: essas roupas são horríveis e necessárias. Me lembrei de pequenos furtos em lojas que eu cometia na adolescência. Enchia os bolsos, ia para casa, colocava os objetos em cima da cama e pensava: arrisquei minha ficha criminal só por causa de um batom roxo? Não está à minha altura.

Minha mãe mandou mensagem perguntando como eu estava. Escrevi: muito infeliz. O preenchimento automático fez três ofertas diferentes de emojis pessimistas. Toquei num deles e substituí a palavra «infeliz» por uma carinha triste. Em seguida, apaguei o rascunho e enviei uma mensagem dizendo que estava ótima.

No sétimo dia, pedi desculpas a Julian. Ele disse que tudo bem.

14

Vasculhei sites de apartamento compartilhado. No final de janeiro comecei a visitá-los. Um cômodo, pela metade do meu salário, um lounge. Não tinha divisão: o cômodo era o que se via ao entrar pela porta. Os companheiros de casa explicaram que o aluguel era muito baixo porque compreendiam que o arranjo poderia comprometer minha privacidade — embora tivessem comentado que havia uma cortina que poderia servir como biombo para a cama à noite. Demonstraram como eu deveria usá-la. Achei que a engenharia não era a questão principal, mas tentei por diversão. Duas horas depois, mandaram uma mensagem dizendo que a garota que tinha visitado antes de mim acabara de alugar o quarto — sinto muito, mas o mercado não para.

Me lembrei de Emily e de Freya, e do gosto de dormido que sentia na boca quando não conseguia escovar os dentes. Me lembrei também do cheiro do meu antigo quarto: roupa úmida com algum mau agouro que emanava das rachaduras das paredes. Às vezes, quando ia deitar para me esconder de minhas companheiras, ficava olhando para aquelas rachaduras até começarem a se alastrar. Vi o desabamento das paredes e ouvi gritos.

Dias depois de eu pedir desculpas, quando já estava muito tarde e muito escuro, Julian disse que se sentia sozinho antes de eu me mudar para a casa dele. Que nem sempre estava com vontade de beber, e seus amigos não gostavam tanto de fazer outras coisas. E que não se podem ter boas conversas em grupo. Que ele gostava de ter alguém para dividir a casa.

— Pena que é você — acrescentou.

Pensei: problema seu.

***

Meus alunos de oito anos de idade já tinham compreendido as preposições e agora estavam aprendendo os pronomes interrogativos. Recitávamos ponto por ponto: quem que quando onde e por quê. A maioria dos ingleses dizia «que» como «qui», embora autores soletrassem «qui» quando os personagens eram pobres. Às vezes eu dizia «qui», mas, quando estava com meus pais, eu os imitava: «que-e». Era correto quando Churchill usava, mas passou a ser cafona depois que Cameron pôs-se a evitá-lo. Até a rainha tinha parado de adotá-lo, sem dúvida a mando de algum consultor de relações públicas chorão. O inglês da Irlanda pegava tudo que os britânicos não queriam mais. «Cosas» era errado, precisava respirar fundo e dizer «coisas», mas se respirasse em «que» era exótico. Se os irlandeses não aspirassem o ar, mas os ingleses sim, estes estavam certos. Os ingleses nos ensinaram inglês para ensinar que estavam certos.

Eu estava ensinando aos meus alunos a mesma coisa sobre os brancos. Se eu dissesse determinada coisa de um jeito e sua babá filipina dissesse de outro, eles tinham que acatar o que eu havia dito. A mãe de Francie Suen uma vez me agradeceu por aquelas aulas semanais. Sorri, aceitei o elogio e não perguntei se ela também deveria dar crédito à empregada que falava inglês com Francie diariamente.

A partir dos anúncios de empregos em fóruns de expatriados, estimei que ela ganhava um quarto do que eu ganhava. Uma das postagens do fórum queria saber como as crianças deveriam chamar suas empregadas. O pai em questão sabia que «tia» era o mais comum, mas temia que, se chamassem a empregada desse modo e depois a mandassem embora, a criança passasse a achar que os outros membros da família também poderiam ser demitidos.

Em dias de folga, era ilegal que as empregadas permanecessem nas casas. Assim o governo lhes assegurava dias de descanso reais. Elas não tinham dinheiro para ir a outros lugares, então se sentavam em caixas de papelão em parques e calçadas.

Os pais surrupiavam dezesseis horas por dia das empregadas, mas reclamavam se eu começasse a aula três minutos atrasada. Quando Joan me acusou de roubar minutos, pensei: muito bonito, é o que fazem todos os patrões.

***

As pessoas publicavam citações sobre relacionamentos no Instagram. Mescladas a paisagens e fotos turísticas. Em maiúsculas, ao lado de um cabrito: PERSIGA SEUS SONHOS, NÃO AS PESSOAS. Sobre o Kremlin: QUERO UM CARA QUE ME BEIJE COMO SE EU FOSSE SEU PRÓPRIO OXIGÊNIO.

Desde a briga, passei a fazer um inventário das vezes que Julian me alegrava. Ele ria das minhas piadas e eu pensava: ele reconhece que sou capaz de usar ironia. De modo irracional, claro, porque eu não era uma pessoa especial, e achava que ele era a única pessoa do mundo capaz de me entender.

— Você é tão pálida — disse ele.

— Desculpa.
— É um elogio.
— Desculpa.

Fiquei pensando se alguém em Dublin gostava de mim. Mamãe, Tom, talvez papai. Na faculdade as pessoas adoravam que eu soubesse enrolar cigarro — apesar de não fumar — e que eu não as interrompesse quando conversavam sobre *Graça infinita*. Confesso que fazia isso porque não tinha lido o livro, tampouco eles. Cogitei ler, mas achei que a leitura seria motivo de aborrecimento para todos. Os caras diziam que gostavam das garotas que não usavam maquiagem, assim como os homens menos iluminados diziam que gostavam das garotas que usavam, e quando se estava totalmente sem maquiagem as pessoas perguntavam se você estava doente. Lamentavam não ter «permissão para escrever». Você tinha que assentir: ah, permita-se.

Julian ao menos era sincero. A vida dele tinha sido permissiva. Eu o odiava por isso, mas ficava contente em saber que ele sabia que podia fazer o que queria. A maioria dos homens que têm privilégios não se dá conta disso.

Quando ele demorava a chegar em casa, eu mandava uma mensagem: estou entediada vamos trepar. Ele ligava para dizer que estava ocupado. Ele adorava ligar para dizer que estava ocupado.

— Tô ocupado — disse. — E você não sabe lidar com o tédio.

— Essa objeção não diz muito sobre sua confiança sexual.

— Jurava ter ouvido você dizer que nos homens a confiança sexual é repulsiva.

— Não, você disse que a sua ex-namorada anarquista de Oxford pensava assim, logo acha que eu concordo.

— Charlie. Gostosa demais.
— Eu sei. Dei uma olhada no perfil dela.
— Ela corta pros dois lados. Essa informação te interessa, né. Enfim, tô ocupado.
— Tô entediada.

Depois que ele chegou em casa e trepou comigo, fui para o meu quarto e revivi o sonho que tive do jantar com a mãe dele, em que eu pronunciava mal as palavras para impedi-la de dizê-las. Eu abria todas as torneiras de todas as pias, esperava, e observava o nível da água subir.

15
Fevereiro

— Aconteceu alguma coisa? — disse mamãe no telefone. Ela disse assim «conteceu alguma coisa», mas, se os britânicos pronunciavam Gloucester como *gloasstar*, achei que mamãe também merecia liberdade semelhante.

Ela me contou que George estava de namorada nova.

— O topo da cabeça é marrom, o resto é laranja. Como é o nome disso mesmo?

— *Ombré*.

— Âmbar — repetiu com dedicação. — E o tal cara?

— Que cara?

— Tom que me contou. O banqueiro.

— Está bem — respondi. — Não é nada sério.

— E ele trabalha num banco?

Respondi que sim, os banqueiros tendiam a isso.

— Um homem bom. Diz-me com quem andas e eu te direi quem és.

— Então, se um colarinho branco não brotar no meu pescoço até o ano que vem, esse relacionamento não passará de um fracasso.

— Você me sai com cada uma — disse mamãe. Para ela, isso queria dizer que eu era engraçada. — Quando vamos conhecer o banqueiro?

— Não vamos precipitar as coisas — disse eu. — Mãe, por acaso eu te contei que ele trabalha num banco?

— Tá, tá, vou te deixar em paz agora. Diga ao banqueiro que mandei um abraço.

— Tchau, mãe — respondi. Enquanto ela se despedia, interrompi: — Peraí, mãe, não acredito que esqueci de contar: ele é banqueiro.

Ela desligou.

***

Dois de fevereiro, aniversário de Julian. Ele saiu para tomar uns drinques com os amigos. Ele me convidou para ir, mas disse que talvez eu não gostasse tanto, o que me fez crer que ele não queria muito que eu fosse. Quando chegou, fedia a fumaça. Fiquei pensando se os cigarros chineses o ajudavam mesmo a parar de fumar ou me encorajavam a terminar com ele — e por que nenhuma das estratégias parecia funcionar. Fiz um chá para ele e lhe dei uma gravata Ferragamo com estampa de filhotes de tigre. Uma escolha adequada, afinal ele era homem e homens usavam gravata; também porque, acredito, fazia referência a uma coisa que ele tinha dito durante o sexo. Mas fiquei reticente. Assim como a carteira, ele podia presumir que o significado de dar presentes, como ele me dava, era uma questão de intimidade.

— Achei que você ia gostar do presente — comentei. E meu palavreado ocultou o fato de que quem presenteava era eu.

— Não quero que gaste seu dinheiro comigo — disse ele.

A palavra «obrigado» era muito utilizada pela grande maioria dos falantes de inglês, inclusive por meus alunos. Ele tinha me ouvido dizê-la tantas vezes que já deveria estar familiarizado com seu uso.

Tempos depois perguntei se havia coisas que ele gostaria de conquistar antes dos trinta.

— Não — respondeu. — Acabei de virar vice-presidente e o próximo escalão é virar diretor administrativo, mas estou fora desse páreo. Não viverei aqui para sempre, então não faz sentido comprar um apartamento. Também não teria como pagar.

Perguntei se não havia mais nada. Ele disse que não. Não captou a deixa.

Beleza. Não fiz mais perguntas, como, por exemplo, se ele nos via juntos por um bom tempo ainda, ou se ele já tinha amado alguém. Eu achava divertido o fato de que fazíamos sexo e ponto. Ele era atraente, confiante, já eu estava disposta a centrar minha vida emocional em torno de alguém que me tratava como um encosto de braço favorito — e ainda assim cá estávamos nós, fodendo. As escolhas que fazemos, tão estranhas. Havia pessoas no mundo com quem Julian não queria transar. Isto é, ele me valorizava a despeito dessas pessoas em pelos menos uma capacidade, um erro de cálculo hilário, visto que eu era o pior ser humano em qualquer ângulo imaginável. E o mais engraçado de tudo era que estávamos só transando, não que ele gostasse de mim. Eu era patética a ponto de parecer emocionalmente interessante, mas é preciso que a pessoa seja profundamente depravada para olhar para mim e pensar: quero trocar fluidos com ela. Ou seja, eu não queria que ele me amasse. Eu estava me divertindo muito, não tinha cabimento.

***

Benny não gostou da minha hostilidade pós-Natal. Ele gostava de me lembrar que a demanda pelo «inglês padrão» era dos pais dos alunos. Às vezes, na hora de receber o pagamento, eu comentava sobre os materiais pedagógicos. Eram ilustrações de crianças brancas enfrentando condições climáticas que nunca ocorreriam perto da linha do equador. Demarcamos como erro qualquer situação que pudesse identificar um cidadão de Hong Kong como sendo de Hong Kong.

Enquanto eu dizia essas coisas, Benny digitava no celular. Ele escolhia cada letra com lentidão, considerando-se o tipo de pessoa que não fingia digitar enquanto a outra pessoa estava falando, mas perfeitamente à vontade para estender a composição de uma mensagem real até que terminassem de falar. Ora usava um boné onde se lia Nike, ora Disneylândia Paris.

Enfim Benny se pronunciou:

— É racista — disse ele — se minha empresa de Connemara vender algas para os irlandeses?

A pergunta não me disse nada.

— Os pais estão pagando — disse Benny. E voltou a digitar.

Na hora do almoço, mandei uma mensagem para Julian. Pela primeira vez, deu uma resposta longa. Disse que era provável que Benny — provável em caixa-alta, ainda assim provável — quisesse dizer que era um alívio para os brancos pensarem que os cidadãos de Hong Kong não conheciam seus próprios interesses num mundo onde, querendo ou não, as crianças só tinham futuro com o inglês «padrão». Os pais não podiam mudar a sociedade, então almejavam que essas desigualdades prejudicassem os filhos de outra pessoa, não os deles. A mãe de Julian tinha feito essa escolha quando o mandou estudar numa escola pública, e a minha quando me disse para não usar expressões como «sô não».

Ele sempre me surpreendia quando fazia declarações como essa. E algo que sempre admirei nele era a calma que expressava ao lidar com situações nas quais sabia se beneficiar da injustiça — não era autoindulgente como eu, baseava-se na realidade.

Eu me perguntava se ele sempre havia sido assim. Graças à minha diligência nas redes sociais, descobri que ele escrevia poesia quando estudava em Oxford. Achei uma foto da equipe de remo da Balliol, o que me deu certeza de que ele nem teria chegado perto de mim aos vinte anos, e que só tinha passado a gostar de garotas esquisitas porque não suportava seu trabalho entediante. Durante um tempo, me regozijei com a ideia de que todas as pessoas eram normais, menos eu, eu era a única pessoa estranha que lhe causava fascinação, e por isso capaz de acariciar todos os recônditos de sua mente. Em seguida vi uma foto da namorada no último ano de faculdade: improvisando num sarau de poesia, ela usava uma blusa preta cropped de gola, tinha a barriga sarada e é claro que usava um piercing no umbigo; odiei a foto como um todo.

Ponderei se Julian via a renúncia a versos e barcos como sucesso ou fracasso, mas sabia que, se eu perguntasse, ele diria uma de suas frases julianescas sobre nunca ter perdido tempo pensando na vida.

***

— Eu sou interessante? — perguntei num sábado à noite. Tínhamos acabado de voltar de um encontro com os amigos dele.

— Talvez — respondeu. — Você é caloteira. Tem gente que acha interessante.

— Você acha?
— Não.
— Então por que gosta de mim?
— Quem disse que eu gosto de você?

Gotas entrecortadas de chuva tamborilavam na janela como pássaros. A escuridão lhe fazia sombra: ele poderia ser outra pessoa que eu nunca chegaria a conhecer, assim como eu também poderia ser. Mas ele praticava a alteridade comigo. Ou gostava quando eu praticava com ele, o que chegava a ser quase bom. Pensei se deveria beijá-lo e tratar a situação com sarcasmo, mas senti que o humor não ia colar.

— Depois que você me conheceu, as coisas ficaram diferentes? — perguntei.
— Diferentes como?
— Acha que evoluiu internamente?
— Acho confortável ter você na minha vida.
— Quando percebeu que estava a fim de mim? — perguntei.
— Esteticamente, de cara — respondeu. — Se é isso que você está perguntando.
— Não diria que você gostou tanto de mim assim.
— E você?
— Quando percebi? — retruquei. — De cara. Esteticamente.

Saquei o potencial para uma troca de farpas semelhante ao incidente com Seb, o garoto dos sonhos. Com poucas palavras, cada um de nós chegava a pensar que a pessoa ao lado tinha dado um pulo da cadeira toda vez que o telefone vibrava, e que nós mesmos tivéssemos enfim permitido esse envolvimento. Nenhum de nós perdia nada ao deixar que o outro pensasse assim. Ambos ganhávamos muito com esse pacto. Era quase colaborativo, logo se aproximava de uma parceria. Mas eu estava cansada.

— A primeira vez que vi você — disse eu —, achei que você era o tipo de pessoa que sabia pechinchar.

— Que impressão horrível de mim.

— Eu sei. Mas na época eu pensava que banqueiros sabiam lidar com dinheiro.

— Horrível, mas justo.

— Mas não me aprofundei muito. Quando conheci você.

— Eu também não diria que foi um marco na minha vida. Fiquei curioso. E percebi que a curiosidade sobreviveria ao encontro, aí chamei você pra almoçar.

Eu queria que ele falasse mais sobre isso.

Porque eu o amava — talvez. Era isso ou eu queria ser ele, ou gostava de ser alguém a quem ele atribuía tarefas. Eu não frequentava espaços habitáveis em Hong Kong até conhecê-lo, então talvez amasse pensar em silêncio, respirando um ar puro — caso fosse um mérito defensável o fato de poder fazer isso no apartamento dele.

— Julian — disse —, a gente é o quê?

— Foda-se a explicação.

— Foda-se mesmo.

— Seu entusiasmo pela vida é contagiante.

— Ainda bem que você está imune.

Estávamos fazendo o que ele e Miles faziam — cena. Ele fazia isso com todo mundo: improvisava até definir sua própria dinâmica com cada pessoa, em seguida se apegava.

— Você me ama? — perguntei.

A resposta dele não me feriu. Era exatamente o que eu buscava para cortar o mal pela raiz.

— Eu gosto muito de você — respondeu. — Agora vai dormir.

16

Agora percebo que eu tinha uma fantasia recorrente e tola de que Julian dizia que me amava. Ele não esperava o mesmo de mim. Ele só precisava dizer isso e ficava muito contente de ter dito. Foi injusto fazer essa pergunta a ele, não condizia com o que eu afirmava esperar dele, e não era algo que ele provavelmente faria. De todo modo, ele havia dito que terminara com Kat também porque ela insistia muito em coisas como «te amo». Pelo menos eu era mais sensata.

Notei que Julian usava o sujeito indefinido toda vez que falava sobre o término deles — «terminou com Kat» — e eu achava pobre em termos de estilo.

***

Uma semana depois do aniversário de Julian, um de seus amigos de Oxford fez uma soirée em seu duplex ecológico sem paredes. Quanto mais adjetivos descrevem um apartamento, mais alto é o valor do aluguel. Julian me deixou num sofazão de couro e foi socializar sem mim. Ele não chegou a planejar esse encadeamento de ações, mas eu não conhecia quase ninguém, então o problema foi esse.

O seu amigo advogado Seb, o homem dos sonhos, sentou-se ao meu lado. O nó da gravata de Seb estava desfeito, mas ela ainda estava pendurada no pescoço, como se ele tivesse brigado para sair de uma reunião à qual o convocariam de volta a qualquer momento. O cabelo despenteado também dava a impressão simultânea de que tinha acabado de transar. Enquanto ele falava, me lembrei do desafio «Seb, o homem dos sonhos» e tive que me esforçar para lembrar que Seb não sabia da piada.

Perguntei sobre o trabalho.

— Muito ocupado — respondeu Seb.

Em seguida perguntei como tinha sido o começo na empresa em que trabalhava. Ele disse que mesmo depois de formado não sabia o que fazer e achava que o direito faria dele um homem feliz e estável.

— E aí? — perguntei.

— Se revelou estável.

Seb e Julian tinham um temperamento muito diferente. O de Julian partia de uma confiança equânime de que a maioria das coisas não merecia sua atenção. Seb tinha uma postura mais ativa. Cada frase parecia uma resolução.

Ao ouvi-lo falar, comecei a planejar como seria transar com ele. Foi o nome que dei, «planejamento», quando imaginei como seria transar com uma pessoa com quem eu não tinha intenção de transar. Todo preparo é pouco, pensei. Com Seb, eu passaria um longo tempo com a mão em cima da fivela de seu cinto para ver se ele me puxava, insinuando uma punheta, ou se tiraria minha mão. Julian revezava entre essas duas opções, portanto nunca permita que lhe digam que os homens não são complexos.

Seb não parava de encher meu copo. Eu disse que estava satisfeita.

— Medo de ficar com o rosto vermelho? — perguntou.

— É hereditário e não tem jeito, acontece com todos os irlandeses. Só mais um pouquinho.

Os amigos mauricinhos de Julian pareciam interessantes à primeira vista, mas conforme falavam iam definhando.

Um homem que usava uma camisa ridícula chamou Seb para contar da vez que escalou os muros da Magdalen College porque os porteiros tinham fechado as portas. Julian voltou assim que Seb se afastou, e eu fiquei contente. Devia estar nos observando de longe. Eu esperava que ele me desse um beijo ou ao menos que me pegasse pelo braço, mas sabia que não era do seu feitio. Ele não «marcava território», e preferia morrer a ter que falar essa frase sem usar aspas desnecessárias, ou explicar essa não marcação com base no feminismo, e com isso achou que, para completar, estava acima desse tipo de Neandertal teatral.

Tirou o copo da minha mão, me entregou um lenço de papel — para dar a entender que o batom estava borrado — e olhou na direção de Seb.

— Jane não ia gostar — comentou, sem mais.
— Eles são muito colados? — perguntei.
— Muito — respondeu Julian.
— E você? — perguntei. — Se incomodaria?

Ele olhou para mim com um misto de preocupação e zombaria, como se eu tivesse acabado de perguntar em que país estávamos.

— Não cheire com ele — respondeu.

Ficamos quites. Subi para o banheiro e retoquei a maquiagem, e fiquei olhando para o meu rosto até que parecesse o de outra pessoa. Jane «não ia gostar», e essa informação me alegrou. Eu só tinha encontrado Jane uma vez, mas ela me parecia mais uma Victoria: como se alguém tivesse passado todas as coisas a ferro para ela — a vida inteira — e sua única tarefa fosse produzir novos vincos.

Quando saí, uns doze convidados estavam no piso

inferior, sem paredes. Ia me juntar a eles quando ouvi vozes sussurradas na sacada da frente: Julian, Seb, Ralph.

— Cadê a Garota de Galway? — perguntou Seb.

Julian respondeu que não sabia.

Eles estavam de costas para mim, apoiados na sacada, observando o resto dos convidados no andar de baixo. Voltei na ponta dos pés e fiquei atrás da parede.

Entrou Duke Ellington na playlist da festa — «Blood Count».

— E o sotaque? — disse Seb. — Parece uma ciganinha que fez aula de locução.

Ralph riu. Julian não. Do átrio, ouvi os trompetes hesitarem como se fossem membros do júri. Quando o silêncio se instalou, Ralph olhou para os dois, que continuaram quietos.

Enfim Julian disse:

— Acho que já deu, cara, tá insultando a etnia errada.

Seb cutucou Ralph.

— Você tinha que ver quando falei que os irlandeses têm o rosto vermelho.

Julian enfiou a mão no bolso, então parecia ter se lembrado de que não podia fumar dentro do apartamento. Seb examinou a festa. Ralph se entreteve com o relógio.

— Que tal dar uma zoada nos polacos? — perguntou Julian.

— Minha mãe é polonesa — respondeu Seb.

— Sério? — perguntou Julian.

— E ela votou a favor do Brexit.

— Certo.

— Muitos poloneses fizeram isso.

— Certo.

— E os irlandeses — insinuou Seb.

— Sua mãe é irlandesa também?

— Os irlandeses também votaram a favor. Minha mãe é polaca.

— E por que os irlandeses votariam a favor?

Ralph tossiu.

— Não tem como a mãe do Seb ser polonesa — disse ele —, ou Julian já teria dado uns pegas nela.

Sem dúvida na cabeça de Ralph ele separava suas crenças espertamente ao alegar que Julian transava com pessoas que não eram britânicas, e que a mãe de Seb transava com qualquer pessoa. Mas seus compatriotas pareciam discordar.

— Olha só — disse Seb —, vamos deixar Agnieszka fora disso.

— Palavras não são capazes de expressar o tamanho da minha felicidade em deixar Agnieszka fora disso — disse Julian.

— Eu acho um vacilo.

— Qual parte?

— Comer uma irlandesa e depois dizer que não posso mais beber.

Julian assentiu e disse, num tom de gravidade:

— Concordo que há uma hipocrisia nisso.

— Perdão, não quis ofender — disse Seb —, mas dá pra ver que ela cresceu num casebre.

Julian estufou o peito. Seb também.

— Como você sabe? — perguntou Ralph.

— Suponho que Julian tenha mais autoridade para falar — disse Seb.

— Sobre o quê?

— Garotas que cresceram em casebres.

Silêncio.

— O que dizem sobre elas? — perguntou Ralph.

Seb respondeu:

— Das garotas que cresceram em casebres?

— É.

Ele fez uma pausa para ensejar a revelação:

— Casebres, gargantas profundas.

Ralph caiu na gargalhada. O sax esbravejou com maestria. Julian ficou quieto.

Então Seb inclinou a cabeça como se estivesse fazendo malabarismo.

— Entendo você ter essa queda — disse ele —, até porque vocês não têm uma relação.

Copos tilintaram no andar de baixo. A bateria estrondava como martelo.

Julian não disse nada.

Julian mudou de assunto.

17

Em meados de fevereiro, Julian disse que ia passar uns meses em Londres. Pensei em perguntar o significado desse «uns», mas não quis lhe dar essa satisfação.

Estávamos no Central Pier. Eu usava um *trench coat* em cujo cinto dei um laço. Ele pôs a mão na minha cintura e começou a falar sobre logística, e eu pensei: estou embrulhada para presente.

Olhei para a água e fiquei elucubrando: ações flutuam, será que banqueiros também? Era a primeira vez que eu imaginava descaradamente a morte dele e me perguntei se ele já tinha imaginado a minha ou se ele travava nesse assunto aos moldes do «eu te amo». Eu não queria que ele fantasiasse que me assassinava — só eu podia —, mas se ele me encontrasse num lago seria muito comovente. Nem todas as mulheres consideravam se seus parceiros queriam assassiná-las e se a perspectiva era interessante, e, se chegavam a considerar, era a sociedade que estava doente, não elas.

— Vamos? — perguntou ele.

Sorri e agradeci por ele me deixar ficar no apartamento na sua ausência. Quando chegamos em casa, fui para o quarto e caí no choro.

No dia seguinte, no trabalho, ensinei as minhas crianças de onze anos a escrever cartas de reclamação. Não usem palavras coloquiais, alertei. Ficaram animadas para escrever suas queixas.

— É claro que não vamos perder contato — disse ele.

Cartas de reclamação relatavam o que se queria que fosse feito e o prazo para fazê-lo. Crianças de onze anos não teriam essa capacidade. Eram boas pessoas. Mas tinham que treinar para as provas. Não fizemos o exercício de pedir ao chefe um aumento de salário — mas, se o barista se esquecesse de servir o *macchiato*, precisariam de um inglês muito bom para esbravejar.

À noite, já em casa, contei essa história para Julian. Perguntei por que ensinamos as crianças a se verem como clientes, afinal passariam grande parte da vida produzindo mais coisas do que comprando.

— Pergunta pro Miles — respondeu. — Vocês podem manter contato quando eu estiver fora.

Pessoas reais, respondi, não «mantêm contato». Elas conversam.

— Que seja — respondeu ele. — Conversem.

Julian, meu amigo banqueiro, disse muitas outras coisas. Eu só pensava na água.

Parte II
Edith

18
Março

Edith Zhang Mei Ling — nome inglês Edith, nome chinês Mei Ling, sobrenome Zhang — vivia em Hong Kong, mas tinha feito colégio interno na Inglaterra e depois em Cambridge. Assim como eu, tinha 22 anos, e trabalhava no escritório de advocacia de Victoria. Tinha um sotaque beato, imponente, com todas as gotas da entonação inglesa catedrática. Botão, teto, terça-feira — qualquer palavra com duas sílabas tônicas ou átonas, conforme uma torre gótica. As palavras com mais de três sílabas espichavam-se como aros de um guarda-chuva: «tatibitate» virava «tatibitátche». Ela usava muito o advérbio «totalmente» e sempre ressaltava o «t» do meio. Além da escola e da universidade, ela não conhecia quase nada do Reino Unido.
— Você tinha que conhecer Dublin — disse eu.
Detectei sua intenção de esclarecer que Dublin não ficava no Reino Unido, depois lembrar que eu tinha essa informação e se perguntar por que eu tinha feito o comentário. Me fiz a mesma pergunta. Ela parecia uma miragem vindo na minha direção: postura impecável, botas tronchas de cano alto, cabelo brilhante com cachos de babyliss, uma bolsinha preta com corrente de prata. Papai e George diriam que era a puma de uma viscondessa de que eles seriam pagos para cuidar sem saber que tinha os dentes afiados.

As unhas eram muito bem-feitas, embora eu tivesse notado, com certa curiosidade, que ela as mantinha sempre curtas.

Era o começo de março. Pegamos fila para assistir a uma peça na Academy for Performing Arts, um edifício alto de concreto na Gloucester Road. Alguém do escritório de advocacia tinha ingressos sobrando. Edith havia convidado Victoria, que não pôde ir, então repassou o convite para mim. Fiz doce para aceitá-lo, mas aí dei um google em Edith e vi sua foto de perfil — tomando café em Ubud, cabelos ao vento gálico — e me convenci. Seu Instagram tinha destaques com suas viagens à Europa. A partir daí, fucei para descobrir se ela tinha comprado aqueles cachos e se tinha registrado aqueles cappuccinos matinais no exterior, embora essa atitude soasse muito grosseira para Edith. Era uma pessoa sofisticada demais para que eu pudesse fazer uma engenharia reversa e desvendar suas artimanhas.

Além do mais, Julian tinha ido embora já fazia duas semanas e eu precisava me sentir uma pessoa novamente.

— Tá gostando de Hong Kong? — perguntou Edith, como se eu tivesse acabado de me mudar.

— Adorando — respondi.

— Você não tem cara de professora do TEFL.

Não deveria ter ficado satisfeita com o comentário, mas fiquei.

Era alguns centímetros mais baixa que eu, mas, se postas lado a lado, as cinturas tinham a mesma altura, ou seja, em proporção ela tinha pernas mais longas. Eu ficava à vontade quando comparava nossos corpos. Bem diferente das disputas de classificação da adolescência, eu o fazia só por curiosidade.

Ela tinha umas caixinhas de leite de soja na bolsa e me ofereceu uma enquanto falava ao telefone:

— *Hou ah, hou ah, mou man tai* — disse ela. — *M goi sai*.

Era um texto do Tchekhov em russo, com legendas em inglês e chinês. Estávamos sentadas nas primeiras fileiras, era impossível ler as palavras e olhar para os atores ao mesmo tempo, então tínhamos que fazer escolhas. Durante a peça inteira, Edith administrou o e-mail do trabalho. Fazia isso segurando a bolsa, como se fosse um bicho de estimação, cujo interior ela inspecionava. Eu me perguntei se os atores tinham notado.

No palco havia um homem de monóculo. Outro segurava um perfume, que borrifava em si mesmo sem parar. Era possível classificar as mulheres pelos vestidos: branco a ingênua, azul-marinho a solteirona, preto a esposa. Havia vodca também e, presumo, adultério. Resolvi ler as legendas para poder distrair Edith depois da peça, mas era um grande emaranhado de Olgas e Mashas e conflitos de relacionamento.

Um homem perdeu um duelo. Edith despertou com o tiro. Cortina fechada.

— Gostou? — disse ela na saída.
— Do que entendi, sim — respondi.
— Eu achei ótimo. Vamos repetir o programa outro dia?
Tentei esconder minha emoção.

***

Edith entrou na minha vida bem na hora em que havia um espaço vazio.

Julian estava em Londres fazia algumas semanas. Ele mandava mensagens. Eu nunca lia assim que chegavam. Primeiro, como quem faz um teste de estresse, eu listava as piores coisas que ele poderia ter escrito nas mensagens.

Coisas do tipo: voltei com a Kat e vamos nos casar. Nosso relacionamento era um experimento social elaborado, mas agora já perdi o interesse. Estou sublocando o apartamento e você precisa sair daí. Não estou sublocando, mas quero que você saia mesmo assim.

Depois de moldar todas as possibilidades de dor que as mensagens dele poderiam me causar, eu ia para um lugar tranquilo e abria a conversa. As mensagens não diziam nada de preocupante e eu sentia como se tivesse me safado de algo, que logo descobriria numa próxima vez.

Quando estávamos no mesmo espaço, se eu não retribuísse um aperto de mão ou percebesse uma hesitação no sorriso dele, eu achava que havia algum problema que eu não conseguia identificar. Mas, por escrito, ele vivia dentro de uma redoma e por lá permaneceria até que eu terminasse minhas análises. É claro que ele também me mantinha dentro de uma redoma, mas eu escolhia minhas frases com cuidado, pois sabia que passariam por escrutínio. Era uma pena que fôssemos pessoas de carne e osso. Escrevi: saudade de transar com você, mas é claro que é só porque tenho um corpo, & caso não tivesse tudo seria mais fácil. Ele respondeu que, ao contrário de mim, achava que sexo sem envolvimento de corpos poderia impor desafios.

As manhãs de domingo eram os sábados dele. Seu jornal nunca parou de chegar. Eu deixava na mesinha de centro, lia as manchetes e começava a futucar meu relógio. Ainda não tinha passado algumas camisas que ele tinha esquecido. Pareciam vincos que ele deixara, embora eu soubesse que eram vincos da máquina de lavar. Assistia a filmes na cama dele. Em tese, não era diferente de ver na minha cama, mas eu achava mais aconchegante.

Às vezes ele ligava nos finais de semana, mas a praxe

era mandar mensagens. Assim como eu, parecia achar mais fácil se expressar com a mediação de uma tela. No sábado seguinte, após meu encontro no teatro com Edith, ele me escreveu:

> Acho que os termos da nossa separação foram ruins. Sem dúvida, bem longe do ideal. Espero que esteja se divertindo com Miles, Victoria, Ralph-pronúncia-Rafe etc. As coisas estão intensas por aqui. O *garçom absolut* tem lá seus princípios para ganhar as eleições, o que é maravilhoso, já que os Tories convocaram uma. & o Banco da Inglaterra diz que não estamos nos esforçando para encarar que não haverá acordo — então, em meados de maio agarraremos Dâmocles pela espada & teremos que estocar feijão enlatado, Londres é, como sempre, um templo de paz. Interessante como o discurso mudou, de «precisamos tomar o poder» para «acho que ainda haverá comida para todos». Sei lá. Se precisar de alguma coisa é só falar. Perdoe a incerteza da minha data de retorno. J.

Um editor teria se divertido, pensei, analisando as mensagens e trocando pontos-finais por pontos de exclamação.

Não contei sobre a noite com Edith. Não queria incomodá-lo a cada novidade.

***

Quinze dias depois do primeiro encontro, Edith apareceu com mais convites para o teatro. Mas dessa vez me convidou primeiro, e na seguinte também. Não contei para Victoria. Esperava que, quanto mais eu mantivesse tudo em segredo, com mais raiva ela ficaria. Eu gostava de deixar Victoria com raiva. E a situação era muito íntima, toda ela — ouvindo os vales e espinhos do sotaque de Edith, medindo nosso corpo de cima a baixo, e percebendo que, a cada peça, eu me tornava cada vez mais sua amiga.

Depois da primeira ida ao teatro, procurei no Google o valor da mensalidade do internato e as taxas para um estudante internacional em Cambridge. Não fiquei surpresa quando ela disse que seus pais eram do mercado financeiro. No intervalo da segunda peça, fiz um comentário sobre os ingleses chiques, e Edith disse que o conceito de chique não existia em Hong Kong. Era como na Irlanda: todo o dinheiro existente era um dinheiro recente. Rico significava chique, e chique significava rico. Dado que não era nem rica nem chique, eu não sabia dizer por que achava essa concepção reconfortante, mas achava. Nem sequer havia um sotaque característico da classe alta, me assegurou Edith, embora o cantonês do continente fosse considerado, por «algumas pessoas», superior.

A cada novo encontro, ela jogava novas informações na minha cara. Usava as mãos para falar, e, com mais assiduidade, todo seu corpo. Para me mostrar as regiões da China, fez rabiscos num guardanapo. Guardei de recordação. Eu gostava do entusiasmo dela. Não me lembrava da última vez que tinha conhecido uma pessoa tão entusiasmada com as coisas.

E a cada ida ao teatro ela aparecia com uma bolsa diferente. E, dentro de todas elas, a mesma bolsinha cheia de bolsinhos, de modo que a bolsa exterior da vez funcionava como uma concha. As bolsas de grife custavam milhares de dólares em Hong Kong, e a bolsinha talvez uns cem, mas era na bolsinha que ela guardava seus pertences. Nunca compreendi os ricos. As chaves, o cartão Octopus e a carteira de Edith «viviam» numa espécie de fenda, para que pudesse acessá-los com facilidade. Eu admirava esse hábito e tentei inseri-lo na minha vida. Mas escolhia os piores lugares para as coisas «viverem», esquecia onde «viviam», e não conseguia encontrá-las depois.

Quando precisei fechar a escola com Joan antes da terceira ida ao teatro, ela perguntou o que eu ia fazer depois. Disse: vou ao teatro. O rosto de Joan respondeu: mas é claro que estou te pagando muito bem, mas sua boca disse: boa peça.

***

Meus dias de folga eram os domingos e as segundas-feiras. Na sala dos professores, reclamei na frente de todos que trabalhar aos sábados estava acabando com a minha vida social, embora eu não tivesse vida social. Foi ótimo. Eu gostava de ter tempo para pensar. Além do mais, o trem na hora do rush me fazia companhia. Eu me acomodava debaixo do sovaco de um homem qualquer, sentia as tachinhas da bolsa de uma mulher entrando no meu corpo e pensava: faço parte de alguma coisa.

Nos finais de semana era mais complexo. O apartamento ficava mais barulhento sem Julian. As torneiras não paravam de pingar e os vizinhos de parede batiam boca. Em algumas manhãs eu não levantava da cama porque não queria escovar os dentes, e isso desencadeava uma série de ações cujo resultado era ter que viver minha vida de acordo com a pessoa que eu era. Eu não tinha condições de produzir energia positiva para justificar a higiene bucal nem para o resto do dia, então dizia a mim mesma que eu era uma porca preguiçosa que chegaria atrasada e seria despedida, aí então levantava da cama. Se eu estivesse doente, não seria capaz de controlar meu arbítrio desse modo, então era prova de que eu estava bem. E Edith estava se tornando algo pelo qual eu ansiava.

19

No domingo seguinte ao meu terceiro encontro com Edith no teatro, fui visitar Miles em seu apartamento em Kennedy Town. Julian tinha me feito esse pedido. Achei que ele queria ter certeza de que eu estava saindo de casa, quando no fundo nem ele gostava de sair. Mas seria infantil dizer a ele que eu sabia o que ele gostava de fazer.

O cômodo principal do apartamento de Miles era pintado com tinta mostarda e abarrotado de móveis que não combinavam uns com os outros. Para a casa de um professor universitário, tinha poucos livros. Imaginei, ao avistar o Kindle em cima da mesa, que ele estava antenado.

Conversamos sobre a universidade onde ele trabalhava, e a comparamos com a universidade onde eu tinha estudado. Miles disse que Julian havia lhe dito que eu tinha me «formado com louvor», e me perguntou se eu pensava em virar acadêmica.

— Acho interessante — respondi —, mas não sei o que gostaria de pesquisar.

Eu não sabia se Miles estava citando ou parafraseando a construção frasal «com louvor». Julian às vezes assumia uma postura propositalmente antiquada, e não esclarecia se estava falando sério ou pouco se importava em demonstrar que era uma piada. Então faz sentido, pensei, que Miles use «com louvor» com toda a naturalidade. Meu diploma era um fato, pois era um número, e a opinião de Julian não alteraria seu valor. Mas eu sempre pensava nessas coisas inúteis.

— Seu livro teve boa repercussão? — perguntei.

— Não — respondeu —, mas nunca tem.

Ele perguntou se eu gostava de Sudoku e disse que tinha uma revista, caso eu gostasse. Jogamos em silêncio. Fiquei entediada rápido e comecei a apontar os lápis dele. Ficavam numa caixa em cima da mesa.

— Você é uma joia rara — disse ele. — Julian se deu bem.

Foi a primeira vez que Miles comentou nosso relacionamento de modo explícito. Me senti uma idiota, afinal tudo que fiz para deixar as coisas mais leves havia causado essa impressão.

Então me perguntei se tinha ido ao apartamento dele para buscar mais informações para meu jantar com Florence — para ver se Miles comentava alguma coisa sobre o gosto dela para decoração, por exemplo. Se o motivo fosse esse, me pareceu deprimente. Se eu estivesse angariando floreios para a noite que passaria com Florence em vez de tentar melhorar minha situação atual, isso significava que eu estava mais preocupada com minha vida interior do que com minha vida tangível. Julian não sonhava acordado, no entanto estava em Londres e tinha um emprego real, e eu era uma TEFL borra-botas — mas ele lia tanto na vida que talvez tivesse imaginação e soubesse usá-la. Não havia como eu saber se as outras pessoas eram tão descaradas em seus devaneios quanto eu ou se no fundo todos nós fingíamos que não éramos. Uma vez joguei no Google «sobre o que pensam os *serial killers*». Por incrível que pareça, encontrei poucas coincidências, mas mantive meus pensamentos em segredo mesmo assim. Quanto mais eu imaginava, mais as circunstâncias se tornavam pessoais.

— Deve ter sido complicado fazer amigos quando se mudou pra cá — disse Miles, me tirando do devaneio. — Meus alunos intercambistas se sentem solitários.

— Tenho um ou dois amigos — respondi. E pensei: um aqui, outro lá. A palavra «amigo» teve um trabalho hercúleo para descrever minha relação com Julian. Mas agora eu tinha uma amiga.

***

Na terça-feira peguei uma turma nova de crianças de dez anos. Para quebrar o gelo, perguntei por que eles queriam aprender inglês. Eles se entreolharam, mas a sala era tão pequena que mal conseguiam puxar as cadeiras e pareciam inseguros se o pressuposto se sustentava.

Lydia Tam se apresentou e disse em seguida «Meu nome chinês é...», mas outra menina deu um cutucão nas costelas dela e disse que ela não podia dizê-lo ali. Eles queriam aprender inglês para, entre as respostas mais frequentes, estudar, viajar, ver filmes e conversar comigo. Esta última resposta foi de Denise Chan, uma baba-ovo, mas não era permitido chamar os alunos por esses nomes.

Fergus Wong então se manifestou, disse que queria aprender inglês porque tudo tinha um nome em inglês além do nome em cantonês.

— Tá louco — comentou Denise. Parecia que as crianças de Hong Kong falavam esse tipo de coisa quando não entendiam o que as pessoas queriam dizer.

Eu odiava exercer minha autoridade. As crianças sabiam disso e tinham preguiça de responder a qualquer provocação minha. Então deixei que eles conversassem e pensei: Edith Zhang, Zhang Mei Ling, Edith Zhang Mei Ling.

Repeti as palavras com meus botões como se estivesse desembrulhando um objeto.

20
Abril

Quando havia passado um mês da partida de Julian, Edith e eu fomos ao Cinema City JP na Paterson Street. O filme tinha uma dublagem péssima em cantonês. Sabíamos qual seria o final antes dos créditos de abertura. Edith gostava: tramas previsíveis eram mais fáceis de acompanhar enquanto editava documentos em seu iPad. Sentamos afastadas de todas as pessoas, o filme começou e seu teclado estalava como dentes rangendo. Ela não me contou quanto ganhava no escritório, mas imaginei que fosse muito dinheiro.

Na semana seguinte fomos tomar um café em Sheung Wan. Na fila do caixa, Edith me disse que gostava do modo como eu arrumava meu cabelo. Senti uma alegria passageira, mas em seguida ela fez a mesma exultação à barista.

— Me conta da sua família — disse ela quando nos sentamos, como se achasse fascinante eu ter uma família.

Contei. Ela me disse que seu pai era da província de Hunan, na China continental. A mãe era de Singapura. Ela só se considerava uma cidadã de Hong Kong por ter crescido lá, porque tinha nascido no exterior. A mãe tinha dado um pulinho em Toronto para conseguir um passaporte canadense para Edith, um tipo de peregrinação a que Mrs. Zhang sempre recorria para ressaltar sua diligência materna. Ela fazia questão de lembrar à filha que tinha pegado um avião nos últimos dias de gravidez e que mal conseguia andar sem a ajuda do pai de Edith, tudo para providenciar um documento que facilitaria a vida da filha quando esta decidisse sair de casa.

Em defesa de Mr. Zhang, disse que ele havia planejado estar presente no momento do nascimento dela, mas tinha perdido o voo. Mrs. Zhang quase registrou Edith como «Toronto» para comemorar a ocasião. Mr. Zhang a convencera de que era grosseiro. A única maneira pela qual Mr. Zhang conseguia convencer Mrs. Zhang a mudar de ideia era alegando que determinada atitude era grosseira.

— Se você está achando que minha família é maravilhosa — disse Edith —, é porque de fato eles são maravilhosos.

Àquela altura, nos conhecíamos havia quatro semanas, mas parecia mais tempo.

Ela disse que era louca por doce e entrou na fila para comprar um. Observei-a da mesa. Edith não gostava de esperar, mas adorava uma fila organizada. Percebi pela expressão de impaciência que ela se esforçava ao máximo para conciliar essas duas perspectivas. Era uma pessoa tão educada e decidida que algumas brechas chamavam atenção: linha pendurada na costura da saia, cabelinhos nascendo na linha de encontro do couro cabeludo com a nuca. Antes de conhecê-la, eu me perguntava se tosco significava bruto e qual era o significado de «refinado», mas tinha acabado de descobrir: refinado significava Edith. Naquele dia percebi que não me importava com a opinião dos outros. Poderíamos ser expulsas do café e para mim isso apenas provaria que eles não identificavam a inteligência.

À noite, quando me deitei para dormir, dei um google no nome dela. Era uma advogada trainee e tinha uma foto dela no site do escritório. Logo abaixo havia um vídeo em que ela dizia aos candidatos que, se tivesse que escolher uma coisa, uma só, aquilo que ela mais gostava no seu trabalho, ela responderia que eram as pessoas. Seus cachos flutuavam quando ela balançava o queixo. Ela sacudia a cabeça com entusiasmo: a cultura, sacudidela, a garra, sacudidela, a disposição, sacudidela, o elã. Mandamentos corporativos.

Invejei sua convicção e me perguntei se era porque eu queria me sentir melhor no meu próprio trabalho.

Olhei o celular: ela tinha acabado de me seguir no Instagram. Quando você segue primeiro, sabe que a pessoa vai clicar no seu nome para saber se deve seguir de volta. E é claro que fiz isso e vi as fotos dela. Eu não tinha nenhuma obrigação de continuar rolando a página do perfil dela ou de olhar as publicações em que ela tinha sido marcada, mas era o comportamento esperado.

***

No dia seguinte Victoria fez fuxico de Julian quando estávamos num salão francês de chá com sofá listrado. Ela passou os dedos no acolchoado de sua bolsa Chanel, os quadradinhos entrelaçados em linhas penitentes, e os apertou com o dedão. Perguntas. Eu sabia que ela era a fim dele desde o dia em que me disse isso bêbada, mas eu não conseguia saber se a Victoria sóbria se dava conta do quão clara ela estava sendo.

Mais curioso ainda: eu entrei no jogo dela. Eu queria informações sobre Edith, e Victoria me deu.

— Como tem passado, Ava? — disse Victoria, carregando no verbo auxiliar para que eu percebesse sua indiferença.

— Ótima — respondi, acentuando a primeira sílaba para lembrá-la de que estava vivendo muito bem no apartamento de Julian. — Já faz tanto tempo — alonguei as vogais para deixar claro, caso tivesse sido muito sutil, que eu vivia lá e ela não.

— Seu cabelo está lindo — disse Victoria —, eu queria cortar o meu. Você cortou?

Victoria ia todo mês ao salão de beleza, mas fez a gentileza de me perguntar como se para mim fosse um evento trienal, visto que, para ela, era uma despesa básica — enfatizando também esse último fato, afinal tínhamos que ser honestas nessas coisas.

As mulheres são boas de conversa.

Menu, papel de linho. Os chás eram classificados em ordem: francês, inglês e chinês. Victoria escolheu o *thé au citron*. Um errinho de pronúncia de «citron» apresentou um dilema. Eu também poderia escolhê-lo e pronunciar o nome corretamente. Eu não teria feito isso se ela fosse medíocre, pois soaria grosseiro — mas uma ligeira diferença a deixaria possessa e sentindo-se constrangedoramente injustiçada. A alternativa seria eu pedir um chá de limão e deixá-la culpada pelo exagero de pedir o mesmo chá em francês. Li o nome em voz alta em inglês, e troquei um olhar com ela: meu *niveau de français* deve permanecer entre mim e Deus.

Também poderia escolher outro chá, como já tinha planejado fazer antes que Victoria pronunciasse *thé au citron* errado, mas não teria graça.

— *Lemon tea* — pedi. Então, esperando para que desse tempo de o garçom ficar confuso, mas não tanto, porque é claro que ele já tinha entendido: — Perdão, *thé au citron*.

Os homens não eram minha única habilidade.

O garçom trouxe os chás num ritmo militar. Victoria perguntou quando Julian voltaria. Eu disse que não sabia. Via de regra, eu não teria admitido o desconhecimento

— teria dado a entender que sabia mas que só podia compartilhar a informação com nossos amigos mais próximos —, mas queria acabar com o assunto para chegar logo a Edith.

Com base nesse relato de comunicação velada com Julian, Victoria poderia deduzir que eu tampouco sabia se ele estava dormindo com outras pessoas em Londres, ou mesmo em Hong Kong. Se Julian, em todo caso, tinha várias mulheres para administrar, também soaria ambíguo à curiosidade dela. Se não tivesse, poderia indicar que ele era — baseado nas coisas que ele costumava dizer — um homem de uma mulher só. E, caso fosse, a gangue poderia ser numerosa, entre as filiais e a matriz irlandesa. Informações esparsas e sem exatidão sobre Julian não interessavam a Victoria. Ela era uma profissional nesse assunto. Se pudesse oferecer-lhe dinheiro em troca de sexo, ela não pensaria duas vezes. Ainda assim, ela não encostaria um dedo nele caso ele tivesse aceitado.

Enfim, Edith. Victoria e ela eram meras conhecidas. Não tinha namorado, até onde Victoria sabia. Tinha voltado da Inglaterra havia pouco mais de um ano, tinha concluído a pós-graduação em Direito e tinha um contrato de trainee. Victoria era sócia do escritório. (Não perguntei se Victoria estava num nível acima de Edith, mas ela achou que eu deveria saber.) A maioria dos amigos de Edith eram do internato, de Cambridge e da faculdade de Direito, então, consequentemente, eram todos ricos. (Victoria não especificou o «consequentemente», afinal lhe era indiferente se uma pessoa pertencia a um círculo social abastado ou se só o frequentava, mas eu mesma deduzi que sim.)

Nada disso era novidade, mas eu gostei de ouvir.

Era óbvio por que Victoria queria saber de Julian e muito menos óbvio o motivo pelo qual eu queria saber de

Edith. Victoria também ficaria muito confusa se chegasse a desconfiar — mas ela tinha um cérebro de víbora. Não intuía com os olhos, mas interpretando imagens da presa. Ela captou tudo em Julian e as partes de mim que estavam atreladas a ele, o resto ela ignorou.

Se tivesse interesse por Victoria, sem dúvida Julian teria alguma opinião sobre a monogamia ser contratual e o elemento de traição ficar nas mãos dela e de Ralph. Abrindo um precedente, Julian demonstrou interesse por mim ao comprar presentes e ser abertamente rude em relação ao seu histórico amoroso, e eu não o vi agindo dessa forma com ela. De qualquer maneira, eu odiava Victoria, ficava mal ao imaginá-los juntos, e disse a mim mesma que as informações que eu tinha não faziam diferença para que eu pudesse trocá-las por informações sobre Edith.

Dividimos a conta.

***

O inglês tem um subjuntivo. Aprendi esse fato no dia em que tive que ensiná-lo. Eu sabia que o francês tinha, e suspeitava que o irlandês também, mas não tinha notado as impressões digitais do mau humor inglês na minha língua nativa.

Tampouco tinha notado que o subjuntivo em inglês exigia uma frase que eu nunca usava. Aparentemente não se diz: «E se eu estivesse atraído por ela». Diz-se: «E se eu fosse».

Aplica-se o subjuntivo numa situação menos factual. Caso evitasse o subjuntivo, isso significava que eu dizia só coisas verdadeiras? Ou, caso não tirasse o imaginário do jogo, talvez tudo que eu dizia fosse só um desejo ou uma sensação. E talvez eu parecesse uma idiota que não sabe gramática. Me perguntei se Edith lutava contra a vontade de me corrigir.

— Qual é a diferença? — perguntou Kenny Chan.

Eu não tinha certeza da resposta, então consultei o livro didático sem pressa e reformulei a explicação até fingirem que entenderam. Mas Sybil Fu acertou todos os exercícios. Alguns meses antes era diferente. Eu sabia que não tinha nada a ver comigo e tudo a ver com o fato de que os pais dela literalmente a pagavam para tirar notas boas, mas ainda assim fiquei feliz.

***

Descobri que, além da conta pessoal no Instagram, Edith tinha outra para seus trabalhos de arte. Não havia nenhuma referência a ela na conta que ela tinha usado para me seguir, mas sua amiga Heidi a tinha marcado numa publicação de um ano antes. (Heidi tinha estudado no mesmo colégio interno de Edith, uma informação repetida para mim, afinal Edith já tinha mencionado isso num comentário que apareceu no meu *feed*. O fato de eu ter clicado no nome de Heidi e visto suas postagens não era tão culpa do algoritmo assim.)

No perfil de arte Edith postava esboços de prédios feitos a lápis. Seu estilo áspero e axadrezado me surpreendeu, mas pode-se dizer que mais pelo apuro dos detalhes esquisitos. Ela era boa. Um alívio. Eu tinha fuçado os jornais de Oxford nos quais Julian havia publicado seus poemas, mas não me aprofundei porque ficava apreensiva de descobrir que eram ruins e ter que continuar morando no apartamento dele.

A conta pessoal de Edith também era uma apoteose estética. As imagens eram frias e levemente desbotadas, só o suficiente para dar um lume à realidade. Suas publicações eram pistas: um pouquinho de Edith aqui, mais um tanto acolá, e Edith inteira estava suspensa em algum lugar além daqueles quadradinhos. Alguns objetos nas fotos me deixaram obcecada — um relógio vintage dourado, a capa marrom em couro Saffiano para iPhone, uma pulseira de jade.

Eu queria a vida dela. Temi que esse desejo colocasse nossa amizade em risco, mas até então parecia apenas facilitá-la. Por ser mais rica e mais importante do que eu, me ocorreu a suspeita de que na verdade eu era ela mas em níveis intelectuais e morais inferiores. Ela atendia ao telefone ou tocava em alguma coisa no iPad e eu pensava: todo mundo também quer um pedaço dela, e cá está ela comigo. Foi chato porque, quando Julian agiu de maneira semelhante, fiquei muito ressentida pelo fato de ele não estar prestando atenção em mim — e já o conhecia havia mais de um mês. Provavelmente eu era uma pessoa ruim que não sabia processar as emoções.

Minha clavícula era o consolo. Eu podia até me achar grotesca, mas traçava a linha da clavícula em frente ao espelho e pensava: muito sensual. Eu ficaria com tesão se fosse Edith e se eu, Edith, gostasse de mulher.

21

Edith e eu começamos a sair algumas vezes por semana, mas eu não fazia ideia do motivo pelo qual ela perdia tanto tempo comigo, que dirá por que gostava de mim. Supus que eu era de interesse antropológico. Ela sempre perguntava por que eu «simplesmente» não fazia determinada coisa. Por que, dizia ela, você «simplesmente» não verificou a meteorologia antes de sair de casa, ou «simplesmente» use um aplicativo para tal ou tal coisa — e ela achava fascinante quando eu respondia que não tinha pensado nisso. Edith não perdia um só detalhe. Um dia estávamos tomando um brunch num restaurante e ela comentou que eu não gostava de queijo, e, quando perguntei como ela sabia, ela respondeu que eu tinha comentado semanas antes. Eu nunca admitia me lembrar de coisas que as pessoas me contavam por alto. Mas eu sabia que essa característica, a mesma que dava a Edith um ar de franqueza e organização, era a constatação de que eu não tinha vida social.

— Você precisa ler os jornais — disse ela durante o café. — Nem podemos escolher nossos candidatos, mas eu leio os jornais.

Pensei em dizer que estava inteirada sobre o governo de Hong Kong, mas lembrei que só sabia porque Julian tinha tocado nesse assunto no dia em que me levou para conhecer Miles.

Quando me arrumava ou comprava coisas, eu tentava ver a mim mesma como ela me via. Um dia antes de uma ida ao cinema, gastei 400 dólares de Hong Kong numa vela Jo Malone porque imaginei nós duas sob a luz dessa vela no apartamento. Por ela, eu deixaria queimar uma vela no valor das minhas quatro horas de trabalho, isto é, um sexto do dia, pensando: *os outros cinco sextos também estão disponíveis, se você quiser*. Uma luz roxa resplandeceria o rosto dela, e as bochechas se elevariam como ondas de areia. Ela diria que eu tinha bom gosto e eu responderia: você que tem. As duas estariam certas porque ninguém com um pouco de discernimento perderia tanto tempo com outra pessoa que não tivesse bom gosto. Ou ambas tínhamos, ou nenhuma. Não me interessava saber qual das duas opções.

Tudo isso me fez perceber que eu não ligava para o refinamento, só queria que Edith gostasse de mim. A princípio esse pensamento me alegrou, afinal ganhar a aprovação dela me parecia mais plausível do que desenvolver um estilo próprio. Então lembrei que Edith era diferente das outras pessoas.

Mais e mais fui percebendo o quanto ela prestava atenção nos detalhes. Voltamos a Sheung Wan para tomar *lattes* e ela estremeceu quando dei um gole no meu antes que ela conseguisse tirar uma foto. Então reconsiderou a natureza-morta que estava a sua frente e disse: «a manchinha de batom está perfeita». Eu não tinha percebido a mancha na xícara. Houve um dia em que compramos croissants, e, enquanto eu me servia, ela disse alguma coisa em cantonês e em seguida traduziu — «a câmera tem que comer primeiro». Achei gracioso e sorri. Eu gostava quando ela assumia uma postura séria e destemida perante as coisas, até quando se tratava do ângulo de um pão. Ela disse que o Instagram a tinha feito olhar o mundo mais de perto. Sempre que estava triste, podia recorrer à sua muralha de lembranças felizes.

— Sei que é tudo besteira — disse ela —, mas é divertido.

Tentei imaginar Julian confessando que apreciava determinada frivolidade e não consegui.

Além do mais, ela não havia dito nada parecido no primeiro mês. Senti que eu estava progredindo, embora não soubesse ao certo na direção de quê. Eu queria vê-la sendo amiga de outras mulheres. Se eu soubesse como ela agia normalmente, seria mais fácil saber se comigo era diferente.

Morríamos de rir no cinema, sobretudo dos filmes de caras héteros tristonhos que precisavam de ajuda. Nos filmes, as mulheres ensinavam os homens a *sentir*. Pegavam os homens apáticos e os faziam manifestar sentimentos. Nunca dava para saber como aquelas mulheres se sentiam, a não ser: eu quero ajudar esse homem. Nunca conheci alguém assim na vida real.

Eu também nunca tinha conhecido alguém como Edith, e ficava satisfeita por não haver outras pessoas competindo pelo tempo que eu passava com ela. Minha vida em Hong Kong era organizada. Tinha espaço para ela.

Mais que isso, tinha espaço em mim. Eu me sentia superior a pessoas como Scott e Madison, mas no fundo éramos três sacos vazios. Eles se inflavam com pitadas das aprovações alheias, mas eu era mais criteriosa. Quando eu conhecia alguém e gostava dessa pessoa, queria a pessoa inteira de uma vez só, e bem rápido.

***

Passei a frequentar supermercados, principalmente o Wellcome e o 7-Eleven. Anúncios de fora a fora nas paredes.

Ladrilhos encardidos cobertos de marcas de bota e cabelos colados na lama. Quando eu ia na hora do rush, as filas dos caixas se alongavam pelos corredores, eu pegava o meu lugar e ia tirando as coisas das prateleiras conforme a fila andava. Caso passasse pelo macarrão ou cereal preferido, não dava para voltar ou perderia o lugar. Eu gostava de fingir que essa era a transação de mais alto risco que eu tinha feito e que minha vida já estava consolidada, exceto por essa prática em supermercados.

Quando ainda vivia com Julian, me comprometia a fazer cestas de alimentos nutritivos. Agora no segundo mês em que ele estava longe, eu comprava bastõezinhos Pocky e KitKat de *matcha*. Eu não sabia pronunciar os ingredientes descritos nos pacotes. Confundia todos os nomes porque separava as sílabas errado, conforme tinha ensinado meus alunos a separar as sílabas dos nomes dos dinossauros.

Nos fins de semana em que eu não via Edith ou Miles, os atendentes da loja de conveniência eram as únicas pessoas com quem eu conversava. Eu me preparava para encontrá-los. Passava batom. No balcão uma senhorinha de cabelo curto se virou para a colega e disse: *gweimui ah*. Em cantonês, as pessoas brancas eram fantasmas. Em Hokkien, Edith me disse durante um café que éramos ruivas e, em mandarim, «velhas amigas».

— Este último significado — disse ela — certamente é uma leitura das relações sino-ocidentais.

Na Rússia, segundo Edith, a cara de Putin estava por toda parte. Na vodca, no pão, qualquer lugar. Em Hong Kong, acontecia o mesmo com a Hello Kitty. A explicação, de acordo com Edith, era que a Hello Kitty vinha do Japão, portanto sinalizava resistência à China continental. No saguão do prédio onde ela morava havia uma máquina abarrotada de pianinhos e doces da Hello Kitty. Havia até absorventes internos da Hello Kitty, embora ela não entendesse o que significavam. Percebi que ela tinha começado a falar muito sobre menstruação, também esfoliação e exercícios funcionais. Eu sabia que eram assuntos comuns em conversas de amigas, mas de repente tive um lampejo: talvez Edith quisesse que eu reparasse no corpo dela.

Houve um domingo, em meados de abril, que Victoria trombou em mim quando saía do 7-Eleven e perguntou como eu conseguia me manter magra se comia aquelas porcarias.

— Tento manter o equilíbrio — respondi, o que significava que às vezes eu comia um *donut* da Hello Kitty no café da manhã e depois passava tão mal que não comia mais nada o resto do dia.

— Equilíbrio é o segredo — comentou Victoria.

Concordei.

Na semana seguinte, nos encontramos no mesmo lugar. Lembrei que ela morava ali perto. Nós duas estávamos bêbadas. Ela perguntou o que tinha acontecido comigo. Eu disse que estava tudo bem e que ela parecia estar mal; também disse a ela que, em resposta à pergunta do encontro anterior, eu era magra porque tinha dinheiro. No encontro seguinte, fingimos que essa conversa nunca havia acontecido.

Agora eu poderia dizer o que eu quisesse.

***

Era sempre Edith quem sugeria um encontro. Eu não tinha essa ousadia. O tempo dela, como o de Julian, era disputado. Eu sempre fingia que não podia na primeira tentativa, mas ela dizia que era seu único dia livre. Quando não publicava nenhuma prova de sua vida badalada, eu pensava: ela disse que estava ocupada. Quando publicava, eu pensava: não ocupada demais para o Instagram.

Os outros professores me convidaram para ir ao TST. Primeiro fomos a um bar de venda ilegal de bebida que era genuinamente local. Scott do Arkansas me disse que conhecia esse lugar porque outro americano tinha dado a dica. O bar não tinha site nem telefone de contato, mas Scott marcou com a gente no 7-Eleven da Kimberly Road, porque dali era possível localizar a tal porta dos fundos com uma cabeça de porco.

Fui ao banheiro. A garota na cabine ao lado ou estava chorando ou gozando — não consegui distinguir. Edith sempre fazia *stories* nas noites de sexta-feira. Para ser mais exata, a partir das 21h sempre havia uma pilha de pastas num escritório com uma legenda que dizia «Minha vida é divertida e interessante», e uma hora depois um amontoado de drinques com a legenda «O álcool ameniza o trabalho». Considerei que talvez a garota estivesse chorando e também gozando, e concluí que a noite dela estava sendo muito melhor que a minha.

Tarde demais lembrei que tinha que publicar alguma coisa ou Edith saberia que eu tinha visto o *story* dela e estava em casa sozinha com o telefone na mão. Saí do banheiro e arrastei Briony para tirar uma selfie comigo. Ela tinha tomado uma quantidade muito grande de MDMA para questionar minha atitude. Vinte minutos depois, verifiquei a lista de visualizações e lá estava Edith entre elas.

Logo, o círculo do arco-íris apareceu em volta do nome de Edith para indicar que ela havia publicado mais um *story*. Não cliquei. Foi uma pequena vitória.

***

Na segunda-feira seguinte, fomos tomar café em Sheung Wan e Edith disse que estava trabalhando numa IPO — oferta pública inicial, esclareceu. Eu já sabia o que significava por causa de Julian, mas adorei a explicação. O sócio que conduzia a oferta, William Brent, estava em Hong Kong desde a transferência da soberania à China. Ele havia dito que nos dias atuais os homens tinham medo das mulheres.

— Eu não sei dizer — disse Edith — se ele está com medo de nos dar uma apalpadela ou de que contemos ao RH.

Ela achava que em Cambridge tinha sido fácil afirmar que deveríamos requisitar direitos e tomar espaços antifeministas. Na vida real era mais difícil, segundo ela. Não dava para dizer a William Brent que o «espaço» do escritório de advocacia era antifeminista, até porque o primeiro passo para mudar a situação seria expulsar William Brent.

Edith lidava com tranquilidade com as coisas que não podia mudar. O escritório estava repleto de homens terríveis e ela tinha que ser legal com eles. É o que acontece em todos os empregos, mas o dela pagava bem.

Eu tinha certeza de que havia vários William Brent no banco em que Julian trabalhava, e que ele tomava atitudes semelhantes à que teve na ocasião em que Seb fez comentários sobre as dimensões da minha garganta. Sem dúvida ele disse a si mesmo que faria alguma coisa quando tivesse mais poder para tal — e quando chegasse lá se perguntaria onde todas as mulheres tinham ido parar.

Eu ainda não tinha falado de Julian para Edith. É provável que estivesse adiando porque sabia que ela ficaria ressabiada com a segurança dele. Eu queria dizer que ela não o conhecia como eu. Essa era uma afirmação de livro didático que as mulheres faziam sobre os homens de que nos arrependíamos — dos homens ou da afirmação, a depender do ponto de vista —, mas era inegável e justificava o fato de que Edith e Julian nunca tinham se encontrado.

— Você não suporta os homens — comentei.

— Tem razão, não gosto mesmo — respondeu ela.

Isso também dependia do ponto de vista.

Contei a Edith sobre um verão na época da faculdade em que fomos para a casa de veraneio de alguém em West Crok. Eu apaguei no sofá e dois carinhas, em colchões no chão. Na calada da noite, um deles subiu e deitou em cima de mim — calmamente, como que seguindo instruções. Sussurrei que não tinha certeza se queria, o que significava sai fora mas tenho medo do que você fará se eu disser isso, e ele me ignorou. O hálito fedia a álcool. Achei que fosse o Colm, mas deve ter sido o Ferdia. Não dava para enxergar. É provável que eu pudesse ter deduzido se era Ferdia ou Colm, mas não consegui, porque depois eu saberia quem foi, e em todas as interações subsequentes que eu tivesse com Colm e Ferdia eu teria que manter as aparências porque ninguém acreditaria em mim, ou eles confirmariam o fato e então seria um problema deles, e eu me lembraria do que um ou outro tinha feito, e saberia que a lembrança que ele tinha dos acontecimentos era de que estávamos bêbados e acabamos transando, e também tinha certeza de que nossos amigos não tomariam partido, ou seja, iriam me tratar como alguém que provavelmente estava mentindo que tinha sido estuprada. Eu disse a mim mesma o que eles teriam dito — zona nebulosa, eu não acho que ele faria isso — e logo todos nós estaríamos convencidos de que eu estava inventando tudo, então me senti uma pessoa horrível e amoral por acusar falsamente alguém de algo de que não tinha acusado, mas que na verdade tinha de fato acontecido.

— Que merda — disse Edith.

— Pra você ver.

Dava para saber quem tinha passado por uma situação semelhante a essa porque, quando eu contava para alguém que não tinha passado por isso, a pessoa ficava muito curiosa. Dizia que assim poderia sentir a indignação moral com muito mais precisão. Eles eram mentirosos e nós os odiávamos. Edith e eu trocamos inúmeras histórias. Quando cansamos, mudamos de assunto.

Um dia me dei conta de que tínhamos parado de ir ao teatro. Perguntei o motivo e Edith confessou que no fundo não gostava de teatro. «Eu queria que você acreditasse que sim», disse ela, e voltou para o telefone. Fiquei surpresa em vários níveis. Eu não sabia que ela queria que eu achasse que ela era culta. Eu não tinha me dado conta de que eu parecia ser o tipo de pessoa que dava importância a essas coisas. E não tinha reparado que nosso relacionamento tinha mudado tanto a ponto de ela começar a ser sincera comigo — se é que essa confissão mais recente expressava o modo como ela se sentia, e não uma nova ilusão de franqueza.

Julian, pensei, sabe quando as pessoas gostam dele. Edith e Julian têm muitas habilidades em comum. Me perguntei se essa era uma delas.

***

Comecei a esboçar uma mensagem na qual falava de Edith para Julian.

> fiz uma amiga nova. não sei por que só tô contando isso agora. nos conhecemos faz poucas semanas, mas não paro de pensar nela. aliás, quando pesquiso «como flertar com mulheres» aparecem resultados muito

diferentes do que quando pesquiso «como saber se uma mulher está flertando com você». nos dois casos, considera-se que a pesquisa está sendo feita por um homem. acho que você não se incomoda quando as coisas presumem que você é homem, e isso talvez explique seu amor pela literatura.

de todo modo, nunca transei com mulher. beijei algumas na faculdade. elas têm os lábios mais macios, caso não saiba.

sempre penso em transar com outras pessoas mas depois me sinto culpada, o que é estranho, pq acho que você acharia legal se eu não transasse com alguém por sua causa. tipo, ah, você não devia, aí já é demais. eu fiquei muito assustada quando você foi embora mas não acho que as coisas mudaram desde então. você continua investindo tempo e energia para demonstrar que não me ama, mais até do que qualquer pessoa investiu para demonstrar que me amava.

às vezes eu amo você, às vezes acho que seria melhor se um avião caísse dentro do seu escritório e que você ou estivesse dentro do avião ou dentro do prédio.

Concluí que, de modo geral, essa mensagem não surtiria o efeito pretendido.

22

Meus aluninhos de dez anos estavam escrevendo haicais: cinco, sete, cinco sílabas. No semestre anterior haviam feito poemas de quatro versos, e Ming Chuen Lai demonstrara certa desconfiança de que isso significava que o currículo ficava cada vez mais fácil, ao invés de difícil. Debatíamos sobre certas palavras. Defenderam, por exemplo, que «filme» em inglês tinha duas sílabas: *fil-m*. Fiquei tentada a dizer que a maioria dos dublinenses concordava, mas seus pais não estavam pagando pelo inglês de Dublin.

Katie Cheung, nove anos, não gostava da forma do haicai. Juntos fizemos um *brainstorming* para ajudá-la a escrever um poema sobre um gato. No primeiro verso, ela disse: «o gatinho peludo gostava de beber muito, muito leite».

Sugeri versões improvisadas de cinco sílabas: «meu gato bebe leite», «gato beberrão», «leite, o preferido do meu gato».

Katie Cheung estava satisfeita. Ela queria todas as informações no primeiro verso. Perguntei o que ela colocaria no segundo se concentrasse tudo no primeiro, e ela disse que precisava pensar mais um pouco.

Eu disse que ela poderia escrever uma história, mas tinha que usar parágrafos. Ela concordou, mas com muita relutância. Ainda não teria espaço, disse ela.

Eu tinha sido uma criança muito fácil de lidar e me perguntei se já era óbvio, desde então, que nunca seria uma artista. Se uma professora tivesse me dito para inserir quebras nos versos, eu teria fatiado minhas palavras como presunto só para agradá-la.

***

Mamãe me disse que, para abril, estava muito quente em Dublin.
— Daqui a pouco o Ártico vai derreter — disse ela.
— E teremos que morar em bunkers.
Eu disse que esperava que houvesse momentos intermediários.
Ela disse que o papai tinha mandado um alô. Perguntei se papai tinha pedido que ela me desse um alô, se «papai mandou um alô» significava que ele mesmo estava dando um alô. Mamãe disse que eu não precisava complicar, e que George também tinha mandado um alô. Em seguida contou as novidades. A senhoria do meu primo Tadhg o tinha colocado para fora de casa, supostamente para receber um membro da família, mas uma semana depois o quarto entrou em anúncio no Daft com um aumento de 100 euros no aluguel. Eu tinha me esquecido de Tadhg. Outra prima tinha tido um bebê. Eu disse a mamãe que pelo nome não sabia quem era ela, enquanto mamãe repetia: a Sinéad, a Sinéad, como se fosse o suficiente para que eu me lembrasse.
— É que você mora longe — disse ela, o que achei injusto, afinal não tinha conhecido Sinéad antes de partir.
— Mamãe — disse —, você chegou a pensar em nos dar nomes irlandeses?

Respondeu que não, que as pessoas que faziam isso matriculavam seus filhos em aulas de apito.

— E Rachel Mulvey está de volta — disse ela. Eu tampouco sabia quem era Rachel Mulvey. Mamãe explicou: os Mulvey, que moravam aqui na rua, num tom de voz que expressava: agora está claro que minha filha não sabe de nada. — Voltou de Nova York — disse mamãe. — Cedo ou tarde todo mundo volta. — Disse ainda que a casa estava vazia sem mim e sem Tom. — Pagar aluguel é um desperdício de dinheiro. Tom disse que oitocentos é um bom negócio. Oitocentos por mês. Por um quarto, Ava!

— Não acho certo — comentei —, as pessoas ganham dinheiro para ter casas que não habitam. Acho que devíamos tomar posse de suas casas.

— Sonhando acordada de novo — disse mamãe.

Ligar para casa me fazia sentir falta de falar abertamente sobre política. No trabalho não dava, não só porque Joan e Benny eram proprietários, mas fundamentalmente porque os patrões não gostavam de empregar pessoas que achavam que eles não deveriam existir. Julian ainda ouvia, mas a conversa não evoluía: é um pensamento interessante. E tocava em qualquer objeto que estivesse na frente dele. Com Edith e Miles eu poderia ser de esquerda o quanto quisesse, mas queria parecer inteligente.

Eu disse:

— O Estado deveria confiscar todos os hotéis de Dublin e transformá-los em prédios de habitação social.

— Ah, lá vem você, Ava.

— E tinha que existir um imposto de 100% sobre heranças. E renda básica universal.

— Ah, tá bom.

— E enfim o comunismo.

— Era só o que faltava.

Eu gostava de conversas em que não era necessário convencer ninguém, e nas quais eu dizia exatamente o que pensava. Estava cansada de tentar ser aceita pelos outros.

Mamãe começou a fazer inúmeras perguntas. E o fez porque achava que eu estava escondendo alguma coisa. Mas eu não tinha nada de interessante para contar sobre Edith. Se eu dissesse que andava tomando café com uma mulher, mamãe ia querer saber o que eu de fato estava escondendo dela.

23

Mais para o fim de abril, Edith e eu fomos a uma exposição de arte em Sheung Wan. Ela me cumprimentou com um abraço. Tive receio de deixar cair alguma coisa nas roupas dela — um pelo ou um fio de cabelo.

— Adorei o vestido — disse ela. — Está parecendo a Audrey Hepburn.
— É velho — respondi.
— É lindo.

Parecia achar que eu não sabia receber elogios. Eu preferia acreditar que eu não gostava de demonstrações profusas de emoção, e aceitava qualquer elogio se as pessoas fossem mais contidas ao expressá-los.

Enquanto andávamos pela exposição, me perguntei se Edith era bonita ou se só eu tinha essa opinião. Estava ciente de que, ainda com a cabeça da faculdade, a beleza era subjetiva — mas queria saber se éramos esteticamente compatíveis. Quase perguntei se ela sabia que Holly Golightly era bissexual. Tendo formulado o comentário e orquestrado qual seria minha linguagem corporal ao fazê-lo, enrubesci como se o tivesse feito.

Crianças gordas corriam pela galeria. Os quadros tinham tulipas e flores de cerejeira. Edith comentou que era o tipo de coisa de que sua avó gostava. Achei que estava zombando dos quadros, mas depois ela comprou postais da exposição para a avó. Nessa hora lembrei que havia algumas pessoas que a chamavam de Mei Ling e que eu nunca as conheceria.

Na saída, eu disse a Edith que ia para casa fazer o jantar. Ela perguntou se eu dividia o apartamento com outras pessoas. Havia tempos eu queria saber quando ela faria essa pergunta.

— Uma só — respondi —, mas ele está viajando. Julian.

— Julian — repetiu ela, desconfiada, pensei. — Podemos cozinhar juntas.

Eu nunca tinha recebido visita no apartamento e fiquei aliviada por não ter havido aquele processo exaustivo de registro na portaria. Segundo a norma, deveria haver registros de todas as pessoas de fora, mas era uma norma a que os porteiros não submetiam as pessoas brancas. No elevador, uma mulher segurava pela coleira um pastor-alemão ofegante. Edith disse *gao* não sei quê, e a mulher riu e disse *gao* não sei quê.

— Tem certeza de que Julian não se incomoda? — perguntou Edith.

Senti que tinha passado uma informação íntima ao revelar o nome de Julian e me perguntei, sem esperanças, se ainda dava tempo de escondê-lo.

Já no saguão, pus minhas sapatilhas de balé na prateleira inferior, depois as transferi para a prateleira superior sem necessidade, o típico comportamento de uma pessoa nervosa. Enquanto Edith cozinhava, acendi as velas pela primeira vez. Fiquei pensando se Julian repararia nas marcas de cera quando voltasse.

Edith se sentou na poltrona de Julian logo que pareceu óbvio que eu tinha me esquecido de fazer esse convite. Ela usou os encostos de braço. Julian quase nunca fazia isso. Ele cruzava os braços bem apertados, como se estivesse no assento do meio do avião e as pessoas dos assentos ao lado tivessem embarcado primeiro.

Jantamos. Me perguntei por que Edith ainda não tinha um apartamento. Teria sido uma pergunta idiota para a maioria dos honcongueses de vinte e poucos anos, mas eu sabia que ela ganhava muito bem.

— Não dá pra sair de casa assim — disse ela. — Precisa arranjar um marido, ou no mínimo uma hipoteca.

— Acha que um dia vai se casar?

— Não, acho que não.

— Devíamos morar juntas então.

Edith sorriu e disse: quem sabe.

Passei o controle da TV e ela escolheu um canal que exibia *Bastardos inglórios*. Ela disse que o título estava errado porque o próprio Tarantino tinha cometido um erro numa versão do roteiro que vazou, mas que depois tentou sustentar que tinha feito de propósito. Concordamos que essa era uma atitude extremamente masculina.

Pus a mão na boca várias vezes durante a conversa. Era um hábito infantil que me dava um ar tolo. Me forcei a parar e me vi brincando com meu cabelo.

Durante um tiroteio, Edith perguntou como Julian era. Não havia muita necessidade de que ela continuasse pronunciando o nome dele.

— Ele está em Londres — respondi. — Ele é banqueiro.

Considerei outras opções de frases: ele mexe com finanças, ele trabalha num banco, ele é do ramo financeiro. É quase certo que Edith não teria feito distinção entre elas, mas talvez fizesse e eu tinha escolhido a pior. Às vezes achava que as coisas teriam sido mais fáceis com Julian se eu soubesse lidar com pessoas que «estiveram» em Oxford. Eu detestava o sistema de classes britânico. Também servira de fachada para sabe-se lá como eu estava me sentindo com Edith, embora também vivesse uma emoção real — mesmo não sendo a mais importante. Para meus padrões, eu estava no controle de tudo que acontecia. Sabia que Julian continuaria não sendo meu namorado por mais que eu tivesse dito «estive em Oxford», mas de alguma forma acreditava piamente que minha principal insegurança com Edith era se ela sentia atração por pessoas que usavam mal o subjuntivo.

— Seus pais acham esquisito? — perguntou Edith. — Que você mora com um cara?

— Eles não sabem. Não entenderiam.

Era verdade.

— Ele traz garotas aqui? — perguntou ela.

Enquanto falava, Edith digitava no celular. Eu sabia que ela tinha e-mails para responder, mas também me perguntava se não era um pouco conveniente que fizesse isso justo nos momentos em que fazia perguntas um tanto despropositadas.

Queria ter dito logo de cara que eu e Julian transávamos. Tarde demais. Edith pararia de me contar as coisas e ficaria mais uma vez desconfiada de tudo que eu falava para ela.

Olhando-a, me dei conta de que combinava com Julian. Os dois pisavam duro no chão de mármore, atendiam telefonemas aos domingos e respondiam e-mails à noite. Economizariam tempo se um lesse a *The Economist* e o outro o *Financial Times*, e depois trocassem informações. Eu tinha certeza de que, se colocasse tudo isso numa planilha, Julian chamaria Edith para sair. Então os imaginei juntos e percebi que só o fiz porque não conseguia formar uma imagem nítida de Edith comigo. No escuro, eu acariciaria Edith com muito mais facilidade do que Julian — mas havia ainda tantos outros pensamentos que podiam ser fecundados com mais esmero.

O filme acabou e Edith disse que logo iria embora.

— A gente pode repetir a dose eventualmente — disse ela.

— Vai ser mais difícil quando Julian voltar.

— Ele não gosta de socializar?

Eu disse que ele estava mais para uma Catarina, a Grande, da Rússia. Essa piada parecia mais uma piada que Julian faria do que eu. Me perguntei se havia roubado sua fraseologia, afinal estava funcionando para mim.

Antes da partida de Edith, mostrei-lhe meu guarda-roupa. Ela pegou meu casaco caramelo e disse que amava Ted Baker porque parecia mais caro do que era. Eu já estava tão distante da versão original de mim mesma que havia achado o preço alarmante, o que me deixou muito envergonhada.

— Aliás, Ava — disse ela —, você é socialista?

Ninguém nunca tinha me perguntado isso. Na faculdade, as pessoas presumiam que eu era socialista porque todos os meus amigos eram, e no trabalho ninguém achava que um adulto pudesse ser.

— Sou — respondi.

Edith disse que compreendia o ponto de vista, mas que adorava ter coisas boas.

No dia seguinte mandei uma mensagem: você pode argumentar que o marxismo significa que todas as pessoas deveriam ter coisas boas, incluindo nós duas. Edith respondeu que eu não podia achar justo ter um Rolex enquanto outras pessoas morriam de fome. Respondi: tem razão. Pensei em dizer que o relógio de Julian era um baratinho que ele tinha comprado em Xangai, mas lembrei que Edith não o conhecia, logo não poderia fazer uma suposição horológica clara.

Naquela noite ela mandou outras mensagens, reclamando que ainda estava no escritório. Mandei para ela o PDF de «Por que Marx tinha razão» e escrevi «atenção: polêmica marxista» no assunto do e-mail. Ela respondeu: você está dando em cima de mim? Pode ser perigoso ler isso aqui no trabalho.

Todas as luzes estavam apagadas. Minhas mãos eram meras silhuetas diante da tela.

***

Desde que Julian tinha ido embora, havia dois meses, eu vinha conseguindo manter o controle de sua vida on-line. A presença dele nas redes sociais configurava mais uma ausência: não atualizava nada, o perfil do Facebook era tão abandonado que bastava rolar a página umas quatro vezes para encontrar uma foto dele tomando um banho de champanhe no último dia da faculdade. Ele tinha um Instagram com apenas oito fotos. Depois que foi para Londres, passou a ver todos os meus *stories*. Eu duvidava que ele tivesse noção de que as pessoas sabiam quem via os *stories* delas.

O nome de Edith sempre aparecia em primeiro na lista das pessoas que viam meus *stories*. Li vários artigos e publicações do Reddit para descobrir se era um indício de que ela me stalkeava, se era eu quem a stalkeava ou se ambas nos stalkeávamos, mas não descobri nada. É claro que eu olhava o perfil dela o tempo inteiro, mas queria descobrir se isso também estava claro para o algoritmo. Mais que isso, eu queria saber se eu aparecia no topo da lista de Edith. Se ela aparecer no topo da minha significava que eu era a stalker, aí no mínimo eu só apareceria no topo da lista dela se ela também fosse minha stalker — e se estar no topo da minha lista configurava que ela era minha stalker, então estar no topo da lista dela fazia de mim uma stalker também, porém ela me stalkeava de volta e não poderia me julgar.

Comparei Julian e Edith. Não eram tão parecidos para serem considerados gêmeos, nem tão diferentes para serem contrastantes. Mas fiquei ali com uma aba do navegador aberta para Edith, outra para Julian, passeando entre as duas.

24
Maio

No começo de maio, Edith me levou ao Times Square Mall. Um shopping grande e limpo com piso de mármore. No térreo, a loja de departamento Lane Crawford, a Gucci e a Chanel («isca de turista», disse Edith), também a Loewe e a Max Mara («isca de turista homem metido a intelectual»), e outras marcas voltadas para pessoas que achavam que tinham dinheiro mas não tinham — essas Coach, essas Michael Kors da vida.

— Imagina usar roupas da Michael Kors de propósito — disse Edith. Comentei que achava essa observação horrível. — Mas é verdade — disse ela.

Sempre que eu usava alguma coisa que Julian tinha me dado de presente, sentia que Edith sabia quanto custava e não achava que valia o preço.

Fomos à Zara. Perguntei por que a Zara era aceitável e a Michael Kors não, e Edith me disse que era porque a Zara tinha consciência de sua marca. Comentou ainda que ela tinha total consciência de que, por outro lado, aquilo tudo dizia respeito a um só lixo consumista, mas tinha dificuldade de se livrar da influência de Mrs. Zhang.

— Tem razão — respondi —, lixo consumista.

Ela sorriu. Fiquei contente ao sacar que ela achava meu mau humor cativante, mas suspeitei que não seria assim se tivesse ficado incomodada. Imaginei que éramos personagens de desenho animado, eu tentando dar uma cabeçada nela, fincada no chão, e com a minha testa estapeando a palma de sua mão serenamente estendida.

Ela escolheu algumas coisas para a gente experimentar. Fiquei com vergonha de perguntar se vestíamos a mesma numeração, mas Edith perguntou a minha e disse que vestíamos igual. Ela disse que seria mais rápido se dividíssemos o mesmo provador. Fiquei de costas e Edith também, como se não houvesse outra coisa a ser feita. Pelo espelho vi seu sutiã preto de renda. Seu desodorante tinha cheiro de sabonete.

— Gosto das suas sardas — disse ela, ainda de costas para mim. Poderia ter sido uma confissão de que tinha olhado por cima dos ombros ou um comentário sobre as partes do meu corpo que ela já tinha visto, e eu achei que não custava nada ela ter sido mais objetiva.

— Eu gosto do seu vestido — disse eu. — O meu é feio.

Edith discordou, disse que eram diferentes. Foi a primeira vez que divergimos sobre roupas.

— O decote realça suas clavículas — disse ela.

Falei que ela também tinha belas clavículas, que não fazia tanto sentido pluralizarmos clavículas porque no fundo estávamos falando de um osso só, e o vestido era feio mesmo.

— Se você não quiser eu vou experimentar — disse ela.

Tirei o vestido. Agora de frente para ela.

Depois rascunhei mais uma mensagem Potemkin para Julian.

acho que estou flertando com edith. ela parece ser o tipo de pessoa que flerta com todo mundo e que não flerta de verdade com ninguém. não sei o que está acontecendo. nos conhecemos há dois meses e parece que ela é a única pessoa que existe ou importa na minha vida desde que me entendo por gente.

Selecionei a mensagem e apertei a tecla volta, em seguida sobrevoei meus rascunhos três vezes para me certificar de que tinha apagado e salvado. Agora com a caixa vazia escrevi: queria saber o que sinto sobre tudo isso, então apaguei mais uma vez.

***

Victoria me convidou de novo para tomar um chá, mencionando coisas que Julian «havia escrito para ela». «Escrito», isto é, «mandado mensagem», mas deu a entender um conluio profundo. Respondi que estava muito ocupada trabalhando. Eu me vi digitando esse tipo de frase que obviamente faria Victoria me detestar mais do que já me detestava, depois apertei enviar e fiquei observando.

Mamãe disse que eu andava sumida. Quando liguei, ela disse que eu parecia distraída. Julian mandou uma mensagem, dias depois mandou outra, dizendo que — muito presunçoso, aliás — não era do meu feitio demorar tanto para responder. Até Tom perguntou se estava tudo bem comigo. Já fazia tanto tempo que não nos falávamos que até me esqueci de repreendê-lo por ter contado à mamãe sobre Julian.

Toda vez que esperava resposta de Edith, eu acariciava minha clavícula. Aí ela respondia.

No primeiro domingo de maio, fomos a um restaurante de sushi em Queensway. Nos encontramos no metrô e passamos por cambistas e bondes de dois andares na Hennessy Road. As farmácias chinesas tinham cheiro de vieiras e ginseng amadeirado. Edith me viu observando as prateleiras marrons e tronchas de remédios e disse que, caso eu precisasse de ajuda, Mrs. Zhang sabia exatamente o que era bom ou não.

— Ninho de pássaro para tosse — disse ela.

Tentei atravessar fora da faixa num cruzamento e ela me deu um puxão.

O restaurante tinha uma esteira rolante. Eu não comia peixe, então não restavam muitas opções. Antes que eu me desse conta, Edith achou um rolinho de pepino e se arremessou para pegá-lo, em seguida sorriu triunfante para enfatizar o quanto era boa provedora. Ela me classificou como usuária intermediária de pauzinhos. Não fiquei envergonhada, tampouco esperava ganhar um prêmio. Quando eu não conseguia mais acompanhar suas demonstrações de habilidade, ela ajeitava os pauzinhos na minha mão. Depois fiquei com medo de colocá-los sobre a mesa e não conseguir reposicioná-los no ângulo correto.

— Quanto tempo você acha que ainda fica em Hong Kong? — perguntou ela.

— Não sei — respondi. — Talvez até conseguir uma hipoteca.

— Desculpa minha indiscrição — disse ela —, mas seu apartamento é ótimo. Talvez seja o caso de mudar para um mais barato.

— Sendo bem sincera, Julian paga a maior parte do aluguel.

— Sério? — perguntou ela.

Havia um tom constante de surpresa na voz de Edith. Era um charme. Mas não dava para saber quando ela estava genuinamente desconcertada. Empinava o queixo no ângulo correto e arregalava os olhos para entender as palavras, quaisquer palavras. Era a expressão de Edith de que eu mais gostava, mas era tão onipresente que eu ficava confusa quando lhe dizia coisas difíceis de dizer e não sabia como explicar.

— É complicado — disse eu.

— Claro, não tenho nada a ver com isso — disse ela —, mas...

— Você está se perguntando se eu já pensei em...

— Estou.

— Não. Mas pode perguntar.

Me perguntei se estava sendo desonesta para evitar perder minhas, abre aspas, chances com ela, fecha aspas. Mas não soube o que dizer. Eu era inescrupulosa a ponto de mentir para transar com alguém, e, embora fosse capaz de fazer outras coisas terríveis, não era o tipo de coisa que eu faria nesse caso. A não ser que, claro, eu estivesse tentando me convencer de que estava sendo autocrítica demais, embora ainda não soubesse ao certo que comportamentos contavam como o tipo de coisa terrível que eu faria.

Também desconhecia a sexualidade de Edith. Cogitei inventar uma ex-namorada só para ver a reação dela, mas parecia uma besteira. Minhas buscas sobre ela na internet não tinham limites, tampouco as informações que poderia esconder dela sem remorso, mas inventar uma pessoa não fazia sentido. Uma questão moral. Por outro lado, inventar uma namorada requeria coragem, ao passo que stalkear na internet era moleza.

Ainda tinha Julian; mas, quando perguntei a ele em fevereiro se ele se importava que eu flertasse com outros caras, ele riu da minha cara. Com as mulheres, supus, eram outros quinhentos. E, mesmo que não fosse, eu continuaria a sair com Edith de qualquer maneira.

25

Me esforcei para continuar encontrando Miles, até mesmo para ter alguma desculpa para dar a Julian quando perguntava o que eu andava fazendo. Também porque assim eu não pensava em Edith, o que era ótimo, pois, quando pensava nela de novo, parecia ainda melhor do que a última vez.

Miles me contou como Mao havia reagido à fracassada rebelião Taiping em meados do século XIX. Assim como ele, os Taiping se baseavam numa doutrina importada de rebelião. Diferente dele, não a tinham infligido à população local e assim foram esmagados pela milícia de base da nobreza.

— Só por isso as correntes marxistas da academia não deveriam se fechar em si mesmas — disse Miles. Era a quarta vez que eu o visitava desde a partida de Julian. — E, cá entre nós — prosseguiu —, isso me faz questionar o propósito do meu trabalho. Quem lê livros acadêmicos?

— Confesso que eu não leio — respondi, alheia à minha resposta, mas ele riu e disse que adorava saber que poderia contar com minha honestidade brutal.

O que não era verdade. Eu sempre mentia para não ferir os sentimentos alheios ou para fazer as pessoas gostarem de mim. Quase todas as vezes que fui franca foi sem querer. Porém, socialmente, eu ganhava mais fingindo que era proposital, até porque dessa maneira as pessoas achavam que meus elogios eram sinceros. Julian parecia confiar em mim. Pessoas inteligentes costumam fazer coisas idiotas.

— Aceita um chá? — perguntou Miles.

Achei que estava muito calor mas aceitei, e me ofereci para prepará-lo. Miles disse não duas vezes, mas aceitou na terceira tentativa. A quitinete só tinha uma janela e um péssimo isolamento acústico, então dava para ouvir e ver os pedreiros furando alguma coisa do lado de fora.

Miles disse que estava começando a preferir minha companhia à de Julian. Eu sabia que era mentira, mas agradeci. Eu me perguntei se era tão claro o quanto eu buscava a aprovação de seu filho, ou se ele achava que todo mundo buscava a aprovação de Julian. Antes disso, eu havia passado muito tempo querendo perguntar quem tinha se mudado primeiro para Hong Kong: pai ou filho? Sempre imaginava uma conversa em que um deles já estava instalado e o outro ligava da Inglaterra dizendo que também ia se mudar. Os dois demonstravam certa tranquilidade, mas a mudança teria implicações emocionais duradouras. Na conversa, Julian dizia «certo» várias vezes.

Eu não conseguia pensar muito tempo em Julian sem retornar a Edith. A maioria das pessoas, lugares e coisas me levava a Edith, mas Julian tinha sido o responsável por desencadear essa situação. Ali sentada no apartamento de Miles, pensei: Edith, e sorri.

***

— Bebe mais rápido, irlandesa — disse Edith.

— Sabia que isso é um problema social seríssimo na Irlanda?

— Ah, sei. Desculpa. Beba com moderação.

Em meados de maio, na sexta à noite, pedimos um champanhe da Noite das Mulheres na cobertura de um bar em LKF. A proposta da noite era ir a bares que nos davam bebida de graça e ficar ali assistindo aos homens se prostituírem. Edith disse que garota com garota era ainda mais recompensador para os consumidores experientes. Eu não lembrava se as outras mulheres faziam piadas como essa, nem as expressões do rosto delas ao fazê-las.

Já estávamos mamadas antes do aniversário de 23 anos de Cyril Kwok. Edith perguntou se «mamadas» significava o que ela suspeitava. Sim, respondi. O inglês da Irlanda sempre fez sentido. E nisso se distingue do inglês britânico.

— Mas por que precisamos ficar tão mamadas?

— Você vai ver — respondeu Edith.

— No irlandês raiz é «*ar meisce*».

— Então vamos ficar *ar meisce* — disse ela, como se ainda mais decidida.

O champanhe da Noite das Mulheres acabou se mostrando uma péssima recompensa pelas conversas com homens. Nada valeria esse esforço. Eles batiam na mesa sempre que alguém fazia um comentário, o que bizarramente parecia encorajá-los a fazer outro comentário em seguida. Seria preciso entornar uma grande quantidade de álcool para não chutar a canela deles, e a qualidade do álcool disponível não era nada encorajadora.

Estávamos sentadas numas cadeiras de vime no canto do bar. Edith tomou três taças de champanhe em dez minutos. Perguntei se ela precisava de tanto para encarar Cyril Kwok.

— Ele é aquele tipo de cara que publica fotos das chaves dos carros dos amigos no Instagram — disse Edith.

— Eles empilham as chaves numa mesa de centro e ele posta a foto marcando cada amigo.

— Para dizer que cada amigo é uma chave? — perguntei.

Edith revirou os olhos: não, ele marca como se fossem o mal-estar da pós-verdade.

Então chegou a minha vez de buscar mais uma rodada de champanhe.

— E uma pra minha amiga — disse eu ao barman, deixando bem claro que ele poderia entender disso o que quisesse.

Quando voltei ao terraço, Edith estava respondendo e-mails no celular. Parei e fiquei olhando à distância, na expectativa de que parasse. Ao chegar, pus as taças de champanhe na mesa e disse — achando que podia, caso estivesse fazendo uma coisa diferente ao dizê-lo — que gostaria de saber se as mulheres sempre usavam a Noite das Mulheres como desculpa para encontros amorosos.

— Com certeza é uma estratégia — respondeu Edith.

Ninguém era tão esperta quanto Edith.

Ela chamou um táxi e trocou frases em cantonês com o motorista. Sentei e tirei o salto alto, sentindo o tapete roçar a meia-calça.

— Os táxis sempre têm esse cheiro de carro novo — comentei.

— Eles usam um spray — respondeu Edith.

— Você sabe tudo.

— *Ar meisce!*

Ela passou a mão na minha meia-calça e disse que eu deveria ser mais cautelosa. Eu me perguntei se isso era só mais uma demonstração do domínio que tinha sobre todas as coisas, ou se eu tinha dado a entender que ela podia fazer isso. Com os olhos, respondi que era todinha dela — não que tivesse escolhido olhá-la, porque não dava para evitar olhar para ela —, mas sem deixar claro que ela tinha certeza disso. Talvez Edith nem tivesse me notado realmente e tivesse tocado minha perna como se toca um pequeno eletrodoméstico.

O taxista nos deixou no topo de uma ladeira e cruzamos três guaritas até chegarmos a um saguão de mármore com uma figueira de 20 pés de altura ao centro. Havia vasos com bonsais espalhados por toda parte, até no elevador. Edith disse que ter filhos é como cultivar bonsais. Perguntei como era cultivar uma árvore de tamanho normal. Isso, respondeu Edith, era uma questão de temperamento.

Cyril Kwok nos esperava na porta. Usava branco da cabeça aos pés: moletom, calça, tênis.

— Escolha uma cor — disse ele.

— Essa é a Ava — disse Edith.

— Olá, Ava, escolha uma cor.

— Rosa — respondi. — Olá, Cyril.

— Rosé, então.

Uma festa barulhenta e escura, com luzes piscando. Cyril nos conduziu pelo saguão e pelo mezanino em direção ao que ele chamou de «o balde». Fiquei aliviada ao ver que era um balde de verdade. Ele enfiou a mão e pegou uma garrafa de Armand Brignac para Edith.

— Que alegria fazer 23 anos — disse ele, e deu beijinhos nas nossas bochechas antes de pedir licença e sair.

Eu disse a Edith que ele parecia ser um cara legal e perguntei por que ela o detestava. Ela não conseguiu me ouvir na primeira vez, então tive que cochichar em seu ouvido.

— Achei que você ia me julgar se eu gostasse dele — disse ela. — Ele estudou na Eton.

— Julian também — comentei.

Edith se agarrou à taça de rosé como se quisesse me lembrar que o bastão da fala estava nas mãos dela.

— Você sempre fala do Julian.

Até então, eu não tinha certeza se ela estava bêbada.

— Não precisa fingir que odeia seus amigos — comentei. O barulho abafou minha voz mais uma vez e Edith me pediu para repetir, o que me permitiu reformular a frase. — Desculpa eu ter feito você achar que precisava fingir que odeia seus amigos.

Edith tinha que cumprimentar todo mundo, eu não, então ela ficou pensando em quem deixaria conversando comigo. Eu sempre passava por isso com Julian, então não liguei.

— Vou te apresentar pro Tony Ng — concluiu ela. — Ele passou um tempo na Wadham College, então está tentando fingir que não é rico.

Edith olhou para a calça vermelha de algodão de Tony como se quisesse dizer que eu poderia fazer meus julgamentos por conta própria.

— Ling Ling, você tá linda — disse Tony. — Como vai Sam?

— Terminamos — respondeu Edith.

— Nossa — disse Tony. — Faz séculos que não te vejo.

— Séculos mesmo — respondeu Edith.

Com uma clareza que pus na conta do álcool, eu soube exatamente o que senti: inveja. Em parte porque os amigos de Edith eram ricos, em parte porque ela tinha amigos. O lance de Sam eu teria que descobrir depois.

— Essa é Ava — disse Edith a Tony. — Ava está solteira.

— Eu também — respondeu Tony. — Vamos ver quem arranja um homem primeiro.

Eu poderia ter dito: ou uma mulher. Mas eu não sabia

se Edith tinha me apresentado para Tony como se aguardasse uma revelação, ou se essa possibilidade nunca lhe tinha ocorrido. As garotas da minha escola sempre diziam querer um melhor amigo gay, embora não fossem o tipo de pessoa que um gay gostaria de ter como amiga. E ainda me xingavam de tudo quanto é nome por não querer beijar muitos garotos.

Edith e Tony mudaram de assunto, então só fiquei balançando a cabeça e simulando reações categóricas. Percebi que não só estava evitando sair do armário para Edith como parte de um joguinho. Eu também temia que ela deixasse de ser minha amiga. Eu sentia isso com Julian também, e com todas as pessoas que passaram pela minha vida e chegaram a gostar vagamente de mim, mas ainda não tinha enfrentado isso em Hong Kong porque até então não tinha me interessado por uma mulher. Ou talvez não tivesse problemas em me assumir e só não quisesse que ela soubesse que eu estava a fim dela. Era impossível separar as duas questões. Eu não poderia gostar de Edith se não gostasse de mulher, e senti que — irracionalmente, mas com convicção — não poderia gostar de mulher sem gostar de Edith. E tive esse pensamento no meio de uma risada, então precisei continuar rindo para Edith não perceber o que eu estava pensando.

***

Quando cheguei em casa, fui analisar a lista de amigos de Edith nas redes sociais. Havia seis Sam: quatro homens e duas mulheres. Cliquei nos «amigos em comum» e depois mudei o nome do meu perfil para cada uma daquelas ocorrências de Sam, queria tentar descobrir a história que ela tinha com cada pessoa. Três delas — dois homens, uma mulher — não tinham trocado nada além de mensagens de aniversário no mural. Um deles só estava marcado em fotos de galera com Edith em Cambridge. E o último par, um Sam-ele e um Sam-ela, cada um tinha só uma única foto abraçado com Edith.

26

Fiz 23 anos no dia 18 de maio. Os professores me convidaram para ir ao pub, mas respondi que, a bem da verdade, já tinha planos. Chamei Edith para sair pela primeira vez e não disse a ela que era o meu aniversário. Fiquei constrangida com a ideia de que pudesse ter lhe ocorrido que eu pensava sermos amigas mais íntimas do que éramos. Ela mandou um emoji de balão de manhã, o que me fez pensar que o tempo todo ela sabia que era meu aniversário ou que ela tivesse recebido uma notificação.

Nos encontramos num bar de uísque na Hollywood Road. Edith me deu de presente um lenço estampado de um coletivo ecofeminista de Los Angeles. Eu tinha lá minhas dúvidas da suposta neutralidade do carbono enviado da Califórnia para Hong Kong, mas no pescoço senti a maciez do tecido — e estava embrulhado, o que indicava que ela sabia que era meu aniversário.

Entramos. O bar estava lotado. O cardápio perguntava: você faria um pacto com os céus pelo melhor drinque do planeta?

Edith achou a seção irlandesa e pediu um Connemara Peated Single Malt para mim.

— Diretamente da velha Irlanda — comentei. — Uma lagriminha se esgueira no canto do olho, lá vem ela.

Quando chegou, estava tão forte que lacrimejei. Ela disse que eu era uma fracota e em seguida estremeceu no primeiro gole. Julian já tinha me chamado assim, uma fracota, e achei que era a prova de que as palavras só tinham sentido de acordo com o contexto.

Em seguida tomamos sidra. Enquanto gesticulava, derrubei a taça e deixei cair um pouco de sidra no meu colo. Ela tirou lenços de papel do bolso. Achei que ia me dar um, mas se curvou para secar minha coxa. Seu cabelo tinha o cheiro da fumaça da caminhada pelo LKF.

Edith falava inglês com o garçom, mas ele respondia em cantonês.

— Ele acertou — disse ela depois que saímos —, mas eu podia ser de qualquer outro lugar.

— Talvez ele não fale inglês — comentei.

Foi um comentário idiota, mas eu queria me distrair do beicinho que ela havia feito. Era outra de minhas expressões favoritas de Edith, embora soubesse que havia um limite em registrá-las quando não conseguia imaginar uma só expressão de Edith que não estivesse entre as minhas favoritas. Os melhores arranjos de palavras já tinham sido escritos pelos meus alunos de oito anos: gosto do rosto dela. Me sinto feliz com ela. Gostaria de não ter aprendido gramática avançada só para poder fazer frases como essas. E teria uma desculpa para dizê-las em voz alta.

— Pra você não faz diferença porque é branca — disse Edith. — As pessoas me veem e acham que sou daqui.

— Mas você é daqui.

— Mais ou menos — disse ela. — Você perde certos costumes quando passa a adolescência no exterior.

Parecia o tipo de coisa que um terapeuta havia lhe dito, uma formulação esquisita para resumir o entendimento em poucas palavras.

Disse ainda que muitas pessoas, inclusive seus pais,

sentiam uma nostalgia disparatada do Império Britânico porque pelo menos não era a China.

— Hong Kong é o único lugar do mundo em que o reposicionamento da marca do fim do século xx deu certo — disse ela.

Achamos hilária a crença que os britânicos tinham de que sua imagem internacional se resumia a um flácido amante de chá, à la Hugh Grant. Se tivessem sido mais evasivos durante as Guerras do Ópio, ou um pouco mais modestos no Domingo Sangrento, nossos países teriam ficado mais agradecidos.

— É por isso que não conseguem assumir que foram colonialistas — disse Edith. — E se veem como um povo que não consegue nem sacrificar um cachorro.

Também entramos em consenso sobre a assustadora obsessão britânica por cachorros, tanto pela grande quantidade de outros animais ingeridos quanto pelo nível histórico e contemporâneo de respeito pelos seres humanos.

Nossas conversas eram ágeis. Em Hong Kong eu sempre tinha que diminuir o ritmo para fazer as crianças me entenderem, também porque Julian se comunicava sem pressa e eu achava que tinha que manter o passo. Só com Edith minha boca ultrapassava a fala. Outro alívio era que, no meio de uma afirmação, eu podia fingir não notar o joelho dela encostando no meu.

Tomamos uns shots e caminhamos até o cais da Aberdeen Street. Já era tarde, não deu para chegar a tempo de uma vista interessante, mas ela disse que gostava de observar os barcos e imaginar suas formas riscando linhas entre as luzes como um jogo de ligar os pontos. Havíamos começado a caminhada ignorando todos ao redor, e terminamos sem precisar ignorar ninguém.

— Sabe — disse Edith —, antigamente proibiam que os locais vivessem no Peak. Não sei quanto ao Mid-Levels, mas no Peak não podia.

— Mas por quê? — perguntei. — Quem podia morar lá?

Ela riu.

— Os britânicos, claro.

Eu queria que ela continuasse com aquele papo mole, por meio de gestos que eram extensões corporais das informações, mas ela não levou adiante. Eram nove da noite. Nos prédios comerciais já se viam algumas janelas apagadas como se fossem as opções escolhidas num programa de jogo na TV, mas a maioria delas ainda projetava uma luz intensa. Imaginei milhares de Ediths e Julians debruçados em mesas, batendo metas, analisando prognósticos, cuspindo produtividade. No entanto, à nossa frente, a água permanecia imóvel.

— Às vezes eu me pergunto se há algum momento no qual ninguém está trabalhando em Hong Kong — comentei.

Edith se virou para mim lentamente.

— Detesto meu trabalho — disse ela. — Trabalho muito, é bom trabalhar muito, mas detesto. Quero só que minha mãe tenha orgulho de mim. Uma besteira, aliás, porque ela não valoriza as coisas que eu valorizo, mas é minha mãe. Me preocupo com o que ela pensa.

— Diga a si mesma que a vida é uma piada — falei.

— As pessoas ainda dão essa desculpa? — retrucou Edith.

Apostei na objetividade.

— Gosto de mulher — disse eu. — Gosto de você.

Ela me beijou.

27

Na semana seguinte trocamos muitas mensagens. Eu respondia durante o trabalho ou enquanto andava pelos shoppings. Tentava esperar quinze minutos. Escrevia no bloco de notas para que ela não visse que eu estava digitando, contava os segundos, cortava, colava e mandava. Mas logo me dei conta de que assim que escrevia já queria mandar para ela.

Entre tantas mensagens: quer tomar um café e tal.

Os três minutos elípticos que eu passava observando a digitação dela tinham um campo gravitacional próprio. Ela não queria tomar café nem nada. O beijo, aliás, tinha sido um pastiche. Por que demorava tanto para dizer não? Bastava dizer não e me jogar aos vermes.

Enfim: ah, eu adoraria.

Pedimos cafés especiais em Sheung Wan e tomamos entre gargalhadas. O meu era de carvão com leite de castanha de caju, e o dela era um café rosa brilhante de pitaia. Pensei em perguntar se isso fazia de mim o homem da relação, mas concluí que mesmo a heteronormatividade irônica constituía a heteronormatividade; também que era cedo demais para fazer essa piadinha.

Fiquei pensando o que era melhor: um primeiro encontro depois de três meses ou se mudar para o apartamento da pessoa depois de três meses mas ainda «continuar amiga» dessa pessoa durante seis meses. Nenhuma opção me pareceu bem-sucedida, mas eu estava feliz demais ao lado de Edith para me preocupar com isso.

***

Não conseguia me concentrar no trabalho. Sentava para corrigir os trabalhos, pensava nela e cruzava as pernas com força. Durante as aulas, as crianças me perguntavam o que tais palavras significavam ou se a pronúncia estava correta. Em vez de fazer minha obrigação e pedir que eles consultassem um dicionário, eu dava as respostas. E tudo bem. Cada uma tinha seu smartphone. Dava para ouvir os professores dando ordens severas nas salas ao lado, e eu me perguntava se o meu problema era não gostar de dar aula como eles ou se no fundo eu nem queria ser professora.

Detestava estar no controle da situação. Queria que Edith nomeasse nosso relacionamento e estabelecesse seu modo de funcionamento. Sempre que Julian fazia isso, eu não gostava das respostas. E só agora pensei que talvez pudesse — por exemplo — ter dito isso a ele, com palavras, em vez de fingir que estava tudo bem. Então fiquei contente por ter uma nova chance agora. Eu também tinha mentido para Edith, mas não com tanta veemência, nem sobre meus sentimentos.

De todos os alunos, eu preferia as meninas com cadernos impecáveis. Sabia que elas se tornariam Ediths, e adorei saber que o estoque de Hong Kong estava garantido a longo prazo. Connie Qian tinha um tubo de cola e uma tesourinha dentro do estojo. Ela recortava parágrafos das minhas apostilas e os colava nos cadernos. «Adoro seus cadernos», disse a ela. Em seguida pensei se deveria ter dito isso com mais autoridade para deixar claro que não queria — de forma alguma — ser amiguinha de ninguém ali. Connie ficou pensativa, mas aceitou o elogio. «Eu gosto deles», disse ela — e não «também gosto», talvez para demonstrar que seu julgamento independia do meu. Também me pareceu uma atitude que Edith teria.

Nenhum aluno jamais me lembrou Julian. Apesar de ter especulado tanto sobre o passado dele, eu nunca tinha conseguido imaginá-lo criança. Ele não queria que eu o enxergasse além do presente. Ele gostava de mim porque não o conheci quando ele ainda ganhava um salário de seis dígitos.

***

Convidei Edith para ir ao apartamento uma semana depois do nosso primeiro encontro. Excepcionalmente, ela usava calça jeans e um suéter de lã. Me deu de presente uma travessa de cristal axadrezada para a mesa de centro e recomendou que a enchesse de frutas ou de flores. Pelo valor que parecia ter, era obviamente um presente para mim, mas o fato de que Edith tinha escolhido a dedo um presente para o apartamento de Julian me deixou sem palavras. Nós agradecíamos ou só eu?

Comemos frutas e assistimos a um filme antigo com a Judy Garland. Fiquei pensando se as pessoas em geral assistiam a filmes quando convidavam pessoas para esse tipo de programa ou se isso significava que estávamos fazendo tudo errado.

— A testa da Judy Garland me intriga — disse Edith. — Parece uma coruja.

Já a trama não nos deixou entusiasmadas. Judy era uma fazendeira desleixada; a atriz que fazia o papel de sua irmã, uma atriz mambembe, armava acampamento no celeiro para ensaiar números musicais animados com sua trupe. Ela tinha um casinho previsível com o noivo bonitão da irmã, mas perdoamos o estereótipo porque era interpretado pelo Gene Kelly. Se existisse tecnologia naquela época, tenho certeza de que Gene, depois de ter convidado uma mulher para ir a sua casa, não teria perdido tanto tempo vendo um filme.

— Bonita, né? — perguntou Edith.
— Judy?
— Óbvio.

Esse «óbvio» de Edith tanto podia encerrar a questão sobre quem mais ali eu poderia achar bonita, ou podia significar que Judy, sendo tanto um ícone LGBT quanto uma pessoa pertencente a um gênero de que eu já tinha declarado gostar, era uma mulher sobre a qual eu estava inclinada a ter opiniões.

— Já entendi o que você quis dizer com a testa de coruja — respondi. — Ela tem um bom perfil também. Ela e o Gene fazem um belo par de narizes.

Eu poderia ter feitos comentários melhores — me arrependi de ter envolvido Gene, que não tinha nada a ver com a história —, mas ela me beijou mesmo assim.

— A Judy é maravilhosa — disse Edith. — Sabe que ela foi obrigada pelo estúdio a usar uma prótese no nariz. Mas acho que nesse filme ela está sem. Ela teve que bater o pé.

— Preferia que você não falasse da prótese de nariz da Judy Garland depois de me beijar.

— Acabei de dizer que não é prótese, é o nariz dela.

— Mas olha só — respondi. Começamos a nos beijar de novo, e acabei esquecendo o que eu ia falar.

Houve um momento pavloviano em que comecei a conduzi-la em direção ao quarto de Julian, mas me detive e a levei para o meu quarto. Caímos uma por cima da outra na cama. Ela segurou meu cabelo e disse: isso, aí. Depois ficamos comparando nossos corpos e me dei conta de que nunca tinha me sentido tranquila numa situação como essa antes. Agora eu podia relaxar. Nossos membros não pareciam ser nem meus nem dela. Edith tinha braços longos, chegamos a essa conclusão.

— Tô tão feliz — disse eu.
— Eu também — disse ela.

Perguntei se o gosto estava bom. Sempre queria fazer essa pergunta a Julian, mas já sabia a resposta: «ok», o que me deixaria ainda mais preocupada; ou ele diria «Parecia um Pinot Noir, mas não sei se é porque você tomou vinho ou porque eu tomei». Edith disse que não conseguia descrever. Me dei conta de que eu respirava devagar e artificialmente, como se tentasse acalmar outra pessoa, e saquei que essa não era a resposta que eu queria ouvir. Eu só queria ter dito que estava ansiosa.

Ela tinha que ir embora. Os pais a esperavam em casa. Eu disse a mim mesma que a partida não tinha nada a ver com a suposta esquisitice da minha pergunta, então concluí que, se ela tivesse dito algo estranho, eu teria esperado um pouco e mudado de assunto antes de ir embora.

Mas não havia nenhum registro daquele momento. Eu só conseguia acreditar que tinha acontecido quando colocava no papel. Talvez por isso Safo tenha escrito seus poemas — mas depois que ela morreu passaram a enrolá-los em cadáveres para ficarem aos cuidados dos vermes.

Felizmente Edith foi embora antes que eu começasse com o existencialismo. Eu disse a mim mesma: é por isso que você está solteira. Pode transar com duas pessoas, não falar sobre uma na frente da outra, morar com uma delas e continuar solteira.

28
Junho

No começo de junho, meus alunos de nove anos concluíram as lições do plural irregular e dos substantivos compostos, e passaram para os coletivos: um rebanho de ovelhas, uma dúzia de ovos, uma chuva de punheteiros. Este último guardei para mim mesma, mas me perguntei o que os ingleses achariam disso, porque «chuva de» não se trata de coletivo, mas, sendo uma nação fundamentalmente onanista, é certo que teriam um coletivo para tal. Pensei em perguntar para Edith, mas de um jeito engraçado, não esquisito, então Kendrick Yang disse «o que que você disse mesmo das uvas» e perdi o fio da meada. «Cacho», respondi, «não, punhado», e fiquei em dúvida mais uma vez. Ele já tinha escrito «punhado», então ficou por isso mesmo.

Às vezes questionava se eu era mesmo uma falante nativa de inglês. Quando era criança, eu vivia sonhando que tinha sido adotada em sigilo num país estrangeiro. A Rússia passou ao topo da lista quando li um romance histórico sobre uma família que fugia da Revolução de Outubro, embora eu soubesse que, se lesse o livro hoje, detestaria a vida política local. Livros sobre pessoas que perdiam suas fortunas, ou que não tinham nada e faziam fortuna, interessavam bem mais à minha imaginação infantil do que os livros em que nada acontecia — embora isso tivesse mais a ver com a vida real. E os personagens que não falavam sobre classe eram todos entediantes. Eu não conseguia acreditar que aquelas pessoas existiam. Na escola todo mundo sabia quem tinha as casas maiores e quais pais e mães eram advogados.

Uma vez expliquei para Julian a diferença em irlandês entre «na lama» e «na cama», e perguntei se ele achava que havia algo discernível na personalidade irlandesa que possibilitasse a distinção entre estar na pior e ir para a cama com alguém. Ele estava com sono e não se aprofundou na resposta. Pensei em reaver essa observação e fazer a mesma pergunta para Edith, mas achei que me sentiria mal ao fazê-lo. Porém não tinha certeza se a culpa era oriunda de repetir algo que eu tinha dito só para ele ou de repassar para Edith um argumento de segunda mão.

Quatro meses longe de Julian. Em alguma medida, eu sentia que ele nunca mais voltaria.

***

Edith e eu seguimos transando. Melhor do que ser escolhida por uma pessoa tão perfeita era quando ela me dizia a seguinte frase: «enfia o dedo».

As pessoas em geral têm dobrinhas na pele — atrás das orelhas, nos pulsos —, mas Edith era macia da cabeça aos pés. Era tão pequena que parecia engraçado e desnecessário abraçá-la. Nos embolávamos e ríamos da quantidade de espaço livre na cama. Me via dizendo às pessoas: sempre sobra espaço para nós duas, somos compactas. Aí lembrei que tinha passado quase um ano transando com um cara verticalmente incômodo. Tudo era muito interessante.

Quando Edith não estava ocupada trabalhando, ficávamos na cama trocando confidências. Três semanas depois ela confessou que só gostava de mulher, e que em Cambridge percebeu que nem todas as mulheres eram como ela, logo, era lésbica.

Perguntei se ela já tinha contado para a família.

— Não — respondeu, de pronto.

Aleguei que contaria caso tivesse um relacionamento com uma mulher. Até então não havia razão para compartilhar minha vida sexual.

— Não que seja só o sexo — disse eu. — Mas eles reduziriam a isso.

Edith concordou. Noventa por cento do motivo de não poder contar aos pais era o sexo.

Eu nunca tinha transado com uma mulher, embora tivesse passado grande parte da adolescência e da faculdade obcecada por uma ou outra. Todas tinham namorado, ou namorada, ou evidentemente eram pessoas que não eram a fim de mim. Quando contei isso para Edith, ela perguntou se eu tinha me interessado por pessoas comprometidas porque sabia que não precisaria enfrentar o fato de que estar com elas jamais resolveria todos meus problemas. Respondi que ela não podia dizer algo tão perspicaz.

— Todo mundo faz isso, Ava — disse ela. — Você ainda se descreve como a grande sofredora do mundo, mas é mais comum do que pensa. Acho que deseja se sentir especial. Justo, quem não quer. Mas, como você não se permite se sentir especial de um jeito bom, você diz a si mesma que é a mais sofredora de todos.

Pedi mais uma vez que parasse de me interpretar tão bem, ela riu e disse:

— Tá, vou tentar.

Mas eu adorava quando ela me analisava. Seu ar maduro de objetividade me assegurava que alguém tinha o controle — de mim — da situação.

Ela já tinha transado com a ex-namorada em Cambridge — Sam, informou. Grande novidade. Só andava com pessoas LGBT. Tinha voltado para o armário ao retornar a Hong Kong.

— Sam — repeti, para demonstrar que era uma informação nova.

Ficávamos muito constrangidas de trocar beijos em público. Da primeira vez rolou porque foi espontâneo, mas, quando virou um hábito, passamos a nos preocupar com as outras pessoas. Pequenos gestos ganharam significado. Eu dava um cutucão em seu braço para mostrar alguma coisa no meu celular. Voltamos ao Central Pier e tiramos uma selfie, enviei para ela com a legenda: minas sendo migas. Publiquei uma foto de Edith no *story* do meu Instagram, e, quando vi que Julian tinha visto, senti uma pontada no peito que primeiro achei que fosse medo, depois percebi que era excitação. Nenhum dos dois conhecia todos meus segredos.

***

No trabalho eu fingia ser Edith, ou estar sendo observada por ela. Quando as crianças cochichavam ou assistiam a vídeos no celular, em vez de ignorá-las, como de costume, eu tossia para chamar a atenção, conforme Edith faria. Dava certo. Elas paravam. Quando Clarice Xu me pediu ajuda, elogiei seu desempenho. Eu não me via sendo o tipo de pessoa que distribui elogios a torto e a direito. Achava que não faria diferença para ninguém. Mas não era necessário ser uma pessoa tão magnífica para conseguir a aprovação de crianças de dez anos, além do mais eu tinha as canetas pretas para a lousa, elas não.

Às vezes, no fim do expediente, Edith me encontrava na estação de metrô mais próxima do trabalho. Nessas ocasiões eu podia tocar o corpo dela. Na subida da escada rolante, bastava eu estender a mão. Coisa normal entre amigas. Eu queria que as pessoas soubessem que tínhamos um caso, mas só as que não nos machucariam por isso. Sentiria esse medo em Dublin, e sentia em Hong Kong também.

Queria explicar para Edith o seguinte: segurar a mão de Julian era como segurar um ingresso do museu, segurar a mão de Edith era como segurar uma granada. Mas isso não fazia sentido nem mesmo na minha cabeça, então eu sabia que se dissesse em voz alta tampouco o faria. Ela também não gostava de andar de mãos dadas, então ficou por isso mesmo.

***

Reencontrei Miles em junho. Ele me contou que o futuro líder comunista Zhou Enlai estava se escondendo das metralhadoras e baionetas no hotel Western Astor House, no Cantão. Como disfarce, Zhou e a esposa usavam (respectivamente) um terno de três peças e um vestido de seda qipau. O general anticomunista Chiang sabia que eles estavam escondidos lá, mas fez vista grossa para retribuir as vezes que Zhou o tinha salvado dos esquerdistas violentos. Acho que a história teria sido mais interessante se eu soubesse mais informações a respeito das figuras envolvidas nela.

Miles também contou do nascimento de Julian e do dia em que conheceu Florence. Ela usava uma saia lápis elegante e disse que trabalhava no Bank of England. Ele perguntou se ela era secretária no banco, e ela disse que não, que era consultora e estava economizando para fazer um doutorado.

— Perdão por isso — disse Miles. — Os tempos eram outros. De todo modo, ela me perdoou.

Parecia querer dizer que ela guardava muitos outros rancores dele.

Desde que comecei a visitá-lo, na época da partida de Julian, Miles vinha então revelando muitas historietas familiares. Parecia injusto que enfim ocorresse justamente quando minha prioridade não era mais descobrir coisas sobre Julian.

Ouvimos uma das gravações de Nina Simone ao vivo em Montreux, em 1976, a faixa «I Wish I Knew How It Would Feel to Be Free». Miles disse que havia sido um hino da luta pelos direitos civis nos EUA na década de 1960. Nina cantava: *I wish I could say all the things I can say when I'm relaxed.*

Não estava mais conseguindo terminar de escrever seu livro, disse Miles. Por outro lado, vinha tentando se dedicar mais aos alunos da universidade. Muitos estudantes haviam participado da Revolução dos Guarda-Chuvas anos antes, e esse engajamento se mostrava cada vez mais necessário.

— Então você quer fazer uma lavagem cerebral neles? — perguntei.

— Quero. Enquanto posso.

— Meus alunos de oito anos amam teorias da conspiração. Quer dar um jeito neles?

Nina cantava: *Jonathan Livingston Seagull ain't got nothing on me.*

Olhei para o relógio e percebi que já fazia quinze minutos que eu não pensava em Edith, um recorde pessoal. Então fiquei irritada por ter que começar do zero novamente. Miles perguntou o que eu andava fazendo e eu não soube o que dizer porque passava grande parte do meu tempo com Edith. Não me importava que Miles soubesse, mas, se eu contasse para ele, podia cair no ouvido de Julian. Se ele soubesse de Edith, Edith saberia de Julian. Aí ela ia querer saber por que eu tinha mentido. E, se eu dissesse «Eu minto o tempo todo pra todo mundo», não seria uma resposta satisfatória para ela.

29

Em meados de junho, Edith disse que ficaríamos chatas — «como pessoas», segundo ela, uma qualificação que posteriormente analisei com rigor — se passássemos a transar o tempo inteiro. Eu disse que discordava, mas caso ela preferisse poderíamos marcar uns encontros românticos.

— Prefiro — disse Edith.

Eu ainda estranhava a franqueza dela, então me vi levada a admitir que também gostava de encontros românticos.

— Todo mundo gosta — disse ela.

Eu disse que tinha pena de quem não gostava.

Comemos comida de rua e apostamos nos cavalos em Happy Valley. Ela me levou para tomar *bubble tea* numa alameda íngreme abarrotada de lojinhas e não só zombou do tempo que demorei para escolher o chá como da escolha que fiz. («Se você não tivesse me apressado, eu teria feito uma escolha melhor.» «Todo mundo que escolhe o Matcha Love Potion, em qualquer época, é uma ameaça à segurança pública.») Tentamos — e fracassamos, mas o importante é que tentamos — superar meu medo de altura no Hong Kong Observation Wheel e no teleférico da Lantau Island. Nos dois lugares eu gritei e agarrei a mão de Edith e percebi que era uma reação bem típica de casal, e me perguntei se outras pessoas também faziam essas coisas de casal e depois suspeitei da sinceridade dessas reações. Mesmo que todas as pessoas fizessem aquilo que eu e Edith fazíamos nos nossos encontros, eu ainda achava que eram momentos especiais para nós.

Houve um dia em que fomos ao Man Mo Temple fazer um pedido. Fumaça de incenso derivando do teto. Paramos na urna, arredondada e dourada como um cálice, e perguntei a Edith qual era meu desejo.

— Você que me diz — disse ela.

Achei graça e beijei a bochecha dela.

Na última semana de junho, Edith perguntou quando Julian voltava.

— Não sei — respondi. — Ele é confuso.

Tínhamos acabado de fazer compras. Julian uma vez falou que eu poderia comprar mais cobertores depois que comentei gostar do que tinha no meu quarto. Com Edith, comprei quatro, dois com estampa de espinha de peixe, dois em xadrez *windowpane*, e fui para a sala de estar arrumar tudo. Edith não tinha comentado a escolha dos cobertores, o que me levou a crer que ela tinha achado horrível, e que Julian também acharia quando voltasse de viagem. Não era justo que ambos tivessem mais bom gosto do que eu.

Então complementei a frase:

— Você achou os cobertores sem graça?

— Confuso como? — perguntou Edith. — Os cobertores são bonitos.

Paguei por eles surrupiando minutos das aulas e iria ressarci-los. Com certeza. O pedido que fiz no templo foi que Julian voltasse e tudo acabasse bem. Mas nem consegui imaginar a cena com precisão. Fechei os olhos e me vi cumprimentando Julian, mas não passei daí.

Sempre que Edith estava ocupada, eu saía para bater perna nas minhas lojas de conveniência e shoppings favoritos, ou ficava na cama olhando para o teto. Não me sentia sozinha. Meu trabalho demandava um contato humano ininterrupto, então eu gostava de ficar sozinha. Mas não conseguia relaxar.

Naquela noite, mandei uma mensagem para Julian: saudade. Achei esse ato esquisitíssimo.

***

Eu queria aperfeiçoar minha caligrafia para dar exemplo aos meus alunos. Encontrei uma fonte cursiva francesa na internet e comecei a copiar as frases que tinham todas as letras do alfabeto: a raposa amarronzada e veloz pula o cachorro preguiçoso, encho minha cesta com cinco dúzias de bebida alcoólica, é muito surpreendente que só haja *jukeboxes* nas discotecas. Parecia uma espécie de punição, mas eu não sabia por que me punia. Depois de exaurir meu estoque de pangramas, copiei sonetos de Shakespeare.

Enquanto assistíamos a um filme na cama, Edith viu minhas transcrições num caderno na mesinha de cabeceira. Ela disse que eu tinha uma letra linda. Aceitei, mas estranhei o elogio, como se aquelas letras no papel não fossem minhas.

Naquela semana meus alunos de oito anos aprenderam o «*if*» e o «*whether*». Eu sabia que em francês era necessário usar palavras semelhantes quando se transformava uma pergunta em oração substantiva, mas os dublinenses não davam a mínima. Costumávamos dizer «sei não se ele volta», um inglês paupérrimo. Quando o certo a dizer era: «não sei se ele vai voltar» ou «não sei se voltará».

Sublinhei as conjunções nas frases de exemplo, e pedi que resolvessem as questões. Alguns terminaram rápido e começaram a conversar em cantonês. Fingi que não reparei.

Ollie de Melbourne entrou na sala para pedir uma caneta de lousa emprestada. Conversamos enquanto as crianças escreviam. Com seu tom de voz ultrapedagógico, Ollie disse que as conjunções eram insetos traiçoeiros. Mas havia um truque, disse ele, enganchando a mão como se o truque estivesse flutuando, assumindo a tarefa de capturá-lo para mim.

Julian não respondeu ao «saudade» que eu tinha enviado. Me perguntei se eu queria mesmo receber uma resposta ou só me sentir poderosa pelo fato de ter exposto tal coisa sobre mim mesma que nem era verdade, mas que o levaria a crer que estava em vantagem. Eu não fazia esse tipo de coisa com Edith. Não que eu fosse mais autêntica com ela. A manipulação era uma característica do meu caráter e não havia escapatória. Mas Edith não inspirava esse tipo de comportamento, Julian sim. Eu não gostava de quem eu era perto dele, mas sabia que às vezes tinha que me comportar assim porque eles dois eram ruinzinhos e eu era ruinzinha.

— Você é muito fechada, Ava — disse Ollie. Havia um motivo para o comentário, mas não prestei atenção. Eu disse que era uma pessoa muito atordoada.

***

Enfim Julian respondeu minha mensagem de saudade. Ele demorou tanto que quase esqueci que tinha enviado.

> Desculpa – muito trabalho. Saudade também.

Me senti desleal a Edith porque sorri ao ler a mensagem, também desleal a Julian porque era o tipo de mensagem que Edith mandava todo dia e eu gostava bem mais de receber essa mensagem dela do que dele. Um pensamento contrário à economia. Tendo em vista que minha demanda por mensagens fofas era elástica, quando escasseavam, obviamente elevavam seu valor. Mas, quando vindas de Edith, pareciam uma bonificação.

***

Edith e eu conversámos muito durante o sexo. Julian nunca tinha sido uma pessoa verborrágica na cama, por isso era constrangedor quando eu desatava a falar, como se não tivesse entendido o que tentávamos fazer ali. Com Edith, conversar era parte do sexo — derrapar com as palavras, forçar a articulação delas até o limite. Ela disse: continua, temos todo o tempo do mundo. Quando acabou, eu disse que tinha sido estranho ouvir aquilo, também deprimente, do tipo: não precisamos ser contidas no sexo porque ainda estamos relativamente distantes do dia da nossa morte. Edith respondeu: a) ela quer dizer que o último trem está atrasado, e b) se vamos começar a chamar a atenção uma da outra por causa de declarações bizarras durante o coito, não vamos a lugar algum.

Continuamos a ter Judy Garland na mais alta conta.

— Encontrei uma foto dela da década de 1950 — disse Edith. — E lá estava a sobrancelha acorujada, tínhamos razão. Ela está impassível na foto. Não é uma expressão plácida, mas de uma mulher durona e indefectível.

— Condiz com a história de vida.

— A gente podia visitar o túmulo dela — disse Edith.

— Você sempre fica mórbida depois que a gente transa — respondi. — Não consigo evitar essas conclusões.

Esse «sempre» que usei não conseguia classificar os atos que praticávamos havia tão poucas semanas. Mas notei que Edith percebeu e aprovou o efeito de corporificação do termo.

Às vezes eu a imaginava em Cambridge. Não sei por quê. Os devaneios que eu tinha dos jantares com Florence não constituíam o tipo de coisa em que pessoas felizes se demoravam, mas ao menos serviam a um claro propósito. O lance de Cambridge não. Mas eu gostava de imaginar o cabelo preto de Edith com a neve ao fundo, ou as escadas que ela subia em torres de pedra para assistir às aulas. Também vislumbrava sua vida em Hong Kong. Os Zhang comiam banquetes nos feriados nacionais, e o escritório de advocacia era ainda de mais fácil reconstituição porque tinha semelhanças com o banco em que Julian trabalhava. Também nunca conheci o banco, mas havia pedido uma descrição.

Talvez eu estivesse vivendo pelos olhos de Edith. Quando a coloquei nos mais altos pedestais, foi porque não me enxergava naquelas alturas, e ela era a melhor alternativa. Aspirações vicárias não explicavam meu vício na vida dela, mas eu ainda não me conhecia tão bem para encontrar uma explicação melhor.

— Na Irlanda eu tinha medo — disse a ela na minha cama — de transar com homem.

Eu estava querendo dizer que receber um «saudade» dela tinha mais significado que receber de Julian. Não era uma associação humanamente possível para ela, e justo por isso pude dizer o que disse.

30

No último domingo de junho, compramos saladas no Marks & Spencer e pegamos o ônibus para a Tai Pak Beach em Discovery Bay.

Eu gostava de pegar o micro-ônibus com Edith. Era verde e branco e dava uns solavancos violentos para a frente. Edith deixou os óculos de sol caírem quando o ônibus fez uma curva. Numa das noites, não havia botão para apertar, tivemos que gritar para o motorista parar. Edith treinou cantonês comigo — *busee jau m'goi* —, então me obrigou a falar e riu porque confundi as entonações.

Fazia um dia quente na praia. Três velhas estavam sentadas numa mesa ao nosso lado com um guarda-sol no meio. Perguntei a Edith o que elas estavam conversando, e ela respondeu que estavam falando em Hakka, ela não conseguia entender direito. A avó de Singapura de Edith era uma falante nativa de Hakka e afirmava que todas as outras línguas em Hong Kong eram dispensáveis. Havia os desafortunados que não falavam Hakka — muitos, no fundo, e talvez mais do que o necessário —, mas vovó Tan duvidava que a situação deles melhorasse caso ela se rebaixasse ao nível deles.

— Trocando em miúdos — disse Edith —, minha avó é a versão Hakka de um expatriado britânico.

Eu sabia que depois reciclaria esse comentário para Julian. Dava muito trabalho lidar com eles dois, as similaridades favoreciam o empreendimento pela economia da escala. Não bastava reciclar minhas observações para ambos, eles já tiravam suas vantagens disso sem perceber a origem de cada observação.

Edith me pediu que a ensinasse a falar irlandês. Quando ela repetia as frases, não era com o sotaque usual e sim com uma entonação sinfônica. Ela disse que não fazia diferença quantas línguas uma pessoa aprende. Aprender uma nova língua sempre parecia a primeira vez.

— Bom, daqui a cinquenta anos falaremos mandarim — disse —, de acordo com Julian. Ele diz que hoje em dia a maioria dos clientes é do continente.

— Como ele não perdeu o emprego?

— Ele é muito pretensioso.

Edith disse que Julian se parecia com um cara do escritório com quem ela costumava sair para correr. Um babaca com hiperpronação, disse ela. A hiperpronação ocorria quando um pé se envergava muito para dentro ao pousá-lo no chão. Um babaca era a pessoa que tinha uma personalidade como a dele.

— Então por que você saía para correr com ele? — perguntei.

— Ele era da minha equipe, ou eu corria ou tomava uma cerveja com ele.

Edith conseguia fazer as palavras soarem cortantes, e «cerveja» era uma delas.

— Você acha que ele é a fim de você? — perguntei.

— Os homens não sentem atração por mim — disse ela, complacente.

— Acho que Julian vai ficar a fim. Tenho que avisar que você é lésbica. Já mostrei a ex dele pra você?

Vimos umas fotos de Kat. A tela brilhava no sol. Edith

disse que Kat era maravilhosa e não entendia como Julian a tinha convencido a sair com ele.

— Mas nem conheço o cara, não me entenda mal — disse ela, não necessariamente num tom de arrependimento.

Então perguntou se eu achava que um dia iria embora de Hong Kong.

As senhoras Hakka estavam observando nossa conversa, então fiz um carinho na mão dela.

— Podíamos morar juntas — disse eu. — Londres tem muitos escritórios de advocacia.

— Ouvi dizer que não estão contratando ninguém. Por causa do Brexit e tal. Por que Londres?

— Não sei, parece habitável.

— Porque é longe da sua família?

— Talvez.

— Acho que você gosta de ter seu espaço — disse Edith.

Eu não podia dizer que: todo mundo em Dublin me odiava, tanto que passei a me odiar também, e tinha vindo morar em Hong Kong para mudar essa situação, e até vinha dando certo, mas não tanto. Mas achei que Edith não entenderia. Também não tinha certeza se era verdade que todo mundo me odiava. Na época, era o que parecia, mas talvez fosse um sentimento comum à idade.

Edith voltou a mexer num documento no iPad, e eu fiquei pensando sobre o que havia dito sobre morarmos juntas. Saiu sem querer. Eu nunca tinha pensado muito nisso. Mal conseguia imaginar o que poderia acontecer quando Julian voltasse, muito menos no depois. Mas conseguia nos imaginar morando juntas num apartamento todo arrumado, uma vida de que nossas famílias jamais desconfiariam. A pior coisa seria conviver com a família dela e não com a minha. Daria mais poder a ela: poderia conversar sobre mim com eles. Então me senti uma pessoa horrível por querer que ela tivesse um relacionamento tão fechado com os pais quanto o que eu tinha com os meus, só para ficarmos quites. Eu me perguntava se outras pessoas também tinham que evitar pensamentos como esse conscientemente, ou se nunca tinham pensado nisso. Mas era presunção pensar nesses termos. O mais provável é que eu estivesse agourando a coisa toda.

Naquela noite, no apartamento de Julian, perguntei a ela:

— É verdade que há muita lésbica no colégio interno?
— Se há, ninguém sabe — disse Edith. — Os professores se preocupavam com que a heterossexualidade compulsória não fosse o suficiente, então nos obrigavam a socializar com os rapazes da Eton.

Quase comentei que ela talvez tivesse esbarrado com Julian, mas lembrei que ele estava em Oxford na época em que ela foi para o Reino Unido.

— Na minha sala ninguém chegou a sair do armário — eu disse. — Era uma portada na cara.

Ela olhou para mim como se não soubesse se era brincadeira. Eu também não sabia. Havia outras razões, para além dos homens, para a infelicidade que vivi em Dublin.

Na manhã seguinte, fomos caminhar no Sun Yat Park. Edith perguntou o que tinha que fazer para ser minha namorada. Disse assim:

— Existe algum trâmite?

***

Julian mandou uma mensagem de Londres comentando a situação política de Hong Kong. Tinha mais informações que eu. Perguntou se eu tinha ouvido falar que o Supremo Tribunal tinha votado a favor da liberação dos benefícios para o cônjuge de um funcionário público gay. Poderia ir para o Tribunal de Apelação, mas já era um divisor de águas. Um australiano que trabalhava com ele tinha saído do armário, mas ninguém de Hong Kong. Talvez as coisas mudassem enfim. Durante essa conversa, me senti grata por não ter que fazer expressões de fingimento.

Perguntei como tinha sido voltar à Inglaterra. Ele escreveu assim:

> Mamãe está feliz que estou aqui. Ficaria mais feliz se eu pedisse as contas, mas já entendeu que não vou fazer isso. As pessoas estão se casando, o que deveria ser ilegal. Não sei como podem sentir orgulho de encontrar uma pessoa para casar. Estatisticamente, é mais provável que sim do que não, principalmente se baixam o nível de exigência. Um amigo da Balliol vai ter bebê. Acho que é importante para o mundo que as pessoas tenham filhos.

Nós escolhemos que informações compartilhar com os outros. Por meio da escrita, reduzi meu tempo de vida, queimei gordura, aparei arestas. O processo de edição me permitiu vetar *post hoc* os momentos dolorosos, chatos e irrelevantes que eu vivia. Então fatalmente Julian tinha feito a curadoria das informações que me passou, e isso também me deixou feliz. Juntos construíamos um mundo ínfimo e precioso.

Só havia uma área da minha vida que não dividi com ele e que não era nem dolorosa nem chata nem irrelevante, mas eu tinha minhas razões para tal.

31

No finalzinho de junho, Edith me convidou para conhecer sua família.

— Não vai ser meio esquisito? — perguntei. — Imagino que eles não saibam de nada.

Edith disse que não havia problema. Ficariam mais desconfiados se achassem que ela estava ocultando minha existência.

— Além do mais — disse ela —, já passou de um mês. Você tem que conhecê-los.

O fato de que «passou de um mês» tenha feito Edith me levar para conhecer sua família, enquanto eu já conhecia Julian havia meses quando ele tocou pela primeira vez no nome de Miles, me deixou ciente das diferenças entre namorar lésbicas e homens héteros.

O apartamento dos Zhang ficava em Happy Valley, uma área residencial de grande altitude, que presumi ser constituída de casas de pessoas ricas. Os pisos tinham um polimento traiçoeiro. Pinturas a óleo encostadas na parede, como se os Zhang as tivessem comprado por extravagância e só mais tarde fossem decidir onde iriam pendurá-las. Nas prateleiras e mesinhas de canto havia bibelôs comuns: cisnes, garanhões, alces. Edith disse que Mr. Zhang tinha inventado que Mrs. Zhang colecionava porcelana. Ela não colecionava e o repreendia por nunca se lembrar disso, mas deixava tudo à mostra para que as pessoas vissem o quanto seu marido era atencioso.

Em cima da TV havia um porta-retratos com uma foto de uma criança vestida de beca e chapéu. Imaginei que fosse Edith num evento de crianças superdotadas, mas ela disse que era sua irmã na formatura do jardim de infância, um evento de que toda família participara — exceto Edith, que tinha vomitado no carro e se recusado a entrar. Naquela mesma noite, Mrs. Zhang levou Edith para conversar com a diretora e pedir desculpas ensaiadas pela sua ausência. Mrs. Shek estreitou os olhos e disse: «Obrigada, Edith — não precisava, Mrs. Zhang», e no trajeto de volta para casa Mrs. Zhang não parava de repetir: «Não precisava», alternado com «Desnecessário!», buscando uma textura silábica.

Assistimos TV. No intervalo, Edith leu em voz alta as publicações de sua amiga Audrey, uma microinfluenciadora. Às vezes ela mostrava a cárteira do namorado em cima de uma toalha de café da manhã, mas nunca o rosto dele. Então, quando trocou de namorado, não perdeu o patrocínio.

Ficamos conversando sobre os héteros.

— Eles parecem uns pandas — disse Edith. — Dá pena no zoológico, mas abre só a jaula pra ver se eles não saem mordendo tudo.

— Não há nada de intrinsecamente radical quanto ao fato de sermos mulheres.

— Intrinsecamente não — como se dissesse: desafio aceito. Disse ainda que sua mãe já ia chegar em casa. — Não comente a plástica facial — disse ela.

Mrs. Zhang apareceu. Não comentei a plástica. Ela tinha acabado de chegar das compras com sua assistente, Cristina, que era alguns palmos mais baixa que todos os membros da família e usava uma camiseta e um short de corrida. Mrs. Zhang disse a Edith que ela estava engordando, e logo depois pediu para a cozinheira fazer uns *dumplings*. A porcelana era de motivos florais. Enquanto comíamos, Cristina ficou de pé enchendo nossos copos de água. Edith e Mrs. Zhang agiam naturalmente, então fiz o mesmo. É bom que percebam que sou assim, pensei. É bom saber como sei me comportar nessas situações.

Mrs. Zhang contou do baile de gala do centro de caridade a que tinha ido na noite anterior, depois olhou para Edith, que logo perguntou se alguém da revista *Tatler* tinha ido.

— Talvez — respondeu Mrs. Zhang, olhando para o teto como se o espírito da *Tatler* sobrevoasse seu corpo.

Mrs. Zhang não me deu muita atenção. Perguntou o que eu fazia da vida, e, quando eu disse que dava aula no TEFL, ela não fez mais nenhuma pergunta. Achei ótimo. Teria ficado envergonhada por mim e por ela se fingisse se interessar por uma pessoa tão malsucedida quanto eu. Por um instante, pensei em me levantar da mesa, puxar a toalha e assistir à queda dos talheres no colo de Mrs. Zhang, e gritar que ela não tinha o direito de deixar Edith tão complexada. Mas achei descabido.

Depois do jantar Mrs. Zhang mostrou as fotos do casamento. Nelas consegui entrever as semelhanças entre ela e Edith, ou porque tinham a mesma idade ou porque Mrs. Zhang ainda não tinha tantas marcas da intervenção cirúrgica no rosto. Mr. Zhang era bonito e usava uma armação de óculos bem anos 1980. O casal parecia favorecido pelo destino, como se fossem personagens de um álbum de fotos lustroso e antigo, organizado antes da fama.

Mr. Zhang tinha passado o dia em Cantão. Edith disse que eu o conheceria em breve, assim como sua irmã Gabrielle e seu irmão Angus, logo que voltassem de Nova York, e aí é claro que ainda faltariam seus avós, então eu já teria conhecido todos os Zhang.

***

Na noite seguinte, Edith e eu fomos assistir a *Departamento de combate a vampiros* no cinema da Paterson Street. A história gira em torno de Tim Cheung, um estudante de Hong Kong que ficou órfão quando seus pais foram mordidos numa missão antivampiros. Nas palavras de Edith, tinha todas as características de um filme b, e quem esperasse qualquer outra coisa não entenderia nada.

A luz da tela realçava o perfil de Edith. Os lábios estavam entreabertos e o pescoço alongado e pálido como o filamento de uma orquídea. Quase estendi a mão para acariciar seu rosto, mas ela parecia tão concentrada naquele momento de suspensão que eu não queria assustá-la. Sussurrei: tão linda. E depois: te amo. Edith desfez a pose para rir quando um personagem engoliu o iPhone do protagonista. Eu também ri. Nossos olhares se encontraram e caímos na gargalhada. Alguém sentado algumas fileiras abaixo não parava de tossir, e tivemos outra crise de riso. Ela tampou a boca com as mãos. Sempre fazia isso quando achava alguma coisa muito engraçada, não quando estava tentando ser educada. Gostei de fazer essa descoberta.

Eram duas da manhã quando saímos do cinema. Nenhuma das duas precisou sugerir em voz alta que, em vez de pegar um táxi, fôssemos a pé para debater o filme noite adentro.

— Obrigada pela... ah, minha mãe, você sabe — disse Edith.

— Quê?

— Ah, você conseguiu lidar com a situação.

— Mas o que houve?

— Ah, ela é assim. Trata a Cristina muito mal e eu finjo que é normal para não causar mais constrangimento. Mas não tem a ver com traquejo social. Não há o que possa ser feito para melhorar as condições de trabalho dela.

— Mas as condições de trabalho não estão implícitas nas relações? — perguntei. — É por isso que odeio o Benny. Não é que não peça as coisas com educação. Ele já manda.

— Pode crer.

Entramos à direita na rua Yee Wo Pa e passamos por lojinhas de perfumes baratos e farmácias. Quatro australianos bovinos se arrastavam lado a lado à nossa frente. Em silêncio combinamos de contornar o bloqueio. Um deles assoviou para Edith. Ela deslizou pela rua como quem se recusava a conceder-lhes a possibilidade de serem notados por ela.

— Às vezes imagino a conversa em que conto tudo pra minha mãe — disse Edith. — Quando tenho insônia, fico repassando o roteiro.

Como tantas das frases de Edith, parecia ligeiramente ensaiada, e me perguntei se eu tinha lhe dado a sensação de que comigo também precisava ensaiar. Eu queria dizer a ela que não era necessário, mas achei que isso poderia deixá-la ainda mais constrangida. Em outra situação, teria adorado constranger uma pessoa tão perfeitinha quanto Edith. Eu poderia magoá-la. Não queria, mas poderia.

Eu não precisava saber como era o relacionamento das outras mulheres. Para nós, eu via a seguinte cena em loop: nós duas andando por aí, rindo do que não tinha graça.

A poucos metros do Shangai Commercial Bank ficava a Yun Fat Pawn Shop. Era uma franquia. Eu já tinha visto uma dessas em Wan Chai. Não tinha janela, mas dava para ver os borrões de cores através da vitrine de vidro fosco. No topo da Pennington Street, passamos pela Igreja Congregacional da China e por um outdoor anão da Armani. Paramos no semáforo e depois seguimos a multidão em direção à Leighton Road. Edith caminhava na frente e tão resoluta que fiquei uns passos atrás para observar seus movimentos. Ela usava sapatilhas de camurça vermelha. Num local mais reservado, eu teria ouvido seus passos sobre o piso.

32
Julho

Papai estava visitando a família de sua irmã em Nova York. Mamãe disse que ele tinha mandado lembranças. Achei estranho porque o fato de estar nos EUA não me privava subitamente de sua companhia. Nova York ficava mais próxima de mim do que Dublin, aliás. Enquanto mamãe falava, mandei uma mensagem para minha namorada, Edith, com quem andava saindo.

— Desculpa não ter ligado ontem à noite — disse eu.
— Estava jantando com uma amiga.
— Que amiga?
— Você não conhece.

A suposição de mamãe, de que conhecia qualquer pessoa com quem eu tinha amizade, teve início no jardim de infância e, ao que parece, perdurou até a mudança de continente.

— Qual é o nome dela? — perguntou mamãe.
— Edith.
— Ela é de Hong Kong?

Como Edith era uma das poucas pessoas de Hong Kong que eu havia mencionado, mamãe ficou muito curiosa em relação a ela. Evitei revelar que Edith era advogada, pelo mesmo motivo que fez com que eu me arrependesse de revelar que Julian era banqueiro. Como eu não tinha dito a mamãe que Edith já era minha amiga quando éramos amigas e agora a chamava de amiga mas éramos namoradas, provavelmente só iria anunciá-la como namorada quando nos casássemos.

— Ava?

— Oi, desculpa.

Mamãe me repreendeu por sonhar acordada e contou mais uma vez que Tom tinha começado um estágio num banco.

— Que bom — respondi.

— Ele é um garoto esperto, Ava — disse, como que para criar uma relação descabida. — Seu pai está todo orgulhoso dele. E o George sente sua falta — completou, como se isso fluísse naturalmente com o que tinha dito antes. — Ele não fala, mas eu sei. É fechado demais. Seu pai não muda. Eles ficariam muito felizes se você viesse nos visitar.

Mamãe não sabia pedir as coisas.

— É, vou ver — respondi.

Eu sabia que estava devendo uma resposta havia uma semana, mas queria esperar Julian voltar. Um de nós precisava estar em Hong Kong para aterrar nosso vínculo. O apartamento era do estilo náutico flutuante, mais próximo da água acumulada no céu do que de outro lugar próximo às raízes, e precisava de vigília constante. Se eu fosse embora, tudo que havia entre nós estaria à deriva. Pior: haveria os restos, mas eu não seria testemunha.

— Essa tal de Edith — disse mamãe — também é bem-vinda em nossa casa.

Imaginei o espetáculo: as pernas finas de Edith dependuradas no assento do sofá, Edith se arrumando toda antes que a casa inteira acordasse, para que ninguém ficasse constrangido ao vê-la de pijama. A tal de Edith. Mas ela já tinha dito antes que não se adaptava bem ao frio e que sua passagem por Cambridge havia sido um teste espiritual. Um teste espiritual caríssimo, segundo ela.

— Obrigada — respondi. — Mas acho que não vai dar. Preciso desligar.

— Tom está aqui. Passo pra ele?

Ela passou o telefone, e Tom parecia cansado.

— E aí, tudo certo? — disse ele.

— Beleza. Mamãe disse que você agora é banqueiro.

— Ah, não enche. É no Bank of Ireland.

— E o que você faz?

— Porra nenhuma, mas fico lá até tarde, então parece que trabalho muito.

— É o seu momento de socialização então — comentei, num tom de voz que sugeria que tinha descoberto o termo no meu grupo de amigos e não aprendido com Julian. — Espero que melhore.

Tom me contou que tinha conhecido uma garota no banco, mas ainda não tinha rolado nada. Estavam só se conhecendo. Eu não perguntei o que tanto eles precisavam se conhecer. Ele perguntou de Julian com um ar de descrença que achei muito descarado para um irmão mais novo. Contei de Edith — não que era minha namorada, mas uma pessoa importante na minha vida e que eu gostaria que ele conhecesse. Ele disse que ela parecia ser mais legal que Julian.

— Saudade de você — respondi. — Preciso desligar.

— Beleza, vai lá. Depois me conta mais da Edith.

***

Às vezes as crianças queriam saber da minha vida. Os mais novos perguntaram se eu dormia na escola e se a Irlanda era igual à Inglaterra. (Os amigos banqueiros de Julian também pareciam ter dúvidas semelhantes.) Os mais velhos perguntaram se eu tinha filhos. Achei a pergunta deprimente, mas sabia que cerca de 10% do meu salário tinha a ver com a projeção de uma aura de cuidado, então apenas sorri e respondi que não. Quando perguntaram sobre os homens, pensei que muitos de seus pais não gostariam que eu fosse a professora caso soubessem de Edith. Era provável que uma parte dos alunos já fossem velhos demais para me escolher como professora. Eu também não me escolheria como professora, mas não porque eu tinha uma namorada.

33

Edith fez 23 anos no dia 5 de julho. Usei o cartão de crédito de Julian para comprar um par de luvas de couro acolchoadas para ela. Mandei uma mensagem dizendo que eram para mim e perguntei se deveria levar as pretas ou marrons. Ele respondeu: «Não acredito que você acha que eu teria uma opinião sobre isso», e cinco minutos depois: «Marrom».

Naquela noite, Edith me levou para jantar com um grupo de amigos na Connaught Road. Eram todos da nossa idade e a maioria era mulher. Cyril Kwok e Tony Ng chegaram juntos e deram um presente em dupla para Edith. Ela já tinha me dito que alguns pais de Hong Kong eram mais liberais que os dela.

Me perguntei se alguém ali sabia que estávamos namorando.

O restaurante era de tijolinhos vermelhos e no cardápio que vinha em pranchetas estava escrito que cada item era «artesanal», «filtrado» ou «desconstruído». Tinham feito confusão na contagem de cabeças. Edith pediu que mais uma mesa fosse montada na outra ponta da nossa e em seguida, com uma indicação rápida, mostrou onde cada um deveria se sentar. Ela era uma conversadora ágil e usava estratégias personalizadas para chamar a atenção de todos. Não importava o que eu dissesse, sentia que as pessoas só davam ouvidos porque era uma resposta a uma pergunta feita por Edith. Ela serviu água para todos os convidados.

— Então quer dizer que você arrumou um namorado — eu disse a Tony. Edith tinha me colocado ao lado dele.

— Homem é fácil — retrucou ele. — Mulher que é difícil.

Pensei tê-lo visto sorrir.

A comida chegou sobre lousas de ardósia, e os condimentos em xicrinhas de barro. A maioria dos rostos me era familiar do Instagram de Edith — eu poderia comentar isso com ela mais tarde, mas é claro que por enquanto tinha que me esconder das pessoas reais. Todos eram de Hong Kong. Muitos deles tinham feito internato com Edith e ficaram no Reino Unido para fazer universidade, e os demais ou foram para os EUA ou voltaram para casa. Eles tinham um tipo de sotaque inglês arisco que deixaria minha mãe nervosa.

Tony e eu conversamos com Clara, que era professora de ioga num estúdio perto do International Financial Centre. Um ponto bom. Os banqueiros pagavam bem pela conveniência, e, se havia um grupo sedento pela escola zen, eram os financistas de Hong Kong.

— Ava — disse Tony —, você acha estranho trabalhar nesse esquema neocolonial do TEFL?

— Acho — respondi. — Mas ninguém mais me contrataria.

— Vou te arranjar um emprego — disse ele.

Compartilhei da opinião de Edith sobre a proficiência de Tony em fingir que não era rico.

— Não tem nada pra mim nesta cidade — respondi. — Sou uma branca inútil.

— Todos os brancos são inúteis — disse Tony amistosamente. — Mas eu vou com a sua cara.

Logo depois da sobremesa, quando pediram mais uma rodada de drinques, pedi licença para ir embora. Fiquei preocupada com a possibilidade de magoar Edith, mas concluí que eu a envergonharia mais se ficasse e não participasse das conversas que sempre pareciam se voltar para pessoas que todo mundo ali conhecia menos eu.

Eu tinha acabado de deitar quando ela ligou dizendo que precisava de mim para pagar a conta.

— Como assim? — perguntei. — Aí no restaurante?

— Não, no TST. Saímos pra beber mais. Deixei os cartões em casa porque achei que, se tirasse só quinhentos, gastaria só quinhentos.

— De quanto você precisa?

— Já disse, saímos pra beber. E a Holly só tem metade.

— Edith — eu disse —, onde você está? De quanto precisa?

— O bar fica no LKF.

— Você disse que estava no TST.

— LKF.

— Mas em qual bar?

— Ai, merda, vou te mandar a localização do Google Maps.

— Não vai dar, Edith, estou longe daí.

— Vou mandar uma foto então.

O bar ficava no alto da D'Aguilar Street. Peguei o cartão de Julian, grata por ele nunca ter especificado de quem eram os disparates que o cartão deveria cobrir. Quando encontrei Edith, a amiga também já tinha pagado a fiança, mas só o correspondente à metade da conta. Achei que ela poderia ter pagado a conta inteira e esperava que alguém, num futuro próximo, também a tirasse da cama sem necessidade. Os cachos de Edith estavam murchos. Uma das alças do vestido, caída. Nunca a tinha visto tão bêbada em quatro meses. Nas paredes, luzes de neon explanavam frases de efeito em maiúsculas: O FILHO É O PAI DO HOMEM; O SILÊNCIO É MAIS SONORO QUE QUALQUER CANÇÃO.

Edith viu o nome impresso no AmEx e me pediu para agradecer a Julian.

— Ele nem precisa saber — respondi. — Se eu digo que saí com um amigo, ele acha que tem algo a mais, então sempre pago tudo para deixar às claras.

— Então é melhor contar.

— Não precisa.

— Julian não liga que você gaste o dinheiro dele? — disse ela, e parecia alheia ao fato de que essa poderia ser uma pergunta insolente se vinda de alguém que não estava conseguindo manter a cabeça em pé sem a ajuda das duas mãos.

— Sei lá, vocês são companheiros de apartamento, né.

— Na verdade, ele se importaria mais se eu não ligasse pra isso.

Eu não sabia se essa afirmação era verdadeira, mas parecia plausível e foi surpreendente relatar esse pressuposto a uma terceira pessoa.

— Ele não quer que as pessoas gostem dele pelo que ele é — complementei. — Ele não saberia o que fazer com essa informação.

Não sei por que fiz esse comentário. Nem estava bêbada.

Chamamos um táxi. Edith tentou conversar com o motorista, que ignorou seu cantonês. «Chinês», disse ela, revirando os olhos, mas negociou nossa viagem até Mid-Levels no que presumi ser mandarim. Tive receio de perguntar se ela achava que seu pai era um tipo diferente de chinês. Já no bloco do apartamento de Julian, Edith tirou os saltos e perguntou se eu poderia carregar um deles. Eu não entendi por que ela só conseguia carregar um salto e não os dois, mas achei que não seria produtivo fazer essa pergunta. O complexo de prédios estava praticamente vazio. Edith reclamou que o cimento estava machucando seus pés, então paramos para descansar no gramado do pátio.

— Não é justo — disse Edith. — Eu te amo, mas você não quer ficar em Hong Kong.

— Quero sim. Eu já disse que adoro morar aqui.

— Sou sempre eu que começo tudo. Perguntei se você queria ser minha namorada há algumas semanas e agora eu disse que te amo primeiro e você nem se manifestou.

— Obrigada, Edith. Obrigada por dizer que me ama. Eu também te amo.

E amava. Fiquei surpresa: em Dublin, nunca tinha saído com alguém por tão pouco tempo e dito sinceramente que amava essa pessoa. Mas aqui fazia sentido.

— Que bom — disse Edith.

— Você sempre fica bêbada assim?

— Você é obcecada pelo Julian — disse ela.

Eu já tinha pensado nisso, exatamente com essas palavras, e me perguntei se já havia dito isso a ela. Não respondi.

— Você sempre quer saber qual seria a opinião dele sobre todas as coisas — prosseguiu. — É claro que você está interessada em resolver suas coisas, para que não fosse um problema se ele parasse de pagar sua parte do aluguel. E por que ele paga? Ele parece ser um riquinho maluco, e você sabe que mais cedo ou mais tarde ele vai ficar de saco cheio de você, porque os riquinhos malucos não passam de uns malas. Uns depravados do dinheiro.

Ela falava sem parar e mal olhava para mim, como se já tivesse dito tudo isso na frente de um espelho antes.

— E ele dá dinheiro pra você. Mas por quê? Quem é que deixa um AmEx aos cuidados de uma companheira de casa? E por que ele disse pra você não se encontrar com outras pessoas? E nem acho que você está a fim de ter uma vida boa. O que me soa arrogante, afinal você espera que as pessoas te ajudem a manter uma vida pela qual você nem está interessada. Não é nada pessoal. Só estou analisando.

— Você tá doidona — respondi. — Mas eu te amo mesmo assim.

— Minha família está decepcionada comigo. Eles fingem que não, mas eu sei.

Já no apartamento, fiz Edith escovar os dentes. Ela disse que queria um roupão. O meu estava lavando, então emprestei o de Julian, que caiu como um vestido de gala em seu corpinho de um metro e meio. Um hematoma azulado começou a brotar em sua coxa. Ela me agradeceu por pagar a conta. Eu disse que tinha adorado a imagem de Julian olhando o extrato do cartão e se dando conta de que eu estava me divertindo sem ele. Aí Edith disse mais uma vez que me amava, e eu disse outra vez que a amava, pensando que algumas pessoas tinham nojo de usar os roupões dos outros, mas para outras era como pegar um casaco emprestado.

Sentamos no sofá e ela se escorou em mim.

— Sua família não está decepcionada com você — disse eu. — Ninguém se decepciona com você. Você é uma pessoa maravilhosa.

— Obrigada — disse ela.

Eu não tinha autoridade alguma para falar pela família dela. Só tinha conhecido Mrs. Zhang e não sabia como era a dinâmica familiar deles. Mas Edith parecia contente. Ela se aproximou para se aninhar. Tive vontade de abandonar tudo para tentar ser feliz e passar o resto da vida descobrindo as coisas que Edith gostaria de ouvir para dizer a ela.

34

No dia seguinte no trabalho, eu estava com uma tosse que cortava todas as minhas frases. Joan me deu uma máscara facial verde-menta. Eu disse que não precisava de uma, mas ela disse que, se os pais me vissem tossindo sem máscara, achariam que eu contaminaria seus filhos. Na hora do almoço, dei um google e descobri que, muito pelo contrário, a máscara oferecia mais possibilidade de os vermes procriarem no ar quente parado. Essa informação do médico virtual não convenceu Joan: «Use a máscara», disse ela. Pensei em pedir uma licença médica, afinal estava doente, mas notei que ela não estava muito a fim de ouvir minhas piadinhas.

    Meus alunos de doze anos enfim chegaram ao aspecto perfectivo dos verbos, Deus é mais. Tinham acabado de se aventurar no pretérito simples, e logo entrariam no pretérito contínuo — caso sobrevivessem. O presente perfeito é quando há continuação no presente, exemplo: «Eles estão juntos». Presente perfeito contínuo é quando a continuidade persiste, exemplo: «estão transando». E o pretérito perfeito é se a) retrocede e persiste no passado, exemplo. «Moravam juntos» ou: b) foi importante no passado, exemplo: «eu achava que o amava até conhecê-la». Havia mais coisa, mas minha traqueia fechou.

    Eunice Fong perguntou:
— Prof, você está doente?

Eu não sabia se podia responder que sim.

Dublin tinha uma definição própria do «aspecto perfectivo». Eu não sabia como nomeá-lo, mas, quando «acabado» [*after*] de fazer alguma coisa, significava que tinha acabado de fazer mas não contava que o ouvinte tivesse essa informação. «Me apaixonei»: achávamos que poderia acontecer e aconteceu. «Acabei de me apaixonar»: olha, eu também não achei que houvesse um coração nesse aterro sanitário chamado meu peito, mas cá estamos. «Assim que» significava «logo que» mais uma espécie de exasperação: lama num tapete que você acabou de aspirar, perder alguém que acabou de encontrar.

Julian e seus amigos usavam o «*after*» para dizer que estavam «atrás» das coisas, isto é, procuravam por elas. Atrás de bônus, de clientes. Sempre comendo a poeira do que buscavam. «*After*» nunca indicava o aspecto perfectivo, nunca significava olhar para trás, para o que tinham acabado de fazer. Minha compaixão tinha limites, tendo em vista o tipo de pessoa que eram, mas achei que isso explicava por que eles não eram pessoas felizes.

Ollie de Melbourne tinha ido embora de Hong Kong sem avisar só para não pagar o imposto de renda. Os professores do TEFL tinham esse costume. O substituto dele, Derek, era de Limerick. Numa reunião da equipe para dar-lhe as boas-vindas, Joan fez o favor de nos informar que nós dois éramos irlandeses. Madison disse que era de Dublin, do Erath County, Texas.

— Texas? — perguntou Derek.

Joan respondeu:

— Ela é americana.

— Curioso que todos os irlandeses tenham saído da Irlanda — disse Madison. — É tão arborizada. E vocês têm

os sotaques mais graciosos. Eu tenho uma foto aqui. Só um segundinho, vou achar. Eu aqui de boa com Molly Malone. Ela dirigindo seu carrinho de mão... e eu aqui mandando ver no depósito da Guinness. «Um sacão de latas vazias.» Sou alcoólatra. Talvez seja irlandesa e não saiba. E agora vocês têm um presidente gay, né? Nem acredito que só fiquei três diazinhos por lá. O que os irlandeses têm contra a Irlanda?
Respondi:
— Sabia que o aborto é proibido?
Eu nem sempre sentia que era a irlandesa preferida de Madison.

***

Eu gostava tanto de Edith que me parecia muito sensato me preocupar com a possibilidade de perdê-la. É difícil apostar tanto numa pessoa e vez ou outra não pensar no que seria sua vida sem ela. Analisei as contingências e concluí: nada. Deitada no sofá ou na minha cama, avaliava inúmeros cenários nos quais Edith me abandonava e concluí que minha estratégia seria a seguinte: nenhuma. Subindo e descendo a escada rolante, ritmando a claustrofobia da minha turma de alunos: se ela terminasse o namoro, eu ficaria acabada. Às vezes, essa possibilidade parecia boa e normal, e às vezes fazia com que eu apertasse qualquer coisa à vista até meus dedos doerem. Quando chegava a esse ponto, eu mandava uma mensagem para Julian. Edith não fazia parte do espaço que compartilhávamos, o que permitia que eu me recompusesse. Escrevi: todas as pessoas estão envoltas em muitos sentimentos, é constrangedor. Ele concordou. Dentro da nossa dinâmica de quarentena, eu me sentia segura. Ele já tinha me feito infeliz, mas eu estaria num nível muito mais profundo de sofrimento se Edith um dia me abandonasse. Com ela eu tinha emoções concomitantes. Às vezes achava que também me esquivava delas quando falava com Julian.

35

Li Hongzhang, um general chinês do fim da dinastia Qing, afirmara não entender por que os europeus veneravam Jesus Cristo. Ele não compreendia como alguém podia seguir um salvador cuja própria vida tinha sido um fiasco e que ainda acabara crucificado, uma morte lenta e dolorosa baseada numa punição degradante.

Miles me contou essa história. Repassei para Julian por telefone.

— O velho Hongzhang tinha razão — disse ele. — Duvido que você veria Warren Buffett pregado numa cruz.

— Você morreria por algo? — perguntei.

— Não vejo razão pra isso. A não ser que você parta do pressuposto de que colocar todos os banqueiros contra a parede automaticamente faria do mundo um lugar melhor, que você teria uma vida melhor.

— Então o que Jesus deveria ter feito? — perguntei. — Já que ser crucificado é um fiasco?

— O ideal era que tivesse fundado uma startup.

Durante a conversa, preparei um chá. A caneca estava quente demais, não consegui segurar. Foi uma chamada longa. Eu sei disso porque só fui conseguindo encostar a mão na cerâmica aos poucos. Pensei: a forma mais eficiente de rastrear minha correspondência pessoal.

— Aliás — disse —, não vou transar com você quando voltar.

— Parece que está se dedicando muito a si mesma — disse ele.

Se Edith estivesse por perto, teria sido difícil explicar por que estávamos rindo. Diria: é legal quando digo para Julian que eu deveria parar de transar com ele, pois teria que morar em outro lugar e ele sabe que não posso — e é bizarro quando ele insinua que transar com ele é um tipo de automutilação, porque é bem isso. De todo modo, haveria questões mais graves caso eu resolvesse explicar minha relação com Julian para Edith.

Na noite seguinte, ele mandou uma mensagem falando de Kat.

> Encontrei com ela numa festa. Tudo beleza. Conversamos sobre a garantia de cidadania da União Europeia. Ela tem uma amiga, Izzy, e ela (a Izzy) comentou alguma coisa sobre eu estar «dando as caras» por aqui. Não sei se Kat concorda. Até já. J.

Li a mensagem quando estava na fila do Starbucks da Caine Road. Tentando esboçar uma resposta, digitei:

> acho que você me vê como uma garantia, e imagina que ainda estarei aqui quando voltar para buscar o que é seu, o que não deixa de ser divertido, afinal a) eu ainda não tenho certeza de que você não é o cara do american psycho, b) minha namorada é 1. uma deusa e 2. é quase certo que você não é o tal psicopata, e c) confesso que não consigo parar de falar com você mas tenho quase certeza de que não estou tão mal assim

a ponto de precisar de um tempo para rever meus sentimentos.

Quando chegou a minha vez de pedir café, apaguei o rascunho com um ar de quem tinha mais o que fazer.

***

Repassei a Miles a opinião de Julian sobre a anedota de Li Hongzhang, e ele disse que Julian tinha reagido da mesma forma quando ele mesmo tinha lhe contado pela primeira vez. É claro que Julian tinha fingido ter o mesmo interesse que um pai teria quando seu filho lhe contava uma história que ele já sabia — ou já tinha esquecido a história desde a última vez que Miles a havia contado, nesse caso as reações foram totalmente previsíveis, afinal tinha ouvido a mesma história duas vezes.

Nos sentamos no terraço superior do apartamento de Miles. Era uma área compartilhada com os outros moradores, mas não havia ninguém.

— Obrigado pela visita — disse Miles. — Tome mais um pouco de vinho. Já estou algumas taças na sua frente.

Fiquei pensando se a maioria das relações que as pessoas tinham com seus pais eram mais parecidas com a que eu tinha com meu pai ou com a que eu tinha com Miles. A troca verbal que tinha com meu pai desde que me mudei para Hong Kong se resumia a sequências de «Como estão as coisas?» — «Tudo bem, tudo certo, e o trabalho?» — «Que bom, que beleza, está calor?» e aí passava o telefone para mamãe. Não conseguíamos discutir política porque ele sempre dizia coisas horríveis sobre ciganos ou pessoas trans e mamãe olhava para mim como quem diz: não briga com ele.

A única coisa que tínhamos em comum era o DNA, o que impunha uma quilometragem limitada às nossas conversas.

— Queria te fazer umas perguntas sobre Julian — disse Miles. — Você acha que está tudo bem lá em Londres?

— Acho que sim. Ele adora o emprego que tem.

— Nunca vou entender Julian.

— Nem eu — respondi. — Ele perguntou de você.

É provável que Julian também tenha feito perguntas sobre mim para Miles. Eu gostaria de saber o que Miles poderia ter dito a ele. É certo que não havia muita coisa a dizer, exceto que estava tudo bem comigo, portanto seria, creio, irracional da parte de Julian deduzir a partir disso que eu tinha uma namorada chamada Edith. Tantas pessoas estavam ótimas e não tinham uma namorada.

Miles disse que planejavam ir à igreja em algum domingo quando Julian voltasse e que eu estava convidada a ir também. Eram anglicanos, explicou Miles. A impressão que eu tinha na infância era de que os protestantes cantavam muito e eram mais ou menos literais quando o assunto era hóstia, a depender do ponto de vista. Julian e Miles tinham pescoço grosso e uma voz cujo timbre insinuava uma garganta enérgica. Deviam ser um trunfo na hora dos cânticos.

Contei a Miles como eram as missas na Irlanda. Meus pais não acreditavam em Deus mas eram católicos (expliquei que não era uma contradição e que no fundo era o que acontecia com grande parte dos irlandeses), e mamãe me obrigava a ir à missa porque as mulheres que não o faziam nunca poderiam representar Maria na peça de Natal. Acabei jamais ganhando o papel. Eu era muito inquieta, e a mãe de Deus com certeza mantinha as mãos serenas ou bem ocupadas, sem balançar seu rabo de cavalo.

É claro que eu tinha algum potencial como atriz, ou não seria namorada de Edith e sabe-se lá o quê de Julian. A namorada de Edith era honesta em relação aos próprios sentimentos. A sabe-se lá o quê de Julian fazia tudo que precisava ser feito. Era como a charada das duas portas e dois guardas, um que dizia a verdade e outro que mentia. E eu tinha um privilégio raro em relação aos profissionais das artes dramáticas: eu podia escolher quem era o personagem e quem era a pessoa real. Mas podia escolher porque ninguém escolheria por mim — e não podia escolher porque ninguém podia.

36

— Precisamos resolver o lance do apartamento — disse Edith no final de julho.

Começou deixando frésias e tulipas no hall de entrada com um bilhete: tem que colocar na água ou vão morrer. Eu lhe dera o que julgava ser a chave reserva, embora fosse a chave de Julian. Me perguntei se Edith entenderia essa atitude como uma pista de que eu gostaria que ela fizesse um assalto-reverso, isto é, me deixasse um arranjo de verão da floricultura Van der Bloom. Eu não fazia ideia de como era a vida dos casais de verdade.

Coloquei o buquê num vaso que encontrei no armário, coberto de uma camada tão grossa de poeira que parecia lodo. Então liguei para Edith.

— Coloquei na água — informei. — Mas elas estão morrendo.

Na manhã seguinte, as flores haviam desaparecido e outras irreconhecíveis ocupavam o vaso. A etiqueta dizia «Alfineteiras, Patas-de-Canguru, Saudades, Eucaliptos e flores sortidas da estação». Escrevi uma mensagem para Edith perguntando qual era o sentido de ser a vadiazinha de um banqueiro se depois de um ano eu ainda não tinha nenhuma experiência com buquês de flores, então me dei conta de que enviar essa mensagem seria — provavelmente — a pior ideia que já tive na vida.

Eu era uma pessoa horrenda. Vivia no apartamento de uma pessoa, estava transando com outra sem dar nenhuma satisfação, e me arrependia de ter essa postura deprimente porque significava que eu não poderia zombar da primeira com a segunda pessoa. Mas eu tinha uma namorada cuja beleza era mitológica e um apartamento lindo para morar com ela. Qualquer coisa que eu dissesse soaria como ingratidão e poderia acabar com minha sorte.

— Não ache que vai ganhar flores da Van der Bloom pra sempre — disse Edith. Reclamei que as flores novas também estavam morrendo.

— Corta essa, gastadora — respondi.

— Tá bom — disse ela. — Pega o AmEx.

Como no processo de polinização cruzada, nossas roupas iam e vinham, os vestidos dela no meu guarda-roupa, meus moletons no dela. Vi seus mocassins no hall de entrada e pensei que, se Julian os visse, daria um chilique. Mas lembrei que ele acharia que eram meus.

Tudo podia ser meu. Todas as coisas que apareciam na fatura de seu cartão de crédito eu poderia ter comprado para mim. Se os amigos dele nos vissem juntas, seria mais difícil convencê-los de que não estávamos transando. Quase desejei ainda ter contato com Victoria só para dizer: achei a solução perfeita para os desafios administrativos da minha infidelidade. Mas não a via fazia mais de dois meses, e Julian estava fora havia quase seis.

No último dia de julho, eu estava deitada na cama tentando dormir, mas sem sucesso, dando *refresh* nas linhas do tempo no meu celular, quando chegou a seguinte mensagem:

Só pra avisar, estou voltando. Meu voo é na próxima semana. Logística complexa, estarei ocupado. Mas

avisa se precisar de algo. Obrigado por cuidar do
apartamento. J.

Pensei: alguém precisa ensinar esse homem a manifestar seus sentimentos, e a escrever uma mensagem, e também precisa me dizer que caralhos devo fazer agora.

37
Agosto

Em agosto fazia muito calor, não dava para andar na rua. Um dia depois de receber a mensagem de Julian, fui sozinha ao Pacific Place e fiz uma peregrinação por *outlets* luxuosos e cafeterias americanas. Na porta da Celine, baguncei o cabelo para parecer uma patricinha rica e desgrenhada, em seguida entrei na loja e experimentei um blazer branco. As ombreiras se elevavam como se as dimensões do meu corpo não tivessem materialidade. A vendedora parecia sentir que algo semelhante acontecia com o que restava de mim. Se eu comprasse tudo que havia naquela loja, ela acharia que eu era uma pessoa importante — e é fato que eu poderia passar a vida inteira dando esse tipo de provação. Poderia até convencer Julian a se casar comigo caso afirmasse se tratar de uma sátira com homens que tinham esposa, e bastaria não gastar muito dinheiro de uma vez só. Certamente ele me proveria de uma boa quantia para todas as pessoas acharem que eu era importante.

Oito dias para a volta de Julian.

Eu já tinha mais do que o suficiente na poupança, poderia alugar um quarto. Se eu quisesse, poderia me mudar amanhã. Não estava apreensiva com a volta de Julian. Na pior das hipóteses, ele me expulsaria do apartamento, e eu voltaria para aquela vida de gastar metade do meu salário num quarto. Era assim que a maioria das pessoas vivia. Tudo certo.

No térreo, me avistei numa grande vitrine da Zara. Mas como pode estar tão pálida, pensei, e não estar doente. Uma situação patética. Pedi um expresso com espuma de leite numa cafeteria marmorizada e me sentei para tomar o café. A cafeína fez seu curso pelos canais adequados. Pensei: mais rápido, por favor.

No começo me parecia improvável que eu chegasse a magoar Edith ou Julian. Eram ricos e inteligentes, já eu estalava fricativas para sobreviver. Mas o lance era que, quanto mais eu seguia essa lógica, menos compreendia por que eles tinham se envolvido comigo. Se estavam devidamente iludidos quanto ao status de nossos relacionamentos para consentirem, então consequentemente também poderiam, por engano, acabar se magoando se soubessem que eu estava saindo com outra pessoa.

Os pensamentos que tenho quando tomo café sempre são muito interessantes.

Naquela noite, comi macarrão e bebi vinho no jantar. Assisti a um filme de zumbi na Netflix, curti uma publicação de Edith no Instagram e li um dos PDFs de Miles. Então abri a última mensagem que Julian tinha enviado.

> Vamos convidar R&V para jantar em casa quando eu voltar. Ou levá-los para jantar. Melhor até, acho. Falei com a V outro dia & ela disse que você tem ignorado as mensagens dela. Tudo bem por aí? Chato você não responder. Chato também você sair com a V, mas sei que não tem amigos. Pergunta quando eles topam jantar. Que tal pensar num presente pra eles. Pode ser uma coisinha da M&S, eu digo que comprei em Londres. & compra algo pro Miles tb. Não escreva nos cartões dos presentes – deixa que eu escrevo. Até já. J.

Resolvi escrever um de meus rascunhos terapêuticos. Digitei assim:

> tô trepando com a Edith. já mencionei quem é nas mensagens falsas anteriores, então não sei se é melhor fingir que estou mandando essa aqui pro julian que costumava recebê-las ou para um novo julian que desconheço. tudo enganação no fim das contas. seguinte: eu e minha namorada edith estamos apaixonadas. ela não sabe nada sobre você. e mais, não seria legal se você me expulsasse do seu apartamento por causa disso, então nem sei por que estou te contando tudo. você sempre diz que não tem sentimentos, mas, caso tenha, sinto muito.

Apaguei o rascunho, fui até a cozinha e bebi mais vinho. A torneira não parava de pingar. Eu tinha a intenção de consertá-la, cheguei a perguntar para Julian com quem deveria falar, lembrei que ele já tinha enviado o telefone do senhorio, mas acabei não conseguindo encontrar essa mensagem e não queria perguntar de novo, temendo parecer dispersa.

Quando cheguei à sala, reabri meu laptop e notei que em vez de «apagar» eu tinha apertado «enviar». Dei risada.

Ele não respondeu. No trabalho, eu fazia intervalos para ir ao banheiro checar minha caixa de entrada e ainda tinha que aguentar os olhares obscenos de Joan. No metrô minha conexão era fraca, então eu era forçada a ficar muito tempo alheia à internet. O que me levou a crer que ele com certeza já teria me respondido quando chegasse minha estação, então subi a escada do metrô, achei sinal e vi que ainda não tinha resposta. Senti um nó na garganta, um nó fraudulento. Naquela fração ágrafa de segundo, quando vi uma nova mensagem em negrito, meu coração quase saltou do corpo, então li «TST hj à noite?» no grupo dos professores e meu coração se aquietou. Pensei: não tô a fim de encontrar ninguém no TST hoje, nunca estive, e poderia responder sem pestanejar, mas não farei porque demandaria certo esforço e estou tentando concentrar todas as minhas energias — física, mental, humana — para não explanar que estou enrascada num nível máximo.

Edith perguntou o que estava acontecendo.

— Você tá parecendo eu — disse ela. — Não para de checar esse celular.

Respondi que, se ela fazia isso, eu também tinha direito.

— Você pode tudo — disse ela. — Só não sei por que tem que agir como eu em tudo.

Eu não queria ser como ela, também não era esse o motivo do meu excesso de atenção ao celular.

Poderia ter aproveitado o ensejo e contado sobre Julian, mas haveria consequências, e, se eu adiasse esse momento, ainda não teria que lidar com elas. Esse raciocínio me pareceu sensato, e me perguntei por que as pessoas costumam fornecer informações voluntariamente.

Quatro dias depois, Julian respondeu.

> A, mensagem esquisita, mas imagino que tenha sido enviada sem pensar. Tudo bem. Não somos um casal, faça o que achar melhor. Até semana que vem. J.

Abreviar meu nome foi dose. «A» queria dizer ou que ele não poderia perder tempo digitando as outras duas letras do meu nome, ou que eu valia tanto quanto a mais simples das preposições. Tive vontade de responder: «concordo».

38

Naquele fim de semana liguei para Tom. Enquanto conversávamos, fiquei em pé na varanda observando as crianças que ultrapassavam seus pais, enquanto eram arrastadas por seus cães dinamarqueses. Primeiro falamos sobre a vida de Tom. As coisas não iam nada bem com sua parceira mais recente. Esse fato o encorajou a ouvir as histórias da minha vida amorosa, e suspeitei que em decorrência disso parecia agradecido por não ter uma.

— Bizarro que você achou que eu não desconfiava de Edith — disse ele.

— Era tão óbvio assim?

— Mas o que você achou que ia acontecer?

— O que eu achei que ia acontecer se eu não contasse pra ela?

— É.

— Ah, basicamente isso — respondi.

Tom comentou:

— Às vezes é difícil, pra mim, reconhecer que você é a irmã mais velha.

— Acho que tenho que contar pra ela — respondi.

Tom respondeu que não ia me dizer o que fazer, mas que eu deveria escolher uma pessoa só. Talvez não fosse necessário, mas, se um dos dois pedisse para escolher, eu tinha que saber o que responderia. Disse a Tom que não sabia. Eu não queria ter que comparar e escolher.

— Beleza — disse ele —, então não faça comparações. Mas como você se sente com cada um? Ou melhor, quais são suas atitudes quando está com eles?

Uma pergunta menos apavorante.

— Não sou legal com Julian — respondi. — Ele não me ama e eu sempre acho que a culpa é minha, então prefiro acreditar que ele é o problemático. A gente ri muito juntos, mas quando estou com ele viro uma pessoa horrível. Quero que ele se sinta tão mal quanto eu.

Fiquei surpresa ao esclarecer isso para mim mesma, mas já tinha saído, pairava no ar, e, graças à conexão ruim, o eco me trouxe a informação de volta.

— Aí não é legal — disse Tom. — Pra nenhuma das partes.

— Eu sei. Ele ainda não superou a ex. Eu não deveria usar isso contra ele.

— E a Edith? Como você é quando está com ela?

— Mais amável. Mais flexível. E o sexo é melhor.

— Essa parte eu dispenso.

— Só estou apresentando fatos.

— Legal. Olha, vou repetir, não posso te dizer o que fazer. Quando Julian volta?

— Daqui a dois dias.

— Então você tem um dia pra contar pra Edith.

— Acho que não vou contar — respondi.

— Mas que novidade.

— Eu sei. Mas foi bom conversar com você. Obrigada, Tom — agradeci; eu não costumava usar essa palavra com ele. — Eu sei que não é fácil ser sincero comigo.

— Pois é. Você pune as pessoas.

— Tenho que ir.

— Beleza.

— Tom?
— Fala.
— Obrigada mais uma vez. E agradeça a mamãe por mim.
— Parece que você está indo pra guerra.
— É mais ou menos por aí.

***

Mais tarde, naquele mesmo domingo, Edith apareceu no apartamento. Finalmente acendemos minha vela da Jo Malone. Ela estava com uma marca vermelha nas costas, bem no lugar onde o sutiã apertava. Acariciei a protuberância e disse que sempre me perguntava o que aconteceria se uma mulher usasse um sutiã por cem horas seguidas, isto é, se teria uma cicatriz. Só me restava um dia para contar tudo sobre Julian antes de sua volta, mas estava falando de cuidados da pele. Eu tinha um comportamento inacreditável.

— Já ouviu dizer que sutiã dá câncer? — perguntou ela. — Deve ser mentira, mas fico preocupada. A taxa de câncer de mama é mais baixa nos países em que poucas mulheres usam sutiã. Mas é difícil saber que partido tomar, porque abandonar o sutiã é como evitar comer porcaria.

— Comer porcaria dá câncer?

— Ninguém sabe o que dá câncer — disse ela —, exceto beber e fumar. Mas todo mundo já sabe que essas coisas são prejudiciais.

— É, eu sei — comentei e fui direto ao ponto. — Aliás, Julian volta na semana que vem.

Que idiota. Não sei como a frase saiu da minha boca. Acho que porque tinha dito a Tom que adiaria ao máximo. Toda vez que dizia que faria uma coisa, eu fazia o oposto.

O cabelo de Edith parecia um escovão preto e grosso em cima do meu travesseiro. Pensei que a maioria das camas não vinha com uma Edith acoplada, que as pessoas nem chegavam a ter uma Edith em sua vida e que todas essas pessoas tinham que dormir nessas camas ou em outros móveis de dormir e fingir que eram felizes.

— Por acaso ele... — disse ela.

Eu não sabia o que se passava na cabeça dela.

— Estou tentando descobrir — respondi.

— E esse lance — disse Edith, e fez uma pausa, não para descobrir o que «esse lance» queria dizer, mas para prolongar a pausa ao máximo, para que não precisasse adicionar palavras como «e esse lance entre vocês, como é que fica?».

— Como assim?

— De você morar com ele.

— A gente divide o apartamento.

— Você não paga aluguel — disse ela, num tom de voz perspicaz, como o de Julian.

— É complicado — respondi.

— É estranhíssimo — disse ela, ainda com perspicácia.

— Você curte.

— Agradeço, Ava, mas acho que não é a melhor hora pra você me dizer do que eu gosto.

— Olha só — disse eu —, esse lance é entre mim e ele.

— Exatamente — disse Edith.

E foi ao banheiro social. Pensei em sugerir que usasse o banheiro da suíte, mas ela já tinha saído do quarto. Eu sabia que aquelas fotos na parede eram de Londres porque Julian tinha me contado. A que ficava no meio era de uma fachada estilo Tudor com grades carcerárias nas janelas. Aqueles arranha-céus ingleses pareciam altíssimas prisões, e, quando alguém dizia isso a um inglês, achavam que a pessoa queria dizer que até as prisões da Inglaterra eram lindas.

Edith voltou. Ficou em pé na porta e segurava uma camiseta que ela tinha me emprestado. Eu estava prestes a falar, então percebi que ela esperava por isso, mas não consegui.

Num tom de voz muito baixo, perguntou:

— Por que essa camiseta estava no quarto dele?

— Como assim? — perguntei.

— Essa camiseta é minha. Estava na cama dele.

— Mas por que estava lá?

— Foi isso que eu perguntei.

— Não acredito que você entrou no quarto dele.

— Digo o mesmo a você.

— Edith...

— O que você estava fazendo no quarto dele?

— Ele está em Londres — respondi. — Fui ver uns filmes na cama dele.

— Mas por que você estava vendo uns filmes na cama dele? E, Ava, por favor, saiba que sou uma pessoa muito inteligente.

Ela aguentou firme enquanto eu contava a história toda, e me olhava nos olhos como se já fosse tarde demais para eu me fazer de honesta, mas ela poderia ter me alertado. E estava imóvel, queixo imóvel, mãos imóveis. Sempre que eu fazia uma pausa, ela assentia. Parecia que tinha o controle das torneiras, e que eu falaria pelo tempo que ela quisesse, até que resolvesse cessar minha fala com uma reviravolta.

Enfim demonstrou que já tinha ouvido coisas demais e se sentou na beirada da cama. Dobrou a camiseta ao meio, depois em quatro, então estendeu a mão para me entregar a camiseta, que já tinha alcançado as menores dimensões possíveis.

— Você só não falou o que sente por ele — disse ela.

— Achei que amava Julian — respondi. — Até conhecer você.

— É foda que você seja uma mulher sustentada por um homem — disse Edith —, e eu queria muito poder dizer que essa é a coisa que mais me incomoda nessa situação, se outro detalhe não estivesse me incomodando mais. Mas tem algo que me incomoda bem mais.

Eu queria que ela abrisse o verbo. Queria que nada ficasse por dizer e que expusesse meus erros para que se tornassem claros também para mim.

— Eu não tenho como saber o que você sente por ele — disse ela. — Mas é claro que ele sente alguma coisa por você, e acho que você está desesperada pra saber se ele quer que você volte pra ele. Tenho muitas opiniões sobre o nexo entre monogamia e patriarcado, opiniões que podem ser ouvidas mediante solicitação, caso tenha interesse, mas também tenho a impressão de que as opiniões dele são muito convencionais. Então não podemos ficar juntas. Se é isso que você imagina.

Embora eu já tivesse demonstrado não ser a maior encantadora de Ediths do mundo, senti que não era o melhor momento para dizer que Julian já sabia e por ele estava tudo bem.

— Edith — disse —, eu não sou o tipo de pessoa por quem ele sentiria alguma coisa.

— Como assim?

— Ele é rico e muito mais inteligente que eu. E mais alto.

— Pelo que sei, os homens héteros preferem que as mulheres sejam mais baixas que eles. Além do mais, ele não quer nada sério com você, e não estou especulando, você me disse. Você apareceu e ele só precisou te oferecer o quarto que ele nem estava usando. Conheço bem esse tipinho. Tá cheio deles nos escritórios de advocacia. Ele não quer uma mulher do «nível» dele.

Comentei que era reconfortante saber que ele só estava comigo porque eu era baixa, chata e sem graça.

— Pensei que você tinha dito que não tinha nada com ele — disse Edith.

Eu disse que ela tinha razão e que só tinha dito isso por mera retórica.

— Não importa — disse ela. — Até agora eu não sabia o quanto eu te amava, mas acho que o suficiente pra ouvir você dizer essas merdas sobre retórica e que, se ele é mais alto que você, não pode gostar de você, e que é claro que é normal transar com duas pessoas numa mesma cama e elas não saberem de nada.

— A gente só transava na cama dele — respondi. Eu queria segurar a mão de Edith, mas não tive essa ousadia. — Na minha cama foi só com você.

Esse esclarecimento de logística a acalmou mais do que eu poderia imaginar.

— Você pretende continuar transando com ele quando ele voltar?

— Não — respondi. E quando ouvi minha resposta notei que havia tomado uma decisão.

— Então você tem que se mudar — disse ela.

— Eu sei. Mas tudo bem se eu ficar mais umas semaninhas? Só até encontrar um lugar.

Parecia que ela tinha uma pedra de gelo na boca, e que incomodava seus dentes.

— Além do mais — comentei —, você está equivocada a respeito de Julian. Ele é legal.

— Diz muito sobre você o fato de achar que essa é a prova de que não ama Julian.

Não consegui olhar para ela. Foi um comentário muito preciso.

— Esse é um tropo misógino — respondi. — Mulheres não gostam de caras legais.

— Mas tem gente que consegue conviver com muitos tropos misóginos — disse Edith.

Parte III
Edith e Julian

39
Setembro

Pegamos o ferry para Lamma Island. Edith usava um chapéu de palha com uma fita preta. Julian estava no laptop escrevendo e-mails. Sentei no meio dos dois e fiquei observando a espuma talhando o casco do barco enquanto se debatia na água.

«Mas só pode estar pirada», havia dito Julian quando comentei que adoraria se nós três fizéssemos algo juntos.

— Vocês iam se dar bem.
— Talvez ela não queira me conhecer.

No entanto, uma das coisas mais esquisitas do comportamento de Julian era que sempre dizia não como resposta e mais tarde voltava atrás: tudo bem. Eu não podia forçar uma reviravolta, mas alimentar uma expectativa razoável se me lembrasse de não tocar no assunto nesse ínterim. «Você ainda acha que temos que encontrar Edith?», ele havia perguntado na cozinha poucos dias depois. Ao menos eu era boa em alguma coisa.

Primeiro saímos para caminhar. Edith carregava uma sombrinha. Tudo estava muito verde, havia várias lojinhas e restaurantes de frutos do mar com mesas brancas de plástico. Peixes à espera de cozimento nadavam suas últimas horas de vida em tanques minúsculos. Eu disse:

— Será que conseguimos poupar alguém?

Julian parecia não saber se eu estava falando com ele e respondeu:

— Não.

Edith parecia tentar adivinhar se era uma piada antiga nossa. Tive vontade de dizer que nunca seríamos cruéis com ela, mas eu não tinha precedentes para tal. Passamos por algumas casas com varanda ao longo da colina.

Julian havia chegado duas semanas antes, no começo de setembro. Na noite anterior, eu tinha jogado toda a decoração de Edith no lixo — as flores, os papéis emoldurados. Fui buscá-lo no aeroporto, e, assim que chegamos em casa, ele tirou os sapatos no hall de entrada e os acomodou perto dos saltos altos que eu tinha deixado por lá. Ao lado deles, pus as sandálias que usava na ocasião e percebi que aquela combinação, um sapato dele e dois meus, se parecia bastante com outra coisa. Fiz chá.

— Também tenho café — disse. — Temos café.

Preferiu chá. A chaleira estalava e zumbia. Perguntei se poderia ficar no apartamento até encontrar outro lugar.

Para a hora do almoço em Lamma, Julian já tinha feito uma reserva num café vegano de alimentação viva. Mesmo quando não estava muito animado para determinado contexto — cozinha *plant-based* viva ou a companhia de Edith —, Julian gostava de assumir o controle. Edith disse a ele que o restaurante era bom, e Julian olhou para ela com certa piedade, dando a entender que Edith achava que ele o tinha construído com as próprias mãos e não quisesse decepcioná-la. Cheguei a pensar que Julian supunha que Edith fosse vegana — o tipo de coisa que Julian presumia sobre todas as mulheres. Pedimos macarrão de abobrinha e leite quente com açafrão. As mesas eram minúsculas. Encaixamos nossos cotovelos com cuidado em torno dos pratos.

— Ava me disse que não podemos falar de trabalho

— disse Julian a Edith —, então não vou perguntar se você já prestou assessoria jurídica para o banco em que trabalho.

— Eu nunca disse isso — alertei Edith. — Não acredite em nada que este homem disser sobre mim.

— Julian, Ava me contou que você estudou em Oxford.

— Infelizmente sim.

— Temo ser da concorrência.

— Ela me contou — disse Julian. — Relaxa, todo mundo erra nas escolhas.

Comentei:

— Tipo Oxford ao aprovar você.

— Ela se comporta assim com você, Edith? — perguntou Julian.

— Ele adora quando indago sobre Oxford — complementei para Edith. — Porque lembra que estudou lá.

Depois do nosso almoço crudista, saímos para mais uma caminhada. Edith foi a guia. O vestido dela me lembrava lençóis de hotel: algodão amassado, chanfrado nas pontas. Em termos corporais, fiquei confusa por estar perto dos dois: meu rosto teimava em insinuar expressões, algo que agora percebo ter censurado quando estava com Julian. Achava que eles tinham um senso de humor parecido, mas agora, ao observá-los lado a lado, não conseguia pensar numa só piada que poderia agradar a ambos.

O telefone de Julian tocou quando já estávamos na metade do caminho de volta ao cais. «Tudo bem eu atender, né?», perguntou. Avancei na caminhada com Edith. As figueiras-de-bengala chinesas projetavam sombras dolentes. Davam figos — Edith já tinha me ensinado antes. Fiquei olhando para ela, mas não sabia muito mais o que fazer.

— Quando você se muda? — perguntou.

— Daqui a duas semanas — respondi, improvisando.

— Pode ficar lá em casa. Minha mãe pode te dar uma força. Ela faz isso com todo mundo.

Chegamos às lojinhas. No centro de Hong Kong, as placas ocultavam o horizonte como janelas pop-ups, dez em cada poste, uma por andar de cada prédio de vinte andares, mas em Lamma havia alguns espaços livres. Toldos sombreavam as calçadas. Uma loja com portas corrediças e sem nenhuma placa escrita em inglês estava abarrotada de cartões-postais e carne-seca.

Na manhã anterior a esse passeio, o sol tinha me acordado cedo. Peguei um copo d'água e bebi enquanto caminhava pela sala. Cortei uma maçã e não comi, e observei os saltos com forro vermelho ao lado dos sapatos de Julian no hall, mas os ignorei. Enquanto inspecionava os sapatos, continuei os ignorando, e, ao ver que eram de número quarenta, rejeitei a imagem mental de feminismo duvidoso dos pés grandes e feios de Edith. Em seguida fui para o meu quarto e comecei a chorar, o que é comum para as pessoas em geral, e enquanto chorava ouvi Victoria dizer «é melhor que Ava saia do apartamento».

— Mudar de casa é difícil — disse eu a Edith.
— Em termos práticos? — perguntou ela.
— Eu te amo — respondi.

E, naquele momento, eu a amei, também porque na manhã em que ouvi Victoria indo embora, vesti o cardigã que Edith tinha deixado no chão. Assim como Edith, o cardigã cheirava a sabonete. Me lembrei de como ela prestava atenção sempre que eu lhe contava sobre a Irlanda, então pensei nos lugares que cada coisa tinha dentro da bolsa dela. Eu havia me tornado uma dessas coisas, estava segura ali dentro, e ninguém além de Edith representava uma ameaça para mim. Tanto que, mais tarde, quando Julian perguntou se íamos mesmo a Lamma no dia seguinte, respondi: vamos sim, e eu estava falando sério.

Edith fez uma pausa para tirar uma foto de nós duas. Perguntei se era para o Instagram e ela respondeu que não, era só para ter uma recordação. Mas entrevi Edith navegando pelos filtros. Como sempre, fiquei animada para aparecer em seu *feed*, mas aflita por não me encaixar nas coisas que havia por lá. Sabia que a legenda que ela escreveria era para lembrar às pessoas informadas que eu era sua namorada, mas não me revelaria para mais ninguém. E isso foi bem mais do que eu já tinha feito para divulgar nosso relacionamento.

Chegamos ao cais. Vimos que o próximo ferry chegaria em dez minutos. Terminada a ligação, Julian nos alcançou. Edith perguntou se queríamos chiclete ou água, e, quando dissemos que não, saiu para comprar algumas coisas para ela.

— Foi divertido — disse Julian, assim que ela saiu. — Achei que vocês se dão bem.

Ele acendeu um cigarro e gesticulou com o maço para me oferecer um.

— Eu não fumo — respondi —, lembra?

— Desculpa — disse ele.

Avistamos a balsa se aproximando, trepidante e ondeada. O céu amarelado passou a azul. Mas era cedo para o pôr do sol. Fiz esse comentário com Julian e ele assentiu com a cabeça. Então pigarreou.

— Vou te contar antes dela voltar — disse ele. E, seguindo o olhar dele, avistei Edith saindo da lojinha.

— Me contar o quê? — perguntei.

— Acabaram de ligar. Desculpa, é que... — disse ele, apagando o cigarro e acendendo outro em seguida.

— O que houve, Julian?
Ele exalou a fumaça.
— Meu pai teve um ataque cardíaco.

40

Julian disse que o nome apropriado era infarto agudo do miocárdio. Em princípio achou que tinha um erro no texto, tinha lido «infrações» mas era «infartos». A primeira hora sucessiva ao episódio era crucial para determinar o resultado. O «resultado» a que Julian se referia tinha uma natureza binária.

— Ele tem uma doença arterial coronariana — disse Julian. — Aos 63 ainda é muito jovem pra isso. Os médicos dizem que é por causa da bebida e do cigarro. Ou predisposição genética.

Julian acendeu um cigarro, então pareceu ter se lembrado do que acabara de dizer sobre os fatores que haviam ocasionado a obstrução das artérias de Miles. Não desistiu de fumar, mas ficou em silêncio.

Quando terminou, fomos para o hospital. Indiquei o elevador, mas ele preferiu que subíssemos de escada.

— Vocês estão fazendo tempestade num copo d'água — disse Miles. — Sobrevivi a Margaret Thatcher!

Julian abotoava e desabotoava os botões da camisa.

— Liguei pra mamãe — disse ele. — Ela vai pegar o próximo voo.

— Que bom que ela vem pra te dar uma força — disse Miles.

— Pai.

— Não estão sentindo sua falta no trabalho?

— Eles conseguem se virar sem mim por um dia.

— Meus Deus, você deve estar achando que chegou a minha hora.

Naquela noite, na sala de estar, vi que Julian estava assistindo a um vídeo no laptop. Aparecia a imagem de um coração no formato de uma luva de boxe de borracha. Uma mancha preta tomava as artérias. Em seguida o acúmulo de plaquetas, artisticamente resolvido com protuberâncias amarelas. Julian descobriu que Miles deveria ter tomado aspirinas. Teria diminuído os riscos de coágulo no sangue.

— Diz isso pra ele — comentei.

— Obrigado pela ideia — disse Julian —, mas acho que não quero dar conselhos ao meu pai para evitar que o coração dele pare outra vez. Não é uma perspectiva animadora, né.

Dias depois saíram os resultados dos últimos exames de Miles. Julian achou que estava tudo bem e voltou a trabalhar, mas passou a ter hábitos ainda mais estranhos e instáveis. Quando sentia fome suficiente para se lembrar de comer, cortava caminho e comia o básico: cereal, *bagel* sem cortar. Ele ficava irritado com coisas pequenas.

— Por que você deixou meu telefone no sofá? — perguntou ele.

— Achei que era o meu, só reparei quando a tela acendeu.

— Então põe onde estava. Posso ter perdido uma ligação.

— Você teria ouvido, Julian.

— Teria não. Ainda está no modo silencioso por causa do hospital. Será que você não consegue colocar as coisas no lugar?

Horas depois, pediu desculpas. Eu disse que ele tinha todo o direito de ficar irritado comigo, ao que respondeu:

— Não diga isso. Só preciso que você seja uma pessoa normal.

— Eu não quero chatear você — respondi

— Se algum dia eu disser «isso me chateia», pode me dar um tiro.

Florence chegou três dias depois que Miles dera entrada no hospital. Passou quatro noites na cidade. Ela sabia que Julian tinha um apartamento de dois quartos e não sabia que eu morava lá, mas ele a colocou num hotel com o pretexto de que trabalhava até tarde e não queria acordá-la.

Miles só podia receber dois visitantes por vez, logo não cheguei a conhecer Florence. Julian disse que era melhor assim. Ela não gostava de outras mulheres. Perguntei se não gostava das mulheres que participavam da vida dele ou se não gostava das mulheres em geral. Ele não respondeu.

Algumas semanas depois, Miles teve alta, mas saiu com um monte de remédios e uma lista das substâncias que podiam ou não circular por seu sangue. Fomos visitá-lo em casa. Perguntei se Julian preferia ir sozinho e ele disse claro que não.

— Vou ficar na minha — respondi. — Mal vou prestar atenção na conversa de vocês.

— Perto de você somos mais civilizados. Desde que você apareceu na nossa vida, ele nunca mais me culpou pela crise financeira mundial. E eu parei de compará-lo ao Stálin.

Reconheci que essa era uma vantagem a ser levada em consideração.

***

Mamãe contou que Maggie, minha tia-avó, precisava fazer uma artroplastia de quadril. De novo, acrescentou mamãe. Maggie travava uma batalha contra as próteses. O primeiro quadril falso havia danificado parte do que restava da pélvis original de Maggie, mas em breve teria uma nova, em pleno funcionamento. Mas que nunca se podia confiar em advogados.

Eu disse que minha amiga Edith era advogada, de outra jurisdição, mas me ofereci para conversar com ela sobre o assunto. Mamãe disse que ela parecia ser uma boa moça.

— Meu outro amigo está passando por um momento difícil — disse. — O pai acabou de sair do hospital.

Parecia indiscrição dizer que se tratava do amigo banqueiro.

— Coitado do rapaz — disse mamãe. E talvez essa tenha sido a primeira vez que alguém chamou Julian de «rapaz». — Coisa séria?

— Ele está ótimo agora. Teve um ataque cardíaco, mas está se recuperando.

— Que Deus o abençoe.

— Aos dois — respondi.

— Com certeza.

O pai da minha mãe morreu quando eu tinha seis anos. Como todos os homens de nossa família, ele era alcoólatra. Tomem cuidado com isso, disse mamãe. Eu não sabia se ela queria dizer que os homens tinham que ter cuidado com a bebida ou se nós tínhamos que ter cuidado com os homens que bebiam. O enterro ocorreu no casarão branco que tinha cheiro de grama em Roscommon. Eu voltaria lá duas vezes por ano para visitar vovó, que morreu oito anos depois. George e Tom ficavam assistindo TV com ela, e eu ia lavar a louça.

— Você é uma boa moça — disse vovó. — Já sabe tomar a iniciativa.

Na faculdade, cheguei a tentar descrever essa situação como um exemplo do condicionamento patriarcal, mas no fundo eu me sentia superior aos meninos, que ficavam lá prostrados como duas batatas.

Perguntei a mamãe o que deveria fazer para ajudar Julian.

— Não se intrometa — disse mamãe. — Mas pode ampará-lo.

Ela passou o telefone para o papai. Ele disse assim:
— As noites já estão mais longas, né?
Respondi que sim. Ele disse que era ótimo.
— É mesmo — concordei.

Me sentia importante por não conseguir mais ver Edith. Ela mandava mensagens chamando para sair e eu dizia que estava ocupada. Com isso eu queria dizer que daria uma força para Julian quando ele chegasse em casa, mas é claro que não podia dizer isso para ela. Então é provável que ela tenha me achado uma pessoa ágil e cobiçada e tão atordoada por minhas ocupações que nem tinha tempo de dar satisfações a ela. Ou achou que eu precisava aprender a administrar melhor meu tempo.

***

Quando Miles já estava no hospital havia uma semana, Julian me levou ao Marriott, em Admiralty. Foi a primeira vez que saímos só nos dois desde seu retorno no início de setembro. No elevador, uma mulher de casaco de visom perscrutou a altura de Julian como se avaliasse a necessidade de uma pessoa ser tão alta, então olhou para a bainha da minha roupa na certeza de que precisava ser bem mais comprida.

Ele deixou que eu escolhesse nossos pratos e disse, como quem não quer nada, que meu cabelo estava um tanto bonito. Debatemos sobre a expressão «um tanto», se aumentava ou diminuía um elogio. Esbocei um gráfico no guardanapo e pus «um tanto» entre «um pouco» e «muito». Foi bom ser a Edith de outra pessoa. Julian desenhou seu próprio gráfico e pôs «um tanto» entre «muito» e «extremamente» — o contexto é esse, disse ele. Nos demais, eu tinha um tanto de razão. Perguntei qual dos «tantos» ele tinha usado, e ele respondeu que gostaria de saber por que tinha sentido saudade de mim em Londres.

— Eu também senti saudade de você — respondi.

Ele disse que eu tinha sido uma amiga e tanto.

— Quero continuar sendo — respondi.

O estofo dos assentos era de tecidos variados, negligenciados pelas gravuras de penhascos nas paredes. As mulheres no restaurante usavam vestidos exuberantes, como se quisessem compensar o desleixo dos homens — temos que fazer esse papel. Julian e eu começamos a inventar histórias sobre as pessoas que estavam ao redor de nós. Julgou que um casal específico era casado, mas estimei que obviamente tinham um caso secreto.

— Aqui no Marriott? — perguntou Julian.

Respondi:

— Desculpa, esqueci que todas as pessoas ocupam uma esfera social em que são obrigadas a cruzar com conhecidos num hotel cinco estrelas.

Desde a partida de Julian, eu sentia uma tranquilidade inédita. Tinha Edith, tínhamos encontros românticos reais, e eu não precisava mais me preocupar se este encontro com Julian era romântico ou não. Podíamos só jantar.

Ele me contou que Londres estava diferente: não para todas as pessoas, claro, mas para ele. À exceção do Shard, nada ganhara em altura. O metrô estava mais nojento do que nunca. Ao menos nos dois países, a mulher que fazia os anúncios estava igualmente ansiosa para que se abrisse caminho para o desembarque dos outros passageiros. Julian se perguntava se ela se importava em ouvir sua própria voz nas estações. Por nenhum dinheiro no mundo ele aceitaria um trabalho desses, ouvir sua própria voz enquanto tentava não derrubar café em si mesmo. Achou que nunca tinha notado os logogramas chineses por toda parte em Hong Kong, mas em Londres descobriu que as placas pareciam vazias sem eles, embora sua compreensão de leitura em chinês ainda fosse, segundo ele, inferior à de uma criança. E teve uma impressão oposta em relação ao Middle England, em relação a Londres: ficou assustado com a quantidade de pessoas brancas por toda parte.

— Então mantenha distância de Oxford — comentei.

Depois pegamos o *tram* de Admiralty para a Pottinger Street, e em seguida a escada rolante. As placas e letreiros de sempre: Sunny Palms Sauna, Paris Hair Salon, Open Late SEX TOY SHOP (grifo deles). Parecia curioso que Julian se mantivesse à direita, muito semelhante a todos nós, que ficamos por aqui quando ele foi embora.

Então notei que andava na frente dele. Na primeira vez que me levou para almoçar, foi o primeiro a chegar à escada rolante do MTR, depois me deixou andar na frente e assim — logo notei — a diferença de altura não variava por causa dos degraus. E fiquei apreensiva. Se pensava em coisas como essas, me perguntei que comentários ele faria. Mas o 23º ano vinha se configurando para ser o primeiro ano da minha vida em que a ideia de que alguém estava me observando não me causava um horror vil. Então supus: antes tarde do que nunca.

Quando chegamos ao apartamento, fiz chá de camomila.

— Imagino que você não queira conversar sobre o Miles, mas, se quiser, estou por aqui.

— Obrigado, Ava — respondeu Julian.

Sentamos no sofá e assistimos ao noticiário em seu laptop. Ele disse que estava pensando em comprar uma TV de verdade. Comentei:

— Nossa, você está virando um trintão mesmo.

O governo de Hong Kong havia prendido três proeminentes líderes estudantis pró-democracia. Os trabalhadores britânicos do McDonald's estavam em greve por causa dos contratos «zero hora». («Se concorda tanto comigo, como pode não gostar do Corbyn?» «Acho que a raiz das diferenças se baseia nos nossos sentimentos de ser ou não interesse nacional transformar a Grã-Bretanha num gulag.»)

Julian revirou as mangas de sua camisa e disse:

— Você já sabe quando vai se mudar?

— Acho que daqui a algumas semanas.

— Beleza.

Dei um gole no chá e completei com água.

— Se for ok pra você, claro — respondi.

— Olha — disse Julian —, nem acho que é muito tempo para encontrar um lugar.

— As coisas são rápidas por aqui — respondi. — E se for preciso eu posso encontrar alguma coisa no Airbnb.

— É verdade. Mas saiba que não estou com pressa, caso precise de mais tempo.

Ele se levantou para procurar o carregador de seu MacBook. Precisava muito de um novo, disse. Ainda que tivesse um para cada tomada, o mais provável era que estragasse todos.

— Desculpa por aquela mensagem — disse eu. Dirigi esse comentário para a almofada que estava nas minhas mãos. — Foi um acidente.

— Acontece — disse ele, como se as pessoas lhe enviassem cotidianamente mensagens desconexas sobre a própria vida sexual. Era uma hipótese plausível. Seus amigos eram muito esquisitos.

— E sobre a Victoria... — disse a ele. Eu não sabia se ela já tinha voltado ao apartamento desde aquele dia, e, se tinha, não reparei.

— Como você percebeu?

— Eu sou muito inteligente.

— Não se incomoda?

— Não — respondi. — Eu me incomodava, mas eu também tenho outra pessoa.

Ele riu.

— Espero que ninguém me obrigue a levar meus erros a este nível.

Nunca fez sentido para mim que os homens achassem que as mulheres com quem transavam gostariam de ouvi-los serem grossos com as outras mulheres com quem também transavam. Só sendo uma tremendaególatra, pensei, para achar que aqueles homens também não se referiam a você desse modo. A pior coisa que Julian já tinha dito sobre Kat foi que ela era «legal», e foi um dos motivos que me fizeram confiar nele. Não era da minha conta o que agora ele andava fazendo ou dizendo por aí, mas ficava preocupada.

Fui até a janela para que ele não precisasse olhar para mim e perguntei:

— Você quer que eu fique até o Miles melhorar?

— O médico disse que daqui a algumas semanas ele estará recuperado — disse Julian.

Espanei com os dedos a terra solta de um vaso de planta no parapeito da janela, em seguida despejei na lixeira e limpei as mãos. A planta era um presente de Edith. Ela havia dito que eu não poderia me sentir segura numa casa onde nada germinava.

— Eu posso ficar — disse. — Se tiver alguma serventia.

Eu esperava que ele dissesse «se você quiser», e que ainda precisaria de uma meia hora para concluir se conseguiria viver sem mim. As mulheres cuidam dos homens e permitem que eles finjam que não. Eu sabia que era injusto comparar Julian com alguém que não tivesse aprendido ao longo de toda a formação escolar que chorar era coisa de mulher e de pobre, mas me lembrei de Edith me agradecendo por ter sabido lidar com Mrs. Zhang.

— Por que estamos tomando chá? — perguntou Julian.
— Vamos abrir um Pinot Noir.
— O Chambertin ou o Clos de Vougeot?
— Meu sotaque não é assim.
— Tá, mas escolhe.

Eu vi que ele pensava: «Nossa, ainda temos o Clos de Vougeot e ela nos fez tomar chá?».

Minha mão escorregou enquanto servia o vinho, então enchi sua taça até a boca. Comecei pedindo desculpas e Julian disse que não havia nada mais indigno do que pedir desculpas. Eu disse que ele estava com uma boa aparência, e ele comentou que achava surpreendente, afinal o aplicativo de poluição do ar que eu tinha indicado para ele não mostrava índices animadores para Londres nem Hong Kong. Eu mesma já tinha deletado esse aplicativo. Ele disse que era um clássico nosso. Concordei, mas não sabia dizer que clássico era esse.

— Não se sinta obrigada a ficar — disse Julian —, mas eu adoraria que ficasse.

— Vou ficar — respondi. — Fico com prazer.
— Mas na amizade. Até eu saber que ele está se recuperando.
«Amizade» podia significar qualquer coisa.

41
Outubro

Era 1º de outubro, o National Day. Julian e eu nos oferecemos para passar o dia com Miles, mas ele riu e disse que já tinha outros planos. Edith sugeriu que fôssemos assistir à queima de fogos em Victoria Harbour. Eu não sabia se ela queria convidar Julian, mas não entrei nesse mérito. Ele quis se juntar a nós.

    Caminhando no meio da multidão, pensei nas conclusões a que as pessoas poderiam chegar ao nos ver juntos. Um homem alto e louro e duas mulheres baixas de cabelo preto. Dois brancos, uma asiática. Não podíamos ser parentes, mas éramos muito diferentes para pertencer a um grupo óbvio de amigos. As roupas de Edith pareciam ser as mais caras, então talvez achassem que éramos seus dois assistentes preocupados. Então por que estávamos passando o National Day juntos? Era provável que Julian e eu fôssemos amigos de Edith da universidade e tivéssemos acabado de chegar de Londres para curtir a semana. Os três haviam feito o mesmo curso em Oxford, e Julian e eu tínhamos nos casado e ido visitar Edith em seu retorno a Hong Kong, para que ela fosse nossa guia local. É possível identificar uma mulher gay à primeira vista? Deveria ser um superpoder de quem gosta de mulher, mas eu nunca tinha desenvolvido esse faro.

    Edith descolou um lugarzinho bom e disse a Julian que ele deveria usar sua altura para ajudar a abrir espaço para nós.

— Fantástico, né — disse ele, sem aumentar o tom de voz. — Um dia lindo com minhas garotas.

Edith o mandou calar a boca, e ele caiu na risada.

— Que foi — disse ele —, acha que não vai conseguir ouvir os fogos por minha causa?

Fiquei no meio dos dois. Toda vez que os fogos estouravam, eu apertava a mão de Edith. Julian esticava a cabeça para a frente como se quisesse parecer mais atento do que estava. Ele tinha consciência, sei bem, que não era feriado nacional em Londres e que seus clientes teriam que esperar uma horinha. Edith também passava pela mesma situação, mas no caminho já tinha resolvido coisas no telefone, então estava com uma janela mais flexível de horário. No começo fiquei me perguntando que tipo de pensamentos eles tinham evitado para abrir espaço para tais considerações. Mas esse não era um pensamento científico. Na verdade, o cérebro desenvolvia novas células de acordo com a quantidade de informações recebidas. Eu não gostava disso e lamentei ter chegado a esse pensamento, porque significava que, a cada dia, eles ficavam mais inteligentes do que eu.

Os outdoors acima de nossa cabeça estrondavam vermelho, branco e dourado. As crianças gritavam.

No final, acompanhei Edith à estação Sai Ying Pun. Do lado de dentro havia um mural de pessoas desencantadas com a vida urbana. Ela disse que tinha se divertido e que gostava de Julian. Depois perguntou como estava minha busca pelo apartamento.

— Estou pensando em sair em meados de outubro — respondi.

— Da última vez que perguntei você disse final de setembro.

— O pai dele teve um ataque cardíaco.

— Eu sei que você quer ser uma amiga atenciosa — disse Edith —, mas eu duvido que ele pedisse esse favor a qualquer um dos amigos dele.
— É porque eles são um bando de sociopatas.
— Pois é.
— Só mais algumas semaninhas.
— Você que sabe — respondeu ela.
Nos abraçamos, ela atravessou a catraca. Fiquei ali até que sumisse de vista, queria ver se olharia para trás, mas não olhou.

***

Fim de férias da escola normal para meus alunos, embora tenham continuado a frequentar minhas aulas durante todo o verão. A turma de sete anos já estava na metade do módulo de gramática, aprendendo a construção das orações. Poucos dias depois dos fogos de artifício, dei uma lição sobre substantivos genéricos e substantivos exatos. Nunca soube que havia diferença até abrir o livro de texto. No livro dizia que um substantivo genérico era algo como «vegetais», ao passo que substantivos exatos eram «beterraba», «cenoura», «brócolis». Era melhor usar substantivos exatos porque isso tornava a escrita mais interessante e precisa.

O capítulo tinha uma explicação breve e um exercício: uma folha A4 dividida em colunas. Na esquerda, vários substantivos. Na direita, cada um tinha que preencher com os substantivos exatos correspondentes. Eu disse às crianças que elas podiam usar os dicionários de cantonês-inglês.

Cynthia Mak perguntou qual seria o certo para «pessoas». Isto é, «irmã», «irmão», «pai», ou «professora», «médico», «artista» ou...

— Todos servem — respondi.

— Mas, se coloco «irmã», «pai», «irmão» em «pessoas», como vou responder este aqui? — disse ela, apontando para linha da «família».

— Não use esses. Use «professora» ou algo assim.

— Mas e aqui? — disse ela apontando para a linha «profissões».

— Use outra coisa para «pessoas».

— Pessoas felizes, pessoas tristes?

— «Pessoas felizes» não é um substantivo exato, é um adjetivo acompanhando um substantivo.

— Então eu escrevo o quê?

Nos entreolhamos. De fato era um desafio descrever as pessoas de um jeito que não as relacionasse diretamente com suas profissões ou posições num círculo familiar. Sugeri:

— Que tal «amigo», «namorado», «colega»?

— Eu não quero escrever a palavra «namorado».

Eu não podia culpá-la por questionar o exercício. «Amigo», «inimigo» e «colega» não pareciam ser bons jeitos de delimitar uma «pessoa», assim como «maçã» não o era para «fruta». Uma maçã permaneceria sendo maçã ainda que não houvesse outras na vizinhança, mas era impossível ser o desafeto de alguém sem que a pessoa estivesse por perto para completar a definição. Esse mesmo problema tinha surgido a partir de minhas sugestões anteriores. «Família» era relacional, e «profissão» aparecia para exigir significado a partir de explicações externas. É claro que «adulto», «criança» e «adolescente» poderiam se sustentar por conta própria. Mas eu ainda achava deprimente o modo como nos especificamos — o modo como nos tornamos precisos e interessantes —, isto é, como localizamos nossos estágios de desenvolvimento e a distância provável da mortalidade. As frutas não tinham esse tipo de problema.

***

Até mesmo um britânico notadamente britânico e masculinizado como Julian tinha seus limites do que poderia fingir não perceber — por motivos auditivos, se não emocionais —, então Edith e eu vínhamos nos encontrando em motéis desde o retorno dele semanas antes. O primeiro ficava na Lockhart Road, em Wan Chai. Ela me disse que era pago por hora, o que prognosticava um local de mau gosto, mas tinha bons estofados e era administrado como qualquer outro estabelecimento econômico. Bastava fazer o check-out mais cedo. Os lençóis tinham cheiro de limpeza, provavelmente porque haviam sido borrifados de perfume. Pagamos o quarto pela tarde inteira para poder assistir TV depois.

— Eu queria que a gente pudesse contar pra todo mundo — comentei num intervalo comercial.

— Eu gosto de ter um segredo — disse Edith.

— Você continuaria gostando de mim se não fosse segredo?

— Não sei. Podemos tentar contar pra algumas pessoas e aí eu vejo se continuo a fim.

— Pra quem?

— Minha família não está pronta para saber — disse ela. — Contei ao Cyril e ao Tony. O pessoal de Cambridge já sabe que sou lésbica, mas acho que ninguém mais sabe. Acho que ficariam incomodados se os apresentasse para minha namorada.

Ela dizia as coisas de um jeito formal até quando tentava ser divertida. Às vezes eu ficava irritada, mas sabia que era o jeito dela.

— Quem mais então? — perguntei.

— Acho que pro Julian.

— Mas ele já sabe.

— Que pena — disse Edith. — Teria sido mais legal se tivéssemos contado juntas. Ele ia ficar todo «estou feliz por vocês», «que bom que estão jogando limpo comigo», «é tão bom podermos compartilhar nossos sentimentos».

— Nossa, o Julian é bem essa pessoa. Por um segundo achei que você fosse ele.

Ela não percebeu que eu estava brincando — e, se percebeu, não riu —, então complementei:

— Mas, olha, você pode contar pra ele. Só não espere uma grande reação.

Edith não estava olhando para mim. Eu não sabia se era uma atitude deliberada, mas não quis olhar para ela e me certificar, pois, caso não me olhasse de volta, eu saberia que ela estava fazendo de propósito.

— Você acha que algum dia vamos contar pras pessoas? — perguntou ela.

— Pra mim não faz diferença.

— Contar ou não contar?

— As duas coisas. Você que sabe.

— Mas eu quero que você decida — disse Edith. Então deu uma risadinha. Eu achava que o efeito de suavização era mais garantido quando as pessoas faziam isso por mensagem.

— Não precisamos discutir isso agora — respondi.

— Uma frase tão típica do Julian.

— O que ele tem a ver com isso? — perguntei.

— «Depois a gente discute isso», e aí você não volta ao assunto.

— Acho que eu nunca disse isso pra você.

— Como assim — disse Edith —, acha que eu grampeei seu apartamento?

— É que eu não me lembro de ter dito.

— Mas disse. Acredite se quiser. Não quero te aborrecer, mas...
— Vou prestar mais atenção.
— Por favor.

42

Na terceira semana de outubro, Edith disse que deveríamos fazer alguma atividade socialmente produtiva. Julian arranjou sacolas plásticas. Caminhamos pela praia e catamos lixo. Julian reclamou que não adiantaria nada, pois se voltássemos no dia seguinte as pessoas já teriam atulhado a costa de embalagens de plástico. Edith perguntou se ele já tinha ouvido a parábola do homem que jogava estrelas-do-mar no oceano. Julian respondeu que sim, mas que achava um disparate, afinal o homem teria mais sucesso se tivesse tentado chegar à raiz do problema das estrelas-do-mar em vez de tapeá-lo. Ela perguntou se ele se referia à tomada dos meios de produção, e o rosto dele respondeu: por que todas as pessoas que conheço são aspones do colarinho-branco, bolcheviques dementes ou, nesse caso, ambos.

Prosseguimos até que a costa estivesse limpa, amarramos os sacos plásticos e jogamos no lixo. Julian disse que as lixeiras de reciclagem não passavam de encenação e que todo aquele lixo acabaria em aterros sanitários, onde provavelmente causaria mais danos do que se tivesse sido deixado na areia. Edith retrucou que, se ele tivesse uma ideia melhor de como fazer do sábado seguinte um dia socialmente produtivo, ele poderia ficar à vontade para planejar a próxima etapa da nossa pesquisa de campo em três partes. Ele perguntou se ela tinha certeza de que tal evento ocorreria mais uma vez.

Deixei os dois de lado. Tinha muita coisa para pensar.
Debateram qual seria o melhor lugar para almoçar. Edith sugeriu uma pizzaria. Julian disse que esse tipo de restaurante em Londres era melhor e mais barato. Edith disse que não estávamos em Londres, logo o comentário não tinha relevância. Acabamos num restaurante de frutos do mar na Boathouse da Stanley Main Street, que nenhum dos dois queria, mas que deixou ambos satisfeitos por saber que a escolha do outro não tinha sido a vencedora. A varanda tinha vista para a baía. Edith e Julian pediram um prato de lagostim, mexilhão e vieira. Tiveram certa dificuldade para se acomodar ao lado das peônias falsas que enfeitavam a mesa. Pedi uma sopa de cogumelos e não comi.

A garçonete da Boathouse trouxe a conta. Perguntei a Edith se havia uma frase em cantonês que significasse «mentir por omissão». Ela disse que não sabia uma tradução direta de cabeça, mas que havia uma série de suspense na TV que se chamava *Lives of Omission*, sobre a polícia de Hong Kong. Era estrelada por Michael Tse, mas tinha sido cancelada depois do trigésimo episódio.

Julian perguntou:

— Como você arruma tempo pra assistir a tanta merda na TV?

— Quando eu era estudante, assistia bem mais — respondeu Edith. — E eu adorava essa série. Recebeu várias indicações no TVB.

— O que é isso?

— Deixa pra lá.

Pareciam cordiais, mas era sempre assim. Eu ficava me perguntando o que de fato passava pela cabeça deles e sabia que, no caso de Edith, eram pensamentos provavelmente hostis. Queria que ela conseguisse entender que Julian não estava tentando me arrastar para nossa velha dinâmica. Se agora precisava de mim, era uma situação estranha e nova. Além do mais, seu pai estava doente. Era ridículo que eu precisasse explicar a Edith o porquê de não poder abandoná-lo agora. Por outro lado, eu sabia que tinha abusado da confiança dela, e abusado ainda mais depois que tive que pedir desculpas pela primeira vez por ter que estender meu prazo de permanência no apartamento de Julian. Vendo por esse lado, que achei ser o mais sensato, não era pedir demais de mim que eu parasse de viver com o homem com quem antes eu transava, sobretudo tendo mentido para ela sobre isso. Mas que tipo de pessoa faz as malas quando o pai de um amigo acabou de sair do hospital? Pensei: este é o problema de estar emocionalmente envolvida com duas pessoas articuladas que são mestres em defender seu quinhão. (Julian não era tão bom nisso, mas cheguei a essa conclusão a partir de um tipo de análise que ele faria.)

— E você, Ava? — perguntou Julian.

— Ele quer saber o que você acha do Martin Schulz — disse Edith. — O líder do Partido Social-Democrata da Alemanha. Julian simpatiza com ele. Eu não.

— Então eu também não — respondi, e Julian parabenizou Edith por ter um fantoche tão leal.

O dia estava ensolarado quando entramos no restaurante, mas quando saímos o granizo caía feito uma saraivada de canhão. Tínhamos só um guarda-chuva barato, que parecia totalmente incapaz de dar conta do recado. Eles me disseram para segurá-lo. Tendo uma altura mediana, conseguiria manter a altitude perfeita para os três.

43

Edith e eu fomos ao café de uma livraria na Park Road no final de outubro, uma semana depois da pesquisa de campo na praia. A porta era vermelha e tinha luminárias de vime no teto. Pedi um café e muffins, e Edith leu um artigo da *Scientific American* em voz alta.

— Um estudo recente diz que nossa capacidade de formar frases pode derivar de nossa memória implícita — citou ela. — Está relacionada à memória imediata, que faz com que os cães aprendam a sentar ao ouvir um comando.

A memória implícita retinha capacidades como nadar e andar de bicicleta, ao passo que a memória explícita tinha relação com fatos e lembranças. Uma pessoa aprendia a formar frases porque reproduzia padrões de frases que tinha ouvido no passado. Era por isso que Edith tinha o costume de dizer «Você tem aí?», numa situação em que eu diria «Tá contigo?». Crescemos ouvindo versões diferentes da língua inglesa. Consciente ou inconscientemente, nós as reproduzimos.

— Mas eu não digo «Tá contigo?» — respondi. — Eu digo o mesmo que você, que não cresceu ouvindo o inglês britânico. Você disse que seu sotaque era americano até ir pro colégio interno.

— É só um exemplo, Ava.

Eu ficava procurando desculpas para fazer Edith falar, e achei a situação muito reconfortante. Eu tinha menos responsabilidade pelo que reproduzia de ouvir as outras pessoas. Se uma pessoa disse algo para me magoar, não foi por querer, mas porque estava cercada de pessoas grosseiras no passado. E, se eu quisesse ser o tipo de gente que distribuía farpas e não tinha cuidado com quem me cercava, bastava que prestasse atenção às pessoas que eu escolheria imitar. Então meu cérebro repetiria as frases obedientemente.

— Mas é deprimente — comentei, só para ouvir a resposta de Edith. — As palavras não significam nada.

— Não acho que a seleção dos conteúdos é implícita, mas o modo como usamos a gramática para expressá-los.

Em seguida foi comprar um livro. Ao voltar, guardou no compartimento do meio de sua bolsa. O gesto deixou claro que esperava que eu tocasse no assunto que estávamos evitando.

— Estou preocupada com ele — disse eu. — Quando a gente toma um vinho, ele me conta as coisas. Acho que não tem com quem conversar.

— Que tipo de coisa?

— Ele acredita em Deus.

— Você precisa morar com ele para terem debates teológicos?

— Não é isso — respondi. A expressão no rosto de Edith era impassível, então mantive a minha desse jeito também. — Sei lá, tanto faz.

— Não acho que seja um contraponto tão convincente assim — disse ela, num tom de voz calmo.

— Edith, você está se comportando como uma advogada — comentei, e pretendia que soasse como brincadeira. Não soou.

— Ava, você está muito indecisa.

Ela ainda estava calma, e eu odiava que fosse capaz de manter a calma por mais tempo que eu. Era provável que Edith não sentisse as coisas com tanta intensidade quanto eu. Ela estava em vantagem, vantagem injusta. Ou ela já tinha vivido as coisas com a mesma intensidade que eu, mas os sentimentos dela eram normais e sem exageros, e os meus eram doentios e mal direcionados.

— Não estou indecisa — respondi. — Eu amo você. — E amava mesmo, do contrário não a detestaria. — Mas não posso virar as costas pra todo mundo. Essa é você. Eu vivo nesse país e não tenho ninguém além de você. Não vejo minha família há mais de um ano, mas nada disso basta pra você.

— Pra começo de conversa — disse Edith —, é desonesto achar que «Faça o favor de não morar com um cara com quem você transava» é igual a «Vire as costas pra todo mundo».

Sua voz titubeou pela primeira vez. Senti orgulho de mim mesma.

— Isso é a consequência prática do que você está pedindo — respondi.

— Deixa eu terminar. Eu só falei do ponto um — disse ela, levantando o dedo, como se nos explicasse um cronograma de ação. A junção desse gesto corporativo com o aumento de seu tom de voz me deixou petrificada. — Em segundo lugar, você fica nessa lenga-lenga de ai não tenho ninguém aqui — continuou, levantando um segundo dedo, para indicar que estávamos no item de número dois. — Seus colegas de trabalho sempre te chamam pra sair e você nunca vai. Suas antigas companheiras de casa não andaram mandando mensagem pra botar o papo em dia? E a Victoria disse que você nunca responde às mensagens dela.

— É melhor não envolver a Victoria nesse assunto.

— Eu... ah, sei lá, não quero saber.

— Escuta aqui, Edith — disse eu —, onde foram parar suas opiniões sobre as relações entre a monogamia e o patriarcado?

Ela pegou um guardanapo, juntou farelos em cima dele e disse:

— Acho que minhas opiniões sobre a mentira têm mais relevância nesse caso.

— Como assim?

— Se você acha que não existe um problema intrínseco em transar com várias pessoas ao mesmo tempo — e você está certa, não existe —, por que mentiu pra mim?

— Lá vem você desenterrar esse assunto.

— Lamento se os sentimentos que tenho por ter sido enganada estão transbordando numa situação que você julga inapropriada — disse Edith. — E, assim como as opiniões que tenho sobre monogamia e patriarcado, esses sentimentos são inúmeros.

Ela já tinha desistido de enumerar o cronograma de ação com as mãos.

— Você disse que tinha me perdoado — respondi.

Mais uma vez, Edith limpou a mesa com outro guardanapo, embora não restasse mais nada para catar. Ela analisou o guardanapo, amassado e sem nada, e o colocou com cuidado dentro de sua xícara vazia de café.

Fiquei observando o movimento da livraria. Estava lotada de pessoas que não compartilhavam do meu estado emocional. Os livros eram ameaçadores. Eu detestava os livros — o cheiro de giz branco, a sensação do quadro-negro.

Por fim, Edith perguntou:

— Em que momento eu disse que perdoava suas mentiras?

— Você disse que queria conhecer Julian, e agora você já sabe de tudo.

— Desculpa se estou sendo legalista, mas não acho que significa que eu perdoo você.

— E aí você vai usar isso contra mim pra sempre.

— Não, Ava — disse ela. — Eu vou usar isso contra você até que você faça alguma coisa para provar que tenho pra você um décimo da importância que você tem pra mim.

— Eu já te dei tantas provas — respondi. — Sua família é enorme, a maioria vive aqui. Toda sua família te ama. Até Mrs. Zhang. Você ganha duas, três vezes mais do que eu, e, até onde eu sei, lá você pode fazer xixi em paz. Você tem vários amigos.

— Se você preferir, podemos voltar ao fato de que você afasta todas as pessoas que tentam fazer amizade com você.

— Eu não afastei você.

— Não? — perguntou Edith. — Era sempre eu que convidava você pra sair. Pensava: mas que patético, e esperava pra ver se você ia me convidar, até que, mesmo achando que continuava sendo patético, eu desistia de esperar, e fazia o convite. E você sabe muito mais da minha vida do que eu sei da sua. A verdade é que você gosta tanto de Julian porque ele permite que você tenha essa percepção de si mesma, de que é uma pessoa desprendida. Muitas pessoas estão a fim de criar intimidade com você. Mas isso te apavora. Prefere achar que ninguém nunca vai amar você.

— A amizade que tenho com Julian não é da sua conta.

— Você me dá a sensação de que não basto pra você.

— Edith, o que você mais faz é deixar claro que eu não basto pra você.

Ela pegou a bolsa, toda arrumada com o livro guardado no compartimento de dentro, juntou os pratos e pôs as duas xícaras sobre eles.

— Vamos passar a noite lá em casa — disse ela. — Com a minha família, hoje.

— Quê?

— Tem um quarto de visitas. Mrs. Zhang gostou de você. Precisamos de uma quarta pessoa pra jogar majongue.

— É uma ameaça?

— Não — respondeu Edith. — Se você não for, vou terminar com você, mas, pra que fosse uma ameaça, você teria que ter medo de que isso acontecesse.

— Então quem está terminando com você sou eu — respondi.

Edith começou a rir, levou os pratos para o balcão e foi embora.

44
Novembro

No Starbucks da Caine Road, comecei a digitar desculpas falsas e preguiçosas. E o fiz direto no aplicativo de mensagens, a princípio porque achei que isso me obrigaria a enviá-las, afinal Edith já tinha visto que eu estava digitando. Não deu certo, mas prossegui porque — tendo como base minha clareza mental — achei que se usasse o bloco de notas ia dar azar. No primeiro rascunho, escrevi assim: desculpa. As versões posteriores foram mais elaboradas. Escrevi: meu «então quem está terminando com você sou eu» escapou de um jeito implícito. Mas Edith achava que a memória implícita dizia respeito aos modos de dizer as coisas, não ao conteúdo das mensagens, então não fazia diferença.

A decoração verde e marrom da cafeteria me fez pensar em árvores mortas. Eu nunca salvava o que escrevia, mas mantinha o template para as versões seguintes. A forma básica já estava tão entranhada na minha mente por causa da repetição que quase cheguei a acreditar que meu comportamento fazia sentido. Então olhei para o muffin de mirtilo abandonado, meu companheiro de mesa, e me lembrei do ponto a que a situação tinha chegado. Os rascunhos anteriores eram todas as versões possíveis de:

> eu não sei pq disse aquilo pra você. não quero terminar.
> mas você consegue entender pq estou com medo de

> me mudar? o apartamento do Julian é a minha casa.
> fiquei em pânico e disse uma besteira que não queria
> dizer. eu não consegui me mexer quando você saiu do
> café. fiquei lá, sentada, respirando aqueles livros mor-
> tos. respiro é formado por três sílabas quando você diz
> mas por uma só quando você faz. pode ser importante
> mas talvez não seja.

Passei semanas e semanas repetindo esse procedimento. Outubro virou novembro e nada da minha namorada de volta. Fiquei pensando se conseguiria fazer um poema a respeito.

Tendo em vista que havia começado o primeiro rascunho de desculpas no Starbucks da Caine Road, achei que daria azar mudar de café. Os baristas já me conheciam, e agora já totalizava três o número de cafeterias de Hong Kong em que eu era reconhecida. Eu não estava nem aí. Se quisessem olhar para o meu cabelo oleoso e para o meu moletom manchado de caneta e concluir que se tratava de mim, que ficassem à vontade. Parei de usar batom e só vestia as roupas que encontrava no chão de manhã, o que na prática significava que eu usava as mesmas roupas todos os dias.

> qdo a gente namorava, às vezes eu me sentia mal e ia
> conversar com ele pra me acalmar. ele não me faz feliz
> ou consegue me deixar tão triste quanto você. isso
> quer dizer que gosto menos dele, mas também é difícil
> abandoná-lo totalmente. ele é tipo a corrente do golfo.
> já ouviu falar da corrente do golfo? é o que mantém o
> clima da irlanda temperado.

Na primeira vez que Julian perguntou o que estava acontecendo comigo, respondi que estava menstruada. Ele era tão ignorante na literatura médica do corpo feminino que usei esse álibi nas primeiras duas semanas depois do término. Depois disse a ele que as coisas estavam complicadas na minha casa.

— Na Irlanda? — perguntou ele.

Respondi: — Onde mais poderia ser?

Eu não tinha ninguém com quem conversar. Tom não entenderia. Tony ou Cyril talvez, mas eu não podia entrar em contato, pois eram amigos de Edith. Tínhamos saído algumas vezes e eles tinham se esforçado para gostar de mim por causa de Edith. E com certeza ela já tinha contado tudo para eles. Que agora me odiavam. Eu era uma pessoa horrível que não sabia amar.

Pela primeira vez, depois de muito tempo, fui ao LKF tomar uns drinques com os outros professores do curso. Do terraço, as linhas da cidade se abriam como partituras. George Sand amara Chopin, que morrera na presença dela. «Que absurdo», esbravejara Edith. Ouvimos as mazurcas de Chopin no meu laptop com as luzes apagadas. A luz azul fazia as vezes de um farol de sentinela. Depois Edith comentou que havia um aplicativo para aquecer as cores durante a noite. Tentei usar, mas não gostei do tom alaranjado.

Os professores tentaram me alegrar.

— Vamos dançar — disse Madison do Texas.

Fui/dancei. Um homem perguntou meu nome. «Kitty», respondi. Ele disse que era um nome de stripper. Respondi: «Como assim?». Ele disse que era brincadeira. Perguntei onde o humor estava escondido, e ele explicou que era engraçado porque eu nem parecia uma stripper. Eu disse que estava passando mal, fui ao banheiro, sentei numa cabine e comecei a digitar: desculpa, e apaguei, digitei mais e apaguei.

***

— Quem pintou a Mona Lisa? — perguntou uma das alunas.
— Leonardo da Vinci — respondi.

Não importava a catástrofe que eu vivia, podia ficar imersa no mundo deles e orgulhosa de mim mesma por saber respostas como essa. Não tinham curiosidade só pelas pessoas célebres. Eu lançava o verbo que indicava o que se faz com uma faca (cortar) e me sentia recebida pela abertura da mente deles. É por isso que as pessoas se tornam professoras, pensei. Não era para ajudar ninguém. Era para ser a pessoa mais inteligente da sala, sempre, ou ao menos esperar que pessoas muito confiantes chamassem isso de trabalho e pagassem por ele. Mas era mais impressionante que meus alunos de oito anos soubessem que a Mona Lisa existia do que eu soubesse quem a tinha criado.

Disseram que tinham lido notícias de que Leonardo da Vinci havia pertencido a um — «culto», respondi — e havia deixado — «símbolos», completei — no quadro. Perguntei se queriam dizer que Leonardo era dos Illuminati, traçando um triângulo no ar com o dedo indicador. Responderam que talvez. A Mona Lisa tinha pequenos números e letras nos olhos. Eram invisíveis de longe, mas dava para enxergá-los com o auxílio de uma — «lupa», informei.

— Professora, você estava em Paris? — perguntou um dos meninos. O que logo compreendi que se tratava de «Você já esteve em Paris?». Respondi que sim, já tinha «estado» lá e com isso esperava que ele deduzisse que deveria ter usado o aspecto verbal perfectivo. As crianças desenharam a Torre Eiffel na lousa. «Cabô», disse Phillip Goh. Lembrei-lhe que deveria dizer «Acabei», ou melhor, «Já acabei». Dei um visto nas respostas dele mecanicamente. Se todos os alunos fossem tão bons quanto Phillip, pensei, eu poderia ser facilmente substituída por uma Inteligência Artificial. De certa forma, era bom para a segurança do meu trabalho garantir que eles continuassem cometendo determinados erros. Escrevi «Ótimo! :)» no pé da página, ciente de que um computador também seria capaz disso.

Alguém perguntou:

— Professora, você tem marido?

***

Os rascunhos para Edith progrediram de um rastejo nítido para um tom forte e confessional.

> não consigo acreditar que você me ache uma pessoa desprendida. tenho mais sentimentos que o sistema nervoso central, sério. mas você não estava falando disso, né? você disse que eu «me acho» desprendida. e olha, tem razão. na escola, as pessoas me odiavam. na faculdade, não dei essas confianças. eu achava que tudo que envolvia a minha vida era secreto. agora sei que gostava de garotas, mas achava que tinha que guardar tudo pra mim. achava que, se desse abertura, descobririam tudo que havia de errado comigo. e aí não seria uma descoberta só deles, seria uma descoberta minha também.

Mas ainda não tinha mandado nenhuma mensagem.

***

Em meados de novembro, Julian e eu fomos à catedral St. John's com Miles. Pegamos a Garden Road em direção aos sinos. O pátio estava iluminado como os pátios de todas as igrejas. Havia um «VR», Victoria Regina, cravado na torre. O interior me lembrou o de uma igreja católica em Dublin: paredes bege, madeira escura. Miles disse que num dos bancos ainda havia o brasão da família real britânica, que antes ficava reservado para quando vinham visitar, antes da emancipação de Hong Kong em relação ao Reino Unido. Tentei imaginar essa vida tão restrita, que determinava onde a pessoa deveria encostar o rabo quando estivesse visitando um lugar. Embora o fato de conseguirem alimentar semanalmente os pobres abençoados fosse um grande favor à constituição, ninguém podia ousar se sentar ao lado de um membro da família real. Os membros remanescentes eram pessoas de bem e bondosas, mas era melhor mantê-los a uma distância segura.

Depois Julian me levou para almoçar no Sorabol, na Percival Street. Ele me ensinou a pronunciar «*jaengban guksu*» e disse que o sistema coreano de escrita era um cruzamento de um alfabeto com um silabário. Eu queria que ele disparasse as informações que tinha com mais velocidade e paixão, e eu tinha consciência de que era o mesmo que desejar que ele fosse outra pessoa, e eu sabia exatamente quem era essa outra pessoa.

Na saída, ele acendeu um cigarro.

— Já saquei que você não está a fim de papo — disse ele —, não quer conversar sobre nada.

— Não mesmo — respondi. — Mas agradeço.

***

Edith não visualizava meus *stories* no Instagram desde o nosso término, um mês antes. Eu sabia que isso não queria dizer que ela não pensava em mim, porque eu também não visualizava seus *stories* e não parava de pensar nela, mas ela vivia ocupada e era querida por todos e eu não. Descobri um truque de tocar na bolinha vizinha de Edith, deslizar até a metade para a direita e ver rapidamente o que ela tinha publicado sem que o Instagram registrasse minha visualização. Uma vez, sem querer, acabei deixando o dedo escorregar. E quase deixei o telefone cair. Mas o conteúdo em si não justificava minha ansiedade: uma foto de um dos *chai lattes* que ela tomava em Sheung Wan. Acabei tirando um *print screen*; afinal, se Edith logo descobriria que eu a stalkeava, então eu queria guardar uma recordação daquele momento.

Eu queria que alguém magoasse Edith e me magoasse ao mesmo tempo, para que pudéssemos nos unir pela dor, algo como roubar nossa poupança ou publicar as fotos que havíamos trocado na internet. Então odiaríamos essa pessoa que nos tinha defraudado ou nos transformado em pornografia por vingança ou sei lá mais o quê e aí voltaríamos a gostar uma da outra sem que eu precisasse tomar uma atitude corajosa. Mas é claro que eu não queria que isso acontecesse. Só achava que qualquer coisa seria mais fácil que pedir desculpas. Fiquei apavorada quando Edith ameaçou terminar nosso namoro. Se eu pedisse desculpas agora, logo voltaria a sentir esse pavor.

> terminei com você porque você ameaçou terminar comigo. constatei seu poder e queria que você constatasse o meu. rolou. deu certo. detestei a experiência.

45

Eu tinha sobrevivido ao meu primeiro inverno em Hong Kong sem Edith. O segundo estava se mostrando bem mais desafiador. A perspectiva banqueira de Julian e a visão que tinha de «expediente» já estavam tão entranhadas em mim que agora eu passava minha vida em apenas quatros lugares: no apartamento, no TEFL, no Starbucks e no 7-Eleven — nem precisava sair da linha Island do metrô. Pelas manhãs, me embrenhava no transporte público, caminhada-elevador--metrô-caminhada, e procurava informações no meu celular. Descobri que na Colômbia também havia escadas rolantes externas, que o 7-Eleven estava presente em dezessete países e que o Starbucks estava investindo no comércio de barbatana de tubarão em Hong Kong.

Dar aulas me mantinha ocupada. Às vezes eu fazia isso até a hora do almoço e então começava um novo rascunho de mensagem para Edith.

> sempre gostei de mulher. dos homens, com o tempo. quando aprendi o que o amor significava, já amava as mulheres. mas, quando descobri o que significava gostar de mulher, senti uma acusação. acho que é por isso que tenho dificuldade de amar. minhas primeiras lembranças do amor estão ligadas às primeiras lembranças de ser odiada por todos. eu sei que você também

> passou por isso & não estou me desculpando. mas
> gostaria de conversar com você sobre isso.

Na sala dos professores, comentei que tinha dado uma bronca em Jessica Leung por ter feito bullying. Os professores disseram que «dar uma bronca» não era uma expressão comum no inglês. Steve de Vancouver disse que parecia um eufemismo. Eu disse que o hiberno-inglês podia ser tudo, menos uma tentativa de censura. «Cavalgar», por exemplo, era o jeito mais literal de descrever o sexo, para héteros chatos, sobretudo. Em irlandês, prossegui, diriam *bualadh craiceann*: bate-coxa. Em Dublin, a mudança não significava nada, mas em outros lugares podia significar muitas outras coisas. Madison do Texas ensaiou dizer alguma coisa. Mas eu a interrompi. Percebi que Edith havia me ensinado a não dar espaço para idiotas, e que idiotas tinham é muita sorte de nós duas termos terminado antes que eu conseguisse aperfeiçoar essa habilidade a ponto de nunca permitir que abrissem a boca.

Eu não costumava falar sobre a Irlanda com meus colegas de trabalho, nem sobre sexo ou outro assunto interessante. Nunca tinha tentado, na verdade. Eu sabia que meus novos esforços dependiam da aprovação imaginária de Edith, embora ela me odiasse e tivesse todas as razões para isso.

> sei que fui blasé quando falei da minha família, mas
> não imagino qual seria a reação deles. achei que se
> mudasse pra hong kong as coisas iam melhorar, mas
> agora tenho muito mais a esconder. o tom é gente boa,
> e acho que o george e meus pais votariam a favor do
> casamento homoafetivo, mas também votaram a favor
> das garotas da sexta série que inventaram que eu tinha
> transado com minha melhor amiga e ela ficou sem falar

> comigo porque ouviu a versão das outras. você sabe o quanto dói ver no perfil delas o símbolo de «ATO 2015 IGUALDADE SIM»? o pior de tudo é que ninguém se lembra disso. elas se autodenominam ~aliadas~ hoje em dia. e talvez sejam. mas foda-se.

Meus alunos de doze anos chegaram aos substantivos de quantidade: um tubo de, uma pilha de, uma fatia de. Algumas palavras só combinavam com certos substantivos, e não havia, informei com toda a alegria, nenhuma lógica nisso. Eles concordaram. Não tinham expectativa alguma. O inglês era isso, afinal.

Fizeram os exercícios. Enquanto escreviam, pensei em Edith. Uma vez ela chegou a me explicar que o cantonês conta quase tudo como palavra unitária. E me lembrou que isso às vezes acontecia no inglês: podia-se dizer um artigo de notícias, não um bolo de notícias ou uma garrafa de notícias, e dizia-se «dois pares de calças» em vez de «duas calças». Em seguida me disse para imaginar que a maioria dos substantivos estavam sujeitos a essas compressões. «Cantonês é isso», disse ela. «É assim que as coisas funcionam no cantonês.»

Ela me fazia repetir as frases que ela dizia. *Yat daahp bouji*: uma pilha de jornais. *Go bat chin*: uma soma de dinheiro. *Li peht laih*: esse pedaço de terra. Perguntei como ela tinha chegado à conclusão de que eu precisaria discutir esse ou aquele pedaço de terra num futuro próximo, e ela respondeu que eu nunca tomava atitudes práticas na vida, então não precisava me concentrar em, abre aspas, frases úteis, fecha aspas.

Outro rascunho:

> aquela coisa que você disse do Julian permitir que eu me ache uma pessoa desprendida é verdade. nós

somos assim. mas tem atrito também. você disse que é normal sentir alguma coisa porque eu e ele temos uma história, mas não acho que ainda gosto dele. gostar eu gosto, mas é diferente. não dá pra conversar com a maioria das pessoas, mas temos um ao outro. 99% de mim não quer mandar essas mensagens pq estou com medo, mas o 1% restante acha que você quer que eu corte relações com ele & eu não acho necessário. «atrito» é uma palavra sexy demais pro que eu queria dizer. no próximo rascunho vou escolher uma palavra melhor. sei lá, acho que... somos muito parecidas.

No dia da fatídica conversa com Edith, eu disse a ela que, no irlandês, fazíamos coisas esquisitas quando se tratava de enumeração — que «dois» poderia ser «*dhá*» ou «*dó*» ou «*a dó*» ou «*beirt*» — mas que eu não tinha certeza se na gramática era explicado por meio dos substantivos de quantidade ou por algum outro motivo. Também não explicavam na escola. Edith disse que ninguém explicava quantificação em cantonês, mas que ela tinha aprendido por instinto.

— Claro — respondi. — Muito bem, Miss Falante Nativa. Parabéns por você nunca ter sido roubada de sua língua mãe.

Ela disse que, se eu estava a fim de disputar as Olimpíadas da Opressão Colonial, por ela tudo bem. Respondi que não queria disputar as Olimpíadas da Opressão Colonial.

— Muito sagaz da sua parte — disse ela —, porque os brancos costumam perder.

eu precisava ter vivido aquilo com Julian antes de ser capaz de amar você. fiquei assustada na primeira vez

> que transei com ele. achei que ia ser ruim e que ele ia me odiar depois. eu me assustava com tudo que eu fazia. também fiquei assustada com você, mas já estava preparada pra isso.

Na noite anterior ao meu encontro com Mrs. Zhang, expressei minha preocupação por ter usado somente o nome inglês de Edith e perguntei se estava ignorando uma parte importante de sua personalidade. Edith riu e disse que sua família tinha mais costume de usar «Edith» do que «Mei Ling» e que ela se identificava bem mais com Edith. Ela não disse que eu estava sendo condescendente. Não era necessário. Eu adoraria ter o talento dela para me fazer entender.

— Tá certo, professora?

Olhei e vi que Anson Wu tinha circulado a resposta «um quilo de livros». Os livros poderiam ter esse peso, pensei, ainda mais se fossem de Julian, mas a folha de respostas discordava de mim.

46

Julian, Miles e eu voltamos à catedral St. John's no terceiro domingo de novembro. O sermão era sobre a iminente provação final. Antes de Jesus, seríamos responsáveis por tudo: palavras, ações, pensamentos. Olhei para o banco da família real e me lembrei das iniciais vr, Victoria Regina, cravadas na torre do sino. Em 1841, Victoria escreveu assim: «Albert está muito feliz que conquistei a ilha de Hong Kong». Foi Edith quem me contou, e disse ainda que ela também teria ficado muito feliz se a dinastia Qing tivesse lhe concedido um feudo.

Naquela noite, Julian e eu ficamos conversando na sala. Ele disse que a namorada que ele tinha em Oxford era muito parecida comigo. Que havia cantarolado a música-tema de Darth Vader quando ele disse que estava se candidatando a uma vaga de estágio na cidade. E que tinha sido bastante irritante para alguém cujo pai usava o fundo de garantia para financiar os trabalhos não remunerados que ela prestava para editoras de livros, tendo conseguido esses ditos empregos para ela com os editores que ele havia conhecido em Cambridge. Com sorte, a ex-namorada teria se tornado uma pessoa melhor, disse ele. Todo mundo era terrível aos vinte. Eu disse assim:

— Relaxa, aos 29 também é permitido. — E então prossegui: — Mas peraí, essa Charlie era a tal anarquista?

— Não, Charlie era legal. Essa foi a Maddy.

— Você sempre puxando pra esquerda...

— Kat é conservadora.

— Kate Bush também — comentei. — Ninguém devia dar o nome de Katherine pra uma filha.

Teria sido mais engraçado se tivesse dito: não vamos dar o nome de Katherine para nossa filha, mas senti que Julian ficaria assustado, é o que em geral acontece com os homens héteros, achando que eu queria secretamente ter filho com eles.

Também evitei fazer piadinhas fáceis sobre o fato de que Julian gostava de mulheres cuja animosidade ele julgava ser ideológica. Ou questionar o motivo de haver seguido a narrativa dos blairistas de vinte e tantos anos que costumavam se graduar no centrismo, mas que na maturidade ele passaria a amar uma conservadora, se separaria dela e regressaria ao que eu tinha quase certeza que ele via como transar com uma universitária cheia de opiniões. Ou questionar por que ele se odiava por isso, por razões que eu não conseguia entender a ponto de me torturar com pormenores. Ou questionar a nítida presença dessas razões, mesmo que isso tornasse difícil encará-lo quando ele tinha seus pensamentos secretos em relação ao fato de que eu pelo menos sabia evitar fazer uma dublê de Rosa Luxemburgo nas festas enquanto os amigos dele olhavam para o meu vestido e debatiam meu comportamento no que julgavam ser um tom alto suficiente para que Julian pudesse ouvir e baixo o suficiente para que eu não ouvisse, apesar de estarem ao meu lado, como eles adoravam estar.

Não havia mais nenhuma garrafa do Clos de Vougeot, então fomos de Clos de la Roche. Eu disse que Ollie de Melbourne, do trabalho, tinha me dito que os australianos bebiam vinho de saco. Que chamavam de «teta». O censo nacional tentava compreender se a «teta» era mais responsável pela taxa de natalidade ou de mortalidade.

— Aliás, terminei com Edith.
— Putz. Você tá bem?
— Não.
— Quer conversar?
— Não.
— Quer mais Pinot Noir?
— Não.
— Quer teta?
— Você não tem.
— Tenho Pinot Noir.

Enquanto me servia, ele disse que o vinho tinha notas minerais, taninos redondos e um final longo. Eu disse que tinha cheiro de vinho. Ele disse que «*clos*» significa «vinhedo» em francês. Nosso pomposo Clos de Vougeot («Seu Clos de Vougeot», corrigi; «eu não me gabo de vinhedos») havia sido criado por monges cistercienses. Clos de Vougeot e Clos de la Roche eram duas entre tantas denominações francesas para vinhos *d'origine contrôlée*, o que tornava ilegal o uso do nome da região de procedência sem que antes passasse por um controle de qualidade.

— Quando Kat terminou comigo — disse Julian, como se fosse muito natural —, por telefone, importante acrescentar porque ela não estava presente, eu queria arremessar uma garrafa. Mas não fiz isso porque o vinho era meu.

— Então arremessar o vinho dos outros é uma reação sensata à mágoa.
— É.
— Você gosta tanto assim de um Merlot?
— Mais do que de você.
— Que novidade — comentei.

Ele concordou comigo.

— Mas... — disse a ele —, podemos transar?

— Agora?

— Agora.

— Tem certeza de que não prefere arremessar o Merlot?

De um jeito ou de outro, eu queria transar com ele, e digamos que foi bom. É provável que tenha a ver com a catarse de admitir que ele nunca seria meu namorado. Não fui irônica e aceitei seus elogios sem ressalvar que eu sabia que não era porque ele gostava do meu corpo que isso me dava direito iguais. Foi como beber alguma coisa que eu estava esperando esfriar e descobrir que ainda estava quente demais, mas acabar engolindo de todo modo porque eu já estava sentindo frio há muito tempo.

Se eu estava confiante agora e não havia me sentido assim da última vez que transei com ele, havia teorias a ser formuladas sobre quem de fato tinha operado essa mudança.

E ainda precisávamos fingir que não tinha significado nada, por motivos diversos e particulares.

— Oito em cada dez escolhas ruins... — disse eu.

— Nove, vai.

— Oito e meio. Sete só por minha causa.

— Rob acha que você é um nove. Isso demonstra que os advogados não sabem fazer contas.

Sorrateiramente e desde a festa a que fomos em fevereiro, Julian vinha trocando o nome de Seb por Rob. Mas eu já sabia o que fazer caso houvesse outra troca de nome.

Ficamos algum tempo em silêncio, até que ele disse que antes ficava muito nervoso quando estava comigo. Um ano antes, eu daria tudo para ouvir essa frase. Agora não tinha significado nada. Eu disse o que ele queria que eu dissesse: que nunca tinha reparado. Ele havia passado anos e anos numa instituição pública de ensino aprendendo a dissimular confiança, palavras dele; e até demais, para o gosto de algumas pessoas, sobretudo para as cáusticas irlandesas que andavam gostando de frequentar sua cama — mas ficava nervoso.

Tive vontade de perguntar o que o deixava nervoso, mas sabia que o faria na esperança de que ele me chamasse de cáustica outra vez. Ele poderia dizer com igual legitimidade: você me deixa nervoso porque quase sempre parece me odiar profundamente. Ele podia acrescentar: se me odeia tanto, pode ir embora. Tudo bem que não sou o tipo de pessoa com quem alguém que saiba preservar sua intimidade gostaria de estar, mas, se fosse, você não estaria aqui. Na verdade você não quer experimentar cocaína, e dizer que você quer sim não pega bem para uma comunista. Seu interesse pelo colonialismo às vezes é moralmente sério e às vezes é só uma muleta que você usa quando está cansada de me odiar por ser rico e homem, mas não pode me odiar por ser branco, porque você também é branca. Quando você conhece pessoas que não pode odiar por esses motivos, como a faxineira, você finge que elas não existem. No entanto, você tem muito talento para conseguir o que quer. E normalmente consegue sem precisar falar nada, nem mesmo reconhecer para você mesma o que de fato queria, e isso permite que continue se vendo como uma pessoa que só flutua. No fundo, você tá mais para uma deusa da água salgada.

(Com certeza ele teria dito o nome de uma deusa da mitologia grega ou romana, mas eu não tinha culpa de não ter estudado em Oxford.)

Ele poderia continuar: tudo que acabei de dizer é verdade — nem sempre, mas com frequência suficiente para fazer parte de seu caráter. Porém, por trás de tudo isso, o principal motivo pelo qual você me odeia é que você não suporta estar vulnerável. Tanto porque outras pessoas foram cruéis com você no passado quanto porque você não gosta de si mesma e tem plena convicção de que todas as pessoas que se aproximarem concordarão com você. É por isso que as pessoas têm medo de abrir a intimidade delas com você. Sabem que serão rejeitadas. Você terminou um relacionamento com o amor da sua vida porque percebeu o poder que ela tinha de machucar você.

Nem todas essas coisas seriam exatamente o que Julian diria se eu perguntasse por que o deixava nervoso, mas achei a punhalada bem justa.

— Quem é a deusa da água salgada? — perguntei.
— Quê?
— Na mitologia grega.
— Salácia. Mas na mitologia romana, não grega. Esposa de Netuno.
— Sacanagem que você não vai me dar um pouco de pó.
— Compra o seu — disse ele. — Caramba!

***

Edna Slattery acabara de pintar a porta da frente de castanho-avermelhado. Ela tinha pagado as tintas, a casa, o pintor, então mamãe admitiu que, legalmente, tudo estava sob controle. Mas a cor era deprimente. Em termos de decoração, não dava para confiar nos Slattery. Jim tinha daltonismo parcial, e todo mundo menos Edna se lembrava desse detalhe. Então lhe pedia opinião e ele dizia que estava ótimo porque não queria ter que lembrar mais uma vez a patroa de suas inúmeras deficiências visuais. Edna já tinha que lidar com muitas coisas. Ela mesma gostava de contar. Enquanto outras pessoas tinham passatempos ou interesses, Edna tinha problemas. E foi assim, disse mamãe, que nasceu a porta castanho-avermelhada.

— Como está o papai? — perguntei.

— Seu pai não gostou da porta. Todo dia passa por ela quando vai pro trabalho.

— Coitadinho.

— E semana que vem tia Kathleen vem visitar — disse mamãe. — Tudo bem se ela dormir no seu quarto?

— Que virou o quarto do Tom, né.

— Já falei com ele.

— Diz pra tia Kathleen que perguntei por ela.

— Ela tentou mandar um cartão de aniversário pra você, mas voltou. Ligou pra mim dizendo que eu tinha dado o endereço errado, mas, quando leu o que tinha anotado, dizia assim: Mid-Levels, Ilha de Hong Kong, Coreia.

— De onde ela tirou Coreia?

— Ela fez a mesma coisa com o tio Ger — disse mamãe.

Conversamos sobre a data do referendo do aborto. Esperava que anunciassem a tempo, para eu conseguir um voo barato. Disse à mamãe que meu amigo britânico — ela não o conhecia — não conseguiu acreditar quando eu disse que ia pegar um avião para votar. «Mas um país não pode funcionar assim», disse ele na ocasião, então passou quase uma hora pesquisando o tema e voltou dizendo que eu tinha mesmo que pegar um avião para votar.

— Ah, esses ingleses — disse mamãe.

Ela já tinha me contado do ano que passou trabalhando num restaurante em Londres. Tinha dezenove anos. Os jornais noticiavam os conflitos na Irlanda do Norte, e os britânicos perguntavam se ela estava «do lado deles» ou «do outro lado», ou se estava com «Éire». (Eu sentia que os britânicos amavam duas coisas mais que a própria vida: mostrar que sabiam palavras estrangeiras e evitar pronunciar a palavra «República».) Camden era onde Londres mantinha os irlandeses naquela época, segundo mamãe. Eu disse que hoje em dia Londres nos mantinha por toda parte. Constatei baseada nas estatísticas.

— Mãe — mudei de assunto —, você já teve medo de pedir desculpa?

Ela respondeu que sim. Que, se eu não estava com medo, não estava arrependida.

— Então como devo fazer? — perguntei.

Mamãe respondeu:

— Você não precisa falar tudo de uma vez. Só das partes em que estiver segura.

Não perguntei o que eu deveria falar caso não estivesse segura de nada.

***

Achava mais fácil me imaginar com Edith agora que não tínhamos mais nada. Poderíamos escolher qualquer lugar para morar. Também não importaria a aparência de nosso apartamento, ela daria um jeito de torná-lo agradável. Ela ficaria animada com tudo, diria que me amava e que às vezes ficava com medo. Eu começava a pensar nessas coisas e logo me dava conta de que não diziam respeito a um futuro imaginado. Eram coisas que havíamos partilhado num passado recente. Terminei com uma pessoa que me falava de seus sentimentos e voltei para outra que não dizia nada nem sentia nada.

47

Alguma coisa estava errada, disse Julian, com a divisão do trabalho no Starbucks da Caine Road. Normalmente, do quarteto de plantão, dois anotavam os pedidos, um terceiro preparava as bebidas e um quarto se dividia entre o balcão e o estoque. Mas haviam escolhido a manhã de domingo para recrutar um barista em treinamento, causando uma dupla escassez de mão de obra. Ali só havia três funcionários competentes, e um deles se dividia entre as próprias tarefas e a mentoria do novato.

Era a última semana de novembro. Parecia que Julian estava de volta havia mais de três meses e fiquei pensando se o tempo em Hong Kong fazia sentido.

A fila andava devagar. Eu disse que achava hilária a placa que estava em cima do balcão, «Candidate-se aqui», mas que também temia que aquela diversão que senti refletisse a crença de que empregos que pagavam um salário mínimo não ofereciam garantias.

— Você não se distrai nunca? — perguntou Julian.

— Você que tá analisando a escassez de mão de obra.

— Isso diz muito sobre nós, o que achamos que vale a pena debater. É que nem os irlandeses, que têm tantas palavras diferentes para «alga marinha».

Não entendi a comparação, mas fiquei feliz que ele tivesse se lembrado das algas marinhas. Em geral não prestava muita atenção quando eu contava sobre a Irlanda.

Assim que nos sentamos à mesa, Julian me disse que ia ser transferido para Frankfurt.

Deixei minha carteira cair. As moedas saltitaram no chão.

— Pode deixar — afirmei, mas ele já tinha catado tudo. Peguei as moedas e fiquei segurando para esquentar minha mão, mas logo o metal ficou morno.

Eu tinha que falar alguma coisa. Sabia que deveria ser uma pergunta pertinente.

— E quando você se muda?

— Meados de dezembro — disse Julian. — Daqui a três semanas.

Comecei a empilhar aqueles níqueis de dólares de Hong Kong em montinhos de cinquenta. Acredito que não dava 5 euros mais. As moedas flutuavam. A política europeia fazia seu papel, claro.

— Mas assim tão rápido — disse eu.

— Fiquei sabendo faz dois meses.

Ele mexia o café em círculos meticulosos, como se criasse um redemoinho para uma demanda da circunferência.

— E por que você não me contou?

— Achei que... não contei nem pro Miles... fiquei sabendo em setembro. Achei que não ia aceitar... e que não tinha que contar para ninguém antes de me decidir.

Eu já tinha bebido mais que Julian, então puxar assunto era uma tarefa que cabia a mim.

— Eles vão te dar um aumento? — perguntei.

— Vão.

Uma informação reconfortante. Pelo menos ele não ia me abandonar para ganhar a mesma quantia de dinheiro num país frio e menos interessante. Contei minhas pilhas de moedas: 300 dólares de Hong Kong. Um aluguel de quatro horas, talvez.

— Eu queria ter te contado num lugar melhor — disse ele.

Eu queria dizer para ele não se preocupar porque as notícias não tinham importância para mim, eu só não sabia lidar com elas com naturalidade.

— Vai sentir minha falta? — perguntei.

Esperava que minha voz expressasse que eu sabia que não fazia sentido ficar triste só porque a pessoa com quem eu tinha voltado a transar ia se mudar de país.

— Preciso fumar um cigarro — disse Julian. — Podemos conversar melhor depois?

— Tá certo — respondi.

— Você é bastante importante pra mim.

— Bastante quanto?

— Já falamos sobre isso.

— Ah é, o lance do «bastante».

— Isso. Mas, se preferir, você é «muito» importante pra mim. — Eu não precisava ter usado aspas. — Vai lá me visitar.

Isso foi o mais próximo que ele chegou de dizer que não queria que eu fosse com ele.

— Você nem vai ter tempo de me ver — respondi. — Ainda mais se for um cargo importante.

Ele sorriu como se eu tivesse acabado de pagar uma dívida modesta, e se me agradecesse deixaria nós dois constrangidos.

— Mas olha — disse ele. — Eu queria te perguntar uma coisa... você poderia dar uma olhada no Miles enquanto eu estiver fora? Eu sei que ele está melhor, mas precisa de companhia.

— Claro — respondi.

Se meus dólares de Hong Kong não chegavam a valer 30 euros, agora deviam estar valendo menos ainda. O dólar de Hong Kong era subordinado ao dólar dos Estados Unidos, mas só fazia diferença para quem acompanhava o dólar dos Estados Unidos, e só assim a liquidez de cada moeda tinha impacto no valor de mercado cambial. Comerciantes tinham nomes para os pares de moeda: euro, *cable*, *gopher*. Algumas moedas estavam imundas e outras novas, mas eram intercambiáveis porque o dinheiro era fungível. Eu conhecia essa palavra, fungível, por alto, mas Julian tinha me explicado como era aplicada pelos economistas. Ele me ensinou muitas coisas.

— Miles sabe que você está se mudando? — perguntei.

— Sabe, contei faz poucas semanas.

— Certo — disse eu, do mesmo jeito que ele dizia.

— Aliás — disse Julian —, precisamos decidir onde você vai morar.

— Vou dar um jeito — respondi.

— Vai conseguir? Você disse que não ganhava muito bem.

— Em comparação aos locais, ganho sim. E todo mundo tem onde morar.

— Moram com a família, ou em latas de sardinha.

— Olha, isso não é da sua conta — respondi. Não planejava dizer isso, mas minha boca se contorcia como se outra pessoa a comandasse. — Obrigada pelo quarto de hóspedes. Não tenho mais nada a dizer. Vida que segue. Obrigada.

Chegamos a um acordo, por meio de expressões faciais, de que deveríamos fingir que não estávamos prestes a chorar. Achei generoso de nossa parte.

— Você me trouxe aqui só pra eu não passar vergonha na frente dos outros.

— É claro que trazer você no Starbucks foi o melhor jeito de evitar que você reagisse dessa forma.

— Eu não disse que deu certo. Eu disse que foi isso que você tentou fazer.

— Você não está cooperando, Ava.

— Por que eu teria que cooperar?

— Não tem. Mas vai ser bom pra todo mundo se você conseguir se comportar nessa situação.

— Nessa situação? Acho que nesse caso eu não consigo ser útil em nada.

Achei muito injusto que Julian já soubesse o que ia me dizer antes mesmo que eu soubesse como a conversa se desenrolaria. É lógico que eu sabia que essa não era uma reclamação plausível. Devem-se organizar as coisas na cabeça antes de dizê-las em voz alta, e era questão de deixar uma pessoa saber antes que a outra soubesse. No fundo, eu estava me queixando porque ele estava no controle da situação, não eu. Mas eu não podia pedir que ele ficasse comigo, e de todo modo eu nem gostava dele tanto assim. Tampouco precisava dele para saber quanto os dólares de Hong Kong valiam em euros. Já existia um aplicativo para isso.

— Parei de falar com você — disse eu.

— Percebi — respondeu ele.

— Não percebeu, mas eu parei.

— Claro, é disso que se trata.

***

Algumas pessoas usavam a indiferença ao dinheiro como uma característica. Eu tinha visto na internet que a ex de

Julian morava em Shoreditch e disse, sem elaborar, que ela se dedicava a «criar». Se o trabalho de alguém fosse um verbo intransitivo, significava que o fundo fiduciário poderia ampará-lo. Sorte de Charlie. Que bom para Charlie ser um espírito livre. Pra mim, qualquer aluguel pago já estava bom. Às vezes surgiam várias maneiras de pagar o aluguel, e eu ainda podia escolher. Noutras, era impossível.

    Fui para a varanda de Julian — enquanto ainda podia. As nuvens estavam pesadas e as ruas, cheias de carros. O primeiro Airbnb onde morei ficava nos cafundós, do outro lado do porto. Teria que voltar para lá, ou para um lugar parecido. Eu me achava diferente das baratas, mas agora concluía que tínhamos muito em comum — insetos, alpinistas, frias por dentro. Capazes de prosperar em ambientes hostis. Em alguns lugares levávamos vantagem, e em geral não conseguiam nos matar. Eu odiava as baratas não porque transmitiam doenças, mas porque não transmitiam. Não havia sequer um patógeno que carregassem que eu já não carregasse sozinha. Vivendo em cima de uma montanha, longe delas, eu já tinha me esquecido disso. Pensei que eu tivesse sangue quente.

***

Naquela noite, deitada na cama de Julian, eu disse a ele que finalmente estávamos voltando a dialogar. Ele respondeu que não compreendia a importância prática desse pronunciamento, dado que eu havia continuado a fazer perguntas e a compreender as respostas dele, supostamente sem me dirigir a ele, mas ele gostou do comentário.

    — Mas acho que nunca tive uma obsessão romântica por você — disse eu —, nem sexual.

    — Eu nunca fui obcecado por você, ponto-final.

— Pensei que a gente já tinha passado dessa fase.

— É sério. Eu só tenho espaço para uma obsessão: meu trabalho.

— Ah, claro, você é uma pessoa muito ocupada e importante.

— Também achei que já tínhamos passado dessa fase — disse ele.

Fiquei pensando se ele queria mesmo que eu o visitasse e se eu poderia brotar em Frankfurt com minha mala e meu casaco de inverno. Ele sempre dizia que não conhecia muitas pessoas como eu. Mas eu não sabia se isso significava que havia espaço para elas. Ele já tinha ido longe demais sem mim, então não fazia sentido achar que me receberia de braços abertos na sua vida de novo.

— Obrigada por tudo — disse eu.

— Obrigado. Fazia tempo que não me sentia tão alegre.

— Meu Deus, então você vem sendo um filho da puta.

Ele deu risada. Eu sempre conseguia fazê-lo rir com uma piada cínica, exagerando o sotaque de Dublin.

Em seguida lhe disse outras coisas. Que ninguém me fazia rir tanto quanto ele — uma quase verdade que bastava para ser verdade — e que ia sentir a falta dele.

— E você ainda diz que comprar coisas pra mim não é grande coisa — disse eu —, mas você pensa tanto em dinheiro que eu não acho que seja uma coisa sem importância pra você. Então acho bacana que gaste seu dinheiro comigo. Você nunca teve tempo pra mim, e eu já fiquei muito ressentida com isso, mas acho que também nunca me abri com você. E ainda me apresentou ao Miles. Me levou pra visitá-lo no hospital. Me contou mais histórias da Kat do que contei sobre meus ex. E foi o primeiro amigo que fiz aqui.

— Obrigado — disse ele — por tantos elogios.

Disse então que havia se lembrado de algo que gostava em mim.

— Você é pedante — disse ele —, é cuidadosa com a língua, se esforça para achar significado em tudo e não fica satisfeita com o jeito como as pessoas formam frases. O que é uma característica bastante interessante, tendo em vista que não consegue distinguir oralmente uma fricativa sonora [*three*] e uma fricativa surda [*tree*]. Mas, quando o assunto é dinheiro, você não tem noção. Não tem escrúpulos pra isso, pra pedir, negociar, juntar. Mas não é sempre que encontro uma pessoa que sabe lidar com dinheiro sem vacilar. Todo mundo fica envergonhado. Acham um risco até mesmo falar sobre isso. Você é assim com outros assuntos, mas não com dinheiro. Quando o assunto é dinheiro, você vira um bichinho.

E disse ainda:

— Antes eu estava com medo de convidar, mas... vem para Frankfurt comigo.

Eu me ouvi dizer sim.

48
Dezembro

No dia seguinte, no meu intervalo de almoço, comecei a esboçar uma nova mensagem para Edith. De acordo com a lógica de nossa correspondência imaginária, ela merecia uma satisfação imaginária.

> não tem nada pra mim nessa cidade. você, tony e cyril eram as únicas pessoas que eu tinha. também o miles e os outros professores, de certa forma. hong kong não me fez feliz, então acho que vou tentar recomeçar em frankfurt com um banqueiro que seria capaz de vender a própria mãe só para diversificar seu portfólio. não é justo dizer isso sobre julian. mas não há justiça nessa história. e digo isso numa boa, porque, se não é justo, sei que a culpa é minha.

Interrompi a digitação. Ela não tinha mais nada a ver com isso.

Uma vez Edith havia me perguntado como eu fazia para tomar decisões. Respondi: é difícil e pra você como é. Ela disse que fazia listas de prós e contras.

— Eu peso cada aspecto — disse ela —, porque alguns prós serão mais prós do que outros prós e alguns contras serão mais contras. E ainda insiro uma coluna para implicações.

— Implicações?
— Efeitos em cascata que podem comprometer a situação. Só os prós e contras nunca bastam porque ninguém sabe o que vai acontecer... mas vale a pena tentar prever. Eu sou a favor da tabela PCI.
— PCI?
— Prós, contras e implicações.

Ela desenhou uma tabela PCI num guardanapo. Ela sempre desenhava coisas em guardanapos para mim.

Perguntei por que ela tinha escolhido o Direito. Ela disse que ou era Direito ou Medicina, mas que no Direito podia se formar mais cedo.

— E por que Cambridge? — perguntei. Ela disse que sua professora favorita tinha ido dar aulas lá.

Disse que a decisão mais difícil que já tinha tomado na vida foi sair do armário na universidade. As pessoas de Hong Kong que estudavam fora tinham a língua solta. Que, se quisessem acabar com a vida dela, bastava contarem aos Zhang. Mas, do ponto de vista de Edith, ela nunca seria feliz se não conseguisse se aceitar. Ela não precisava de uma tabela PCI para chegar a essa conclusão, mas recomendava o procedimento.

Dali a três semanas, estaríamos separadas por um continente.

***

Na penúltima lição antes do Natal, meus alunos de doze anos aprenderam que os falantes do inglês britânico distinguiam «trazer» e «levar». «Trazer» para as coisas que eram transportadas de «lá» para «cá», por exemplo: «Vou trazer o biscoito da cozinha». Já «levar» era para as coisas que sairiam de «cá» para «lá», por exemplo: «Pode levar o biscoito de volta pra cozinha?». O livro dizia que a capacidade de um falante de notar a distinção desses dois verbos era uma maneira de certificar se eles eram nativos ou não.

Eu nunca tinha ouvido falar da regra trazer/levar. Em Dublin, o mais comum é «trazer». As frases de exemplo «claramente artificiais» e «incorretas» do livro didático me pareceram adequadas: «Vou te trazer ao aeroporto amanhã», «Vou trazer minha câmera quando for passar o feriado na Espanha». O livro só tinha exemplos de destinos europeus de viagem.

Fiquei treinando em pensamento para me certificar de que usaria o verbo correto quando Julian pegasse o avião na semana seguinte: «Não esquece de levar sua mala». «O táxi vai levar você na hora combinada?»

Discutimos sobre voar de executiva ou econômica. Ele disse que ia comprar minha passagem para ter com quem conversar na executiva. Eu disse que as pessoas achariam que eu tinha pagado minha passagem e eu nunca ia conseguir superar o constrangimento social. Pensa só, disse eu, ser vista como o tipo de pessoa que paga tanto dinheiro por um assento, literalmente. Julian disse que ninguém pensaria que eu tinha comprado uma passagem executiva. Eu perguntei por que diabos ele fez essa afirmação, e ele disse que se referia a uma espécie de conforto, e aí a discussão deixou de ser sobre passagem aérea. No fim das contas não fez diferença, porque eu precisava ficar no trabalho por mais uma semana para esperar a renovação do visto de professora.

— Mas não é um problema seu — disse Julian. Respondi que não era mesmo, e que não me importava.

— Ainda não entendi — disse Tammy Kwan depois que expliquei a regra do «trazer/levar» pela quarta vez. Eu simpatizava com Tammy Kwan.

***

Não havia espaço para uma boa tabela PCI no guardanapo de Edith. Fui à Muji do Hopewell Centre comprar papel. Do lado da vitrine da papelaria havia um difusor de ambientes branco e pequeno que pulverizava óleo de cedro. Paguei 30 dólares de Hong Kong por um caderno grande reciclado que tinha a lombada vermelha. Sem pauta. A mulher do caixa disse que eram seus preferidos porque podia preenchê-los como quisesse.

Já no meu quarto, abri na primeira folha e escrevi «desculpa». Meus alunos pré-adolescentes tinham me apresentado às canetas apagáveis. Eles gostavam delas porque ninguém conseguia perceber se tivessem cometido um erro. Apaguei o «desculpa» e escrevi «tabela PCI», sublinhei com a régua, também da Muji, destaquei com um marcador de texto, também da Muji, então comecei.

***

Julian e eu tínhamos planejado ir à praia num domingo de meados de dezembro, mas o noticiário da manhã dizia que a costa tinha sido afetada por um derramamento de óleo proveniente das águas continentais. Montinhos brancos e borbulhantes espalhados pela areia como pedaços de isopor. As autoridades questionavam a demora da China em notificar Hong Kong de que o incidente havia sido causado pela colisão de navios.

Ficamos em casa e transamos. Eu gostei do estalo autoritário do cinto quando Julian o desafivelou. Depois me enrosquei feito um piolho e perguntei por que ele queria que eu fosse com ele para Frankfurt.

— Sei lá — respondeu. — Acho que eu gosto da sua companhia.

— Mas nem eu gosto da minha companhia.
— É — disse ele —, parece que não.
— Então voltamos a ser amigos ou o quê?
— Sempre fomos amigos — disse ele. — Meu Deus!
— Não use o nome Dele em vão.
— Você nem acredita nessas coisas.
— Eu sinto culpa católica quando a gente transa, mas não sei se transar com você é a origem da culpa ou da penitência.
— Melhor do que rezar a Ave-Maria. Pode me dar a oração por escrito?

Não importava o quão ácida eu fosse com Julian, no fim das contas era só uma reafirmação da visão que ele tinha de si mesmo, como alguém que aguentava tudo, e de mim como a pessoa que fazia de tudo para agradá-lo. Ele gostava da minha perspicácia sobretudo porque era uma característica admirável para qualquer pessoa.

— Na verdade, você blasfema demais — disse a ele.
— Na cama, quero dizer. Querido.
— Foda-se.

Ele disse «foda-se» no estilo sorridente irlandês. Quando conheci Julian, passei a diminuir o uso dessa expressão, também de «vai se foder» e «sua piranha», porque os ingleses, por algum motivo, não achavam essas expressões afetuosas. Me perguntei que outras frases ele havia captado. Me sentia como um pássaro que ele criava só para roubar as penas. Me lembrei das vezes que eu me deitava de bruços e ele esfregava minhas costas, então eu pensava, com muita sensatez: ladrão. Ele gostava do inglês da Irlanda porque sabia que as palavras mais interessantes eram aquelas que ele nunca diria. Detestava Julian com violência, embora tivesse total ciência de que a versão em que eu provocava seu poeta interior era mais lisonjeira do que aquela, mais provável, em que ele costumava me ter na mão e eu não lhe causava grandes transtornos.

E isso descrevia em detalhes o que eu sentia em relação a ele.

Passei a me convencer de que meu comportamento era diferente, então percebi que adorava a ideia de que estávamos nos conhecendo com calma e de que nós dois, depois de mortos, iríamos para o inferno. Se ele morresse primeiro, eu ganharia um bom adiantamento para escrever minhas memórias. Uma época inebriante com banqueiros batedores de carteira, eu escreveria; por fim me casei com um deles e fomos morar em Richmond. Ele tinha que fazer um longo deslocamento para o trabalho todos os dias e dizia às pessoas que era porque, sendo irlandesa, eu adorava morar perto do verde. Mas que dificilmente haveria uma alma celta em Canary Wharf — ou alma de qualquer procedência, acrescentava ele, com ironia é claro. Ele se casou comigo, arranjou uma amante e me comprou um fogão AGA. Negou que o fogão fosse para compensar suas indiscrições, porque significaria que um de nós tinha sentimentos. Eu sempre jantava com a mãe dele.

Como Julian nunca tinha sido meu namorado, nunca nos casaríamos. O fato de conseguir imaginar um mundo em que nos casaríamos, mas não um em que fôssemos felizes, me parecia interessante.

Eu não saberia dizer se Julian achava que eu era boa o bastante para ele, se eu estava atribuindo essa opinião a ele para poder odiá-lo, ou outra coisa totalmente diferente. Talvez essa outra coisa fosse que ele gostava de ter dinheiro e eu gostava de ser boa para os homens. Mas nenhum dos dois tinha apreço por si mesmo. Julian sabia que era peixe pequeno em relação aos clientes que tinha, e eu sabia que era péssima com os homens pelo fato de fazê-los feliz e me fazer infeliz. Mas dávamos apoio um ao outro. Nossos egos prosperavam juntos porque ele era o homem mais rico com quem eu já tinha sido boazinha.

E esse nem era o pior pensamento. Descrito em palavras, nada se caracterizava como o pior pensamento. Havia algo dentro de mim. E, toda vez que colidia com minha consciência, eu reencaminhava esse algo para outro lugar.

Mas eu ia para Frankfurt. A gente se entendia, Julian era mais legal comigo do que tinha sido um ano antes, uma tendência positiva que eu desejava que permanecesse. Eu não tinha nenhum indício de que ele queria mudar de comportamento e só pensei que pudesse mudar porque era o que eu faria se fosse ele, o que, para algumas pessoas, era algo que depunha contra o fato de estarmos juntos — mas nem liguei.

— Vamos continuar transando em Frankfurt? — perguntei.

— Não sei — respondeu, como quem diz, com ceticismo: talvez sejamos nada mais que dois cérebros numa cuba.

— Como você pode ser teísta em relação a Deus e agnóstico em relação à nossa vida sexual?

— Muito fácil, Ava. Aposto que muitas pessoas acreditam em Deus e não têm uma opinião formada sobre nossa vida sexual.

— Algumas dessas pessoas têm certeza de que Edith e eu não deveríamos ter uma vida sexual.

O comentário saiu antes que eu conseguisse formular o pensamento. Fingimos que não ouvimos.

Dali a duas semanas eu estaria a milhares de quilômetros dela.

***

Demorei duas horas para fazer minha tabela PCI. A título de ponderação, para as coisas muito importantes eu dei «3»; para as não tão importantes, «2»; para as bobagens, «1».

Quando somei as colunas, deu empate.

49

Sob a luz de um abajur, arrumei as camisas de Julian. Pareciam tão familiares que senti um orgulho artístico ao notar diferentes cortes e texturas. A da cos tinha uma etiqueta branca e retangular do lado de dentro. Ele disse que eu gostava mais daquela camisa do que ele.

— Gosto só da etiqueta — respondi. — Marca boa. E o algodão tem um cheiro bom. Essa que você está usando é de onde?

Ele não lembrava. Coloquei a mão em seu pescoço e disse vamos tirar para ver.

— Você tá esquisita — disse ele.

— Achei que você gostava disso em mim.

Ele disse que eu estava cansada e que ele ia terminar de arrumar sua mala. Me levantei para ir ao meu quarto e ele disse assim:

— Quero te agradecer por uma coisa.

— Pelo quê?

— Tinha uma foto minha e da Kat em cima da lareira. Eu tirei do porta-retratos antes da primeira vez que você veio aqui.

— A foto de Dublin é melhor — comentei.

— Concordo.

— Eu nem vi a outra foto, mas sei que tenho razão.

— Tem.

— Podemos levá-la pra Frankfurt.
— Isso. Vamos.
— Eu imprimi da internet.
— Ava...
— De nada — respondi. — E obrigada. Obrigada por tudo.

Ele abriu a janela, acendeu um cigarro, inclinou o corpo por cima da janela e disse:
— Tem certeza de que quer ir comigo?
— Tenho — respondi.
— Não sei se você chegou a pensar bem sobre o assunto.
— Sou adulta — respondi.

Fui para o quarto e arrumei minhas gavetas. Comecei pelos lenços: alguns de lojas baratas, o de seda de mamãe, o que Edith me deu de aniversário. Leves demais para Frankfurt. Julian compraria um para mim, embora tenha deixado de ser divertido desde que percebi que ele fazia isso para preencher os vazios que ele nunca tinha me confessado. Digitei «quanto tempo demora» na ferramenta de busca do meu celular. O preenchimento automático respondeu «para superar alguém». Os algoritmos aprendem rápido.

O cômodo estava frio. Puxei a gola polo e minha cabeça ficou presa. Dei risada e me perguntei se estava verificando se ainda sabia fazer isso.

Ignorando o mal de rascunhar meu último texto de autoficção, abri minha caixa de mensagem com Edith e escrevi assim:

> queria sentir que estava pronta antes, mas agora estou.
> você mudou minha vida. sempre vou me lembrar disso.
> entendo se você nunca mais quiser falar comigo. vou

> ficar mal se não pudermos reatar. mas você perde muitas coisas em busca de segurança. julian nunca conseguiu me magoar tanto quanto você ao ameaçar terminar comigo — não que ele não fosse capaz de fazer isso, mas porque não consegue. porque não há nada em jogo. mas com você tudo está em jogo, e eu virei a mesa porque sou covarde. é difícil explicar como me sinto mas

Pensei: sou adulta.

Apertei a seta para sair de nossa caixa de mensagens e rolei em busca de outra pessoa para conversar. Última mensagem de Joan: por favor, saia mais tarde amanhã para ajudar a organizar as caixas. Última mensagem na caixa de Tom: posso te ligar amanhã? — enviada por mim, sem resposta dele. Última mensagem na caixa de Julian: vai chegar cedo hoje? — também enviada por mim, também sem resposta.

Três pontinhos piscando sob o nome de Edith. Ela estava digitando.

Eu estava sentada na cama com as pernas penduradas. Cruzei as pernas para que meus joelhos ficassem imóveis e coloquei o celular no colo, e detidamente o verificava como quem verifica uma bomba-relógio. Olhei para a frente, para as fotos emolduradas de Londres, em seguida olhei para as minhas coxas e girei o queixo a contragosto — primeiro para os prédios, depois para os três pontinhos.

Talvez ela tivesse visto os pontinhos sob o meu nome primeiro.

Edith podia ter percebido que agora mesmo eu estava digitando, ou um pouco antes. Em meio a toda aquela lenga-lenga, minha escritura e reescritura, ela talvez tenha percebido minha excitação.

Pontinho, pontinho, pontinho.

Eu sabia que Edith estava digitando e observando as palavras se formarem na sua caixa, mas as minhas não estavam lá, o que fazia delas mero subjuntivo: vontade ou sentimento, não configurava um fato. Reticências significam ausência, nada na redoma, nenhuma prova — nenhuma amostra de nada. Os pontinhos ondulavam como vibrações nas pautas musicais de Chopin, defina como quiser.

No fundo ela poderia estar digitando qualquer coisa. E tinha me pegado no flagra.

Aquela perspectiva me parecia ameaçadora. Os textos que eu havia rascunhado na nossa caixa de mensagens eram uma parte do todo, e todos eles reunidos demonstravam só uma fração da quantidade de vezes que eu pensava nela, e eu escrevia poucos rascunhos por dia. Então imagino que Edith poderia ter me pegado no flagra todas essas vezes. Mas, se ela tinha visto os pontinhos, era sinal de que andava observando.

Além do quê, eu queria mais era que ela soubesse.

Murmurei essa frase e ri, agora com a cabeça livre da gola polo. Amo Edith e quero que ela saiba disso.

Resolvi ligar. O toque da discagem buzinou como pontinhos inseridos numa música.

50

Na última semana no apartamento, fiz uma ligação para solicitar o conserto da torneira. O agente do senhorio listou os consertos espúrios a serem feitos e cobrados do locatário. Assinei a lista. Seguindo as instruções de Julian, aprendi que o nome da faxineira era Lea e que eu deveria comprar flores para ela. «Quem sabe nos vemos em breve», disse ela, ao que respondi «Quem sabe». Fiz as malas com pressa. Quase tudo o que Julian tinha cabia em sua mala, e eu já tinha me desfeito das coisas de Edith havia algum tempo.

Levei Sadie, a nova professora, para conhecer as crianças. Diferentemente de Madison, ela era de Madison. Por incrível que pareça, ela não fez comentários sobre a Irlanda. Os alunos disseram que éramos parecidas. Quando Sadie saiu da sala, Katie Cheung me disse, num tom de conspiração, que eu era mais bonita. Desde a batalha de haicais, era minha aluna favorita. Muitos me deram cartões de lembrança, sobretudo aqueles de quem eu já havia esquecido o nome. Uma das formas de avaliar esse cenário é que seus pais estavam enganados sobre minhas condições de trabalho e achavam que eu tinha muito mais tempo e espaço mental para lidar com suas crias do que eu tinha. Outra é que eram pessoas gentis e que meu trabalho tinha surtido mais efeito sobre a vida delas do que eu imaginava. As duas coisas, concluí, tinham sua parcela de verdade. Não deveria ter sido tão difícil sair de um trabalho que só contratava pessoas brancas e que não permitia que saíssemos para fazer xixi, mas fiquei feliz ao descobrir que as crianças gostavam de mim.

Julian tinha me mandado fotos do apartamento de Frankfurt. Não parecia um apartamento com rastros de habitação, mas o de Mid-Levels tampouco. «Muito estranho aqui sem você», me disse ao telefone. Em seguida mandei uma mensagem: tá sentindo falta da sua marxista injuriada ou o quê. Ele respondeu: Lar é onde há uma irlandesinha te chamando pra guilhotina.

Fui à imobiliária devolver as chaves. «Teve uma boa estada?», perguntou o recepcionista.

Respondi que sim.

A partir daí minha viagem começou. Já passava da hora do rush matinal e a escada rolante só estava funcionando na subida. Então caminhei quinze minutos até a estação Sai Ying Pun. As catracas apitavam de maneira tautológica. Conferi o mapa para me certificar de que se tratava da linha Island. Cantonês, mandarim, voz robótica britânica: o trem para Chai Wan está chegando. Por favor, facilite o desembarque de passageiros.

Minha mala estava leve. Eu tinha doado a maioria das minhas roupas. Conversando sobre a mudança com mamãe no telefone, pensei em jogá-las na lata de lixo. Ela disse que seria um desperdício. «Eu sei», respondi, «já foi um desperdício comprá-las.» Então concluí que, se as doasse, a história de cada peça se perderia com mais velocidade. Muito em breve se esticariam em torno de outros corpos e se enrugariam nos joelhos e cotovelos de outras pessoas. Se eu as tivesse jogado fora, ainda teriam a forma do meu corpo.

Cantonês, mandarim, inglês britânico: próxima estação, Central. Saltei, junto com meia Hong Kong. Eu achava que todos os homens usavam terno preto até Julian dizer: é muito formal para o trabalho. Na verdade, são em tons medrosos de azul e cinza. Crianças carregando mochilas escolares do tamanho de seus troncos, e babás carregando instrumentos musicais do tamanho das crianças. A que estava na minha frente deixou cair a Hello Kitty de pelúcia e bloqueou meu caminho. Mas me recusei a forçar passagem. Seria um indicativo da minha pressa. No entanto, eu não parava de bater o pé.

No lance da escada rolante até o saguão, fiquei à direita e comecei a procurar meu cartão Octopus [polvo]. Se já o tivesse em mãos, ela não me veria atrapalhada na catraca.

Em Hong Kong também se comia polvo. Um animal versátil. No meu segundo mês de Hong Kong, um dos amigos de Julian tinha descrito o cartão Octopus, um item que eu possuía, e feito uma comparação com o cartão Oyster [ostra], que nunca tive. Julian comentou que a maioria dos londrinos tinha abandonado o Oyster e estava usando um cartão de débito. Eles tiveram uma conversa longa sobre a Inglaterra e eu não consegui fazer nenhum comentário. E tudo começou por causa de um cartão de transporte público que eu usava todos os dias e nunca senti a necessidade de explicá-lo. Assim eram os britânicos...

Eu nem sequer tinha uma anedota que dizia: E assim era Edith... Mas tinha acabado de voltar a bater o pé.

Sair da estação Central era como estar nas nuvens. Na verdade, todas aquelas pessoas só estavam escavando um túnel do subsolo, mas aquela situação ainda me parecia inacreditável. Eu sempre olhava para as escadas rolantes, as mais altas que eu já tinha visto, e concluía que a próxima parada era o céu.

Mais um lance de escada rolante até o saguão.

Edith tinha dito Saída A, ao lado do Bank of China. Dei uma busca nas minhas anotações, encontrei a localização do Maps e dei um *print* para o caso de eu ficar sem dados de internet. É provável que ela já estivesse à minha espera. Eu queria ter vindo mais cedo — mas sempre que eu planejava chegar antes, ela me conhecia, e acabava chegando primeiro. Então eu sempre estava a caminho e ela estava sempre parada me esperando.

Avistei um cabelo preto escovado. Avistei a bolsa dela. Então vi Edith.

Mas claro que ela já estava adiantada na escada rolante. Chegaria primeiro e seguiria adiante. Eu chegaria logo depois, conferi meu cabelo na câmera do celular e fui em direção à saída. Ela estava na Saída A da Connaught Road e olhou para cima com um sorriso tímido e surpreso enquanto eu me aproximava. Nossos casacos eram bege. Parecia que tínhamos combinado, sobretudo porque de fato tínhamos. Canetinhas de pintar, canetas de escrever: compostas.

Cortei a massa de passageiros pela esquerda. O homem que estava abaixo de mim reclamou, não em inglês nem em cantonês. Edith estava logo ali, alguns degraus acima.

Minhas panturrilhas queimavam, o homem à minha frente era rápido, o de baixo já estava me ultrapassando, e eu não parava de subir. Comecei a rir porque já estava perto demais. Mais um pouco, estaria no degrau dela. O que eu diria? Não sabia. Ela ia perguntar o que estava acontecendo e eu responderia — não sei.

Ultrapassei o homem do degrau de cima, depois mais um, e encontrei uma brecha para apertar o passo. Corri. Foi um pouco irônico subir correndo uma escada que tinha sido construída para me poupar desse esforço. Um pouco, mas não dei a mínima.

Agradecimentos

Eu não teria chegado a lugar algum sem minha agente, Harriet Moore. Agradeço a Lettice Franklin e Megan Lynch, também às equipes com que trabalhei na W&N e na Ecco. Tive muitas oportunidades ao longo do caminho, mas gostaria de agradecer especialmente a Deirdre Madden, Sally Rooney e Ailbhe Malone.

Se levarmos em conta as etapas de produção, centenas de pessoas ajudaram a criar e a distribuir este livro. Sou grata a todas elas. Faço um agradecimento especial aos livreiros, que trabalham mais que todo mundo para fazer os livros chegarem aos leitores.

Eu trabalhava como professora em tempo integral enquanto escrevia *Tempos interessantes*, mas ganhava o suficiente para pagar o aluguel e não tinha a responsabilidade de cuidar de ninguém. É bem mais difícil escrever sem estar nessas condições. Todas as pessoas têm o direito de escrever livros, caso queiram. Isso nunca será possível num mundo coabitado por bilionários, mas é possível num mundo humanitário; agradeço a todas as pessoas que estão trabalhando e se organizando para que esse mundo exista.

Agradeço sobretudo à minha família e aos meus amigos.

Instare
últimos volumes publicados

1. Paolo Giordano
   Tasmânia
2. Ilaria Gaspari
   A reputação
3. Naoise Dolan
   Tempos interessantes

Dados Internacionais
de Catalogação na Publicação (CIP)
(Câmara Brasileira do Livro, Brasil)

Dolan, Naoise
 Tempos interessantes / Naoise
Dolan. --
1. ed. -- Belo Horizonte, MG :
Editora Âyiné,
2023.
Isbn 978-65-5998-110-6
1. Ficção irlandesa
I. Título.
 23-155786
 CDD-Ir823

Índices para catálogo sistemático:
11. Ficção :
Literatura irlandesa Ir823
Aline Graziele Benitez
 Bibliotecária CRB-1/3129
Nesta edição, respeitou-se
 o Novo Acordo Ortográfico
 da Língua Portuguesa.